AF188762

Herstellung und Verlag: BoD – Books on Demand, Norderstedt
ISBN: 9783749436170

MICHAEL MÜLLER

GEGENDARSTELLUNGEN

oder

Die Leiden des zu alt gewordenen W.

Nicht wenige Menschen, ich gehöre leider zu ihnen, haben die Angewohnheit, das Vorwort eines Buches zu überspringen, bzw. es, wenn überhaupt, erst am Schluss zu lesen. Deshalb sind diese Zeilen nicht mit *Vorwort* überschrieben, obwohl es sich um eins handelt. Das Risiko, Sie, den Leser, mit dieser Täuschung schon zu Beginn zu verstimmen, muss ich eingehen, weil Sie den folgenden Roman ohne seine Vorgeschichte, also all dem, was dazu geführt hat, dass Sie ihn in Händen halten, nicht oder falsch verstehen würden. Deshalb bitte ich Sie, mir mein Vorgehen zu verzeihen.

Es begann mit einem halbgeöffneten Karton, der an einem Samstag im Juli 2018 vor dem Zehn-Parteien-Haus am Westpark lag, in dem Freunde von mir wohnen. Ich war unverrichteter Dinge aus der Innenstadt zurückgekommen, wollte, einer Eingebung folgend, kurz bei ihnen vorbeischauen und wartete auf das Summen des Türöffners. Auf einer Klappe des Kartons stand mit krakeliger, kaum lesbarer Schrift *Zu verschenken*. Ich läutete noch ein zweites Mal, vorsichtshalber, obwohl ich ahnte, dass sie nicht zuhause sein würden und warf, mir die Wartezeit zu verkürzen, einen Blick in die Kiste. Sie enthielt offensichtlich Bücher, wobei zuoberst *Mein Name sei Gantenbein* lag. Ich hatte schon zwei Romane von Max Frisch mit Vergnügen gelesen, diesen jedoch nicht. Also ging ich in die Hocke, öffnete auch die andere Klappe und überflog die nächsten Titel: *Sauwaldprosa* von Uwe Dick, *Die Zimtläden* von Bruno Schulz, Hildesheimers *Lieblose Legenden*, eine eigenwillige Mischung, aber durchweg anspruchsvoll, deshalb beschloss ich, den Karton mitzunehmen, um mich zuhause eingehender mit seinem Inhalt zu beschäftigen.

Als ich Tage später Zeit dazu fand, stieß ich, neben weiteren interessanten Werken, zuunterst auf zwei Mappen für Hängeregistraturen, die ich, weil ebenfalls kartonfarben, zunächst übersehen hatte. Die obere enthielt persönliche Dokumente wie Schulzeugnisse, ein Studienbuch, einen studentischen Fahrtausweis etc. und ein schmales, schon etwas geplündertes Album mit Familienfotos, in der unteren Hängetasche fand ich das ausgedruckte Manuskript eines Romans, dazu mehrere Absagen renommierter Verlage. Alles zusammen bezog sich teils eindeutig, teils indirekt auf eine Person namens Michael Müller.

So unvermittelt intime Einblicke in das Leben eines Unbekannten zu bekommen, und seien es auch nur punktuelle, löst zwiespältige Gefühle aus, aber auch Neugier. Ich las also das Manuskript, das exakt so betitelt ist, wie das vorliegende Buch, um sehr bald festzustellen, auch dank der beiliegenden Urkunden, dass es sich dabei um eine nur notdürftig getarnte Autobiografie handelt. Das M im Namen des Autors ergibt umgedreht ein W. Geboren ist dieser zu alt gewordene W. 1947, der Roman (und er?) endet im Jahr 2005, aus dem auch die Verlagsabsagen stammen.

Müller, d.h. W. wächst in einer Demokratie auf, die von der Vorgängergeneration „betrieben" wird, die noch durch und durch vom Nationalsozialismus, seinem Dünkel, seinem autoritären Stil und seiner Verachtung für Minderheiten und Außenseiter geprägt ist, aber weder daran erinnert werden, noch sich selbst so sehen will. Er erlebt die

Unstimmigkeiten geradezu körperlich, erträgt die Kluft zwischen Schein und Sein nur schwer und verschafft sich schreibend Luft. Sein unbeirrbarer bis abwegiger Blick auf unsere Gesellschaft hat mich beeindruckt, gelegentlich auch belustigt, und erklärt bisweilen sogar, wie wir dorthin kommen konnten, wo wir jetzt sind und worüber wir uns die Augen reiben.

Nachforschungen über diesen Autor, die ich in bescheidenem Umfang betrieb, erbrachten nichts, bei einem Allerweltsnamen wie diesem sicher kein Wunder. Weder meine Freunde, vor deren Haus ich den Karton fand und die seit über 30 Jahren dort wohnen, noch in der Nachbarschaft konnte mir jemand weiterhelfen.

Dabei wäre es geblieben, hätte ich nicht vor ein paar Monaten einem Bekannten – ich bin Grafiker – eine Art Familienchronik layoutet, die er im Selbstverlag herausbringen wollte. Bei der Gelegenheit erfuhr ich, wie einfach und kostengünstig es sein kann (jedenfalls für jemanden, der es gewohnt ist, Druckvorlagen zu erstellen), bei beispielsweise BoD, die mir bisher nur vom Hörensagen bekannt waren, ein Buch zu verlegen.

Anläßlich einer Auftragsflaute, wie sie bei Freiberuflern immer mal wieder eintritt, beschloss ich – plötzlich und selbst für mich unerwartet – diesen Roman herauszugeben, auch in der Hoffnung, vielleicht durch den einen oder anderen Leser noch etwas mehr über den Autor zu erfahren. Dazu dienen die Fotos im Anhang und einige der Anmerkungen, die ich eingefügt habe, andere bestätigen die Schauplätze und Personen der Handlung und sollen politisch weniger versierten Lesern das Verständnis erleichtern. Ein paar weitere sind meinem Übermut geschuldet.

Natürlich steht zu befürchten, dass Müller alias W. sich an sein berühmtes Vorbild gehalten und seine letzte Reise wie angedeutet abgeschlossen hat.

Wie auch immer, eine Gesellschaft, die sich als demokratisch und frei bezeichnet und sich unaufhörlich so ausloben lässt, muss auch ein paar „Gegendarstellungen" aushalten, selbst wenn sie dem einen oder anderen nicht gefallen werden und partout nicht in die Selbstdarstellung dieser Bundesrepublik passen wollen.

Der Herausgeber

Ende des Vorworts

Wie meist, wenn es draußen kalt war, empfand W. seine Wohnung als überheizt, nachdem er sie betreten hatte. Aber er wusste, das würde sich schnell geben. Und wie meist hatte er befriedigt festgestellt, dass sie neutral roch. Er prüfte das immer, wenn er heimkehrte, wohl wissend, dass er auch hierbei nur bei den ersten zwei, drei Atemzügen objektiv sein würde.

Von allen Empfindungen traute W. dem Geruchssinn am wenigsten. Einerseits überempfindlich und sofort bereit, hysterisch Alarm zu schlagen, wenn etwas ungewohnt oder unangenehm roch, schien er sich andererseits verblüffend schnell daran zu gewöhnen, sich zu arrangieren oder komplett auszufallen. W. kannte genug Personen in seinem Umfeld, die bei gemäßigten Temperaturen und ohne sich vorher körperlich verausgabt zu haben, einen unüberriechbaren Schweißgeruch verströmten. Und immer wieder war er fassungslos, dass sie ihn nicht wahrnahmen oder einfach verdrängen konnten. Allein die Vorstellung, er, W., könnte so riechen, veranlasste seinen Magen, sich schmerzhaft zusammenzuziehen.

W. war ins Wohnzimmer gegangen und hatte sich automatisch die Fernbedienung des Fernsehers gegriffen, um ihn einzuschalten. Als das Bild aufsprang, fiel ihm ein, dass er eigentlich hatte lesen wollen. Er ärgerte sich über sein Verhalten, wurde aber abgelenkt von seinem Bundespräsidenten, der in hochoffizieller Haltung und einer mechanisch wirkenden Gangart zwei uniformierten Kranzträgern folgte. Und das ohne dieses staunend-kindliche Grinsen im Gesicht, mit dem er alle bisherigen Auftritte seiner noch nicht allzu langen Amtsinhaberei bestritten hatte.

W. nannte ihn deswegen GRINSE-KÖHLER. Schließlich hatte der Mann allen Grund, fröhlich dreinzuschauen.

Eben noch nur ein besserer SPARKASSEN-FUZZI und schon holterdiepolter – wie ein Witz aus heiterem Himmel – Bundespräsident. Die Mitteilung seines Arztes, er sei im vierten Monat schwanger, hätte ihn auch nicht mehr verblüffen können. Da kann einer schon ins Grienen kommen und es so schnell nicht wieder lassen.

Doch jetzt war dieses den Mann prägende Grinsen wie weggeblasen und hatte einem staunend-ernsten Ausdruck Platz gemacht. W. mochte wie jeder in seinem Alter einschließlich Köhler derlei Kranzniederlegungen schon viele duzendmal gesehen haben, jedenfalls die in den Nachrichten gezeigten Kurzfassungen davon. Sie alle folgten ein und demselben Zeremoniell, das ihm, W., immer bescheuert vorgekommen war. Deshalb war er jetzt gespannt, wie Köhler die FORMALIE handhaben würde. WÜRDE er ein ZEICHEN setzen und damit hoffen lassen, dass die VERSTEINERTE POLITIK im Lande doch noch zu Neuerungen, wenigstens im gestischen Bereich, imstande wäre?

Die beiden Kranzträger hatten den Kranz abgelegt und waren aus dem Bild gegangen. Jetzt kam der entscheidende Augenblick und: alles wie gehabt! Köhler tat, was alle anderen vor ihm auch getan hatten: vor den Kranz treten, sich bücken und erst mal an den Bändern herumzupfen. Sie so zurechtrücken WIE ES SICH GEHÖRT. Weil dieses Kranzträgerpersonal offensichtlich zu bescheuert ist, Kränze so abzulegen, dass nachträgliche Korrekturen unnötig sind. Selbst nach Jahrzehnten kriegen sie es nicht hin. Kranz schleppen und hinknallen, dazu reichts gerade noch. Kaum sind Feinmotorik oder ästhetisches Empfinden gefragt – Fehlanzeige! Da muss der Chef ran und sich persönlich bücken.

Als Köhler einen Schritt zurück trat und in die vorgeschriebene Körperstarre fiel, stellte sich W. die Frage nach dem Anlass. Prompt bekam er die Antwort: 60 JAHRE HOLOCAUST. Bingo! HÖCHSTE GEDENKSTUFE im demokratischen Deutschland. Da wird vom Bundespräsidenten bedingungsloser Einsatz verlangt, körperlich wie geistig. Da muss er 100 Prozent liefern. Während und damit der Rest der Nation unbehelligt seinen Alltagsbeschäftigungen nachgehen kann – PRAHLEN/PRASSEN/POPELN (um nur mal den Buchstaben P herauszugreifen) – hat der BUPRÄ stellvertretend zu erscheinen. In vollendeter Demutshaltung nebst Absonderung sämtlicher Anzeichen von Betroffenheit. Wenn dann der Rest der Nation abends an die heimische Glotze zurückkehrt, erschöpft von seinen Alltagsbeschäftigungen wie MECKERN/MASSREGELN/MAULAFFENFEILHALTEN (um einen anderen Buchstaben zu nehmen), erfährt er in einem Kurzbeitrag, welchen Gedenktermin er wieder mal versäumt hat. Dass er sich aber deshalb keine Gedanken machen muss, weil das sein BUPRÄ für ihn tut – und zwar so tadellos und (form)vollendet, dass nicht einmal SPIEGELS PAUL, der mit seinem Zentralrat wie ein Angelhaken im DEUTSCHEN VOLKSKÖRPER festsitzt, was auszusetzen hat. Von einem Staatsschauspieler, sprich: Berufspolitiker durfte man das erwarten, aber von einem, dessen Leben sich bis dahin ausschließlich um GELD gedreht hatte?

Woher, so fragte sich W. weiter, wussten A. Merkel und G. Westerwelle, die ERFINDER dieses Bundespräsidenten, dass Köhler dazu imstande sein würde? Bekam er einen speziellen Trainer? Gibt es dafür Seminare? Wie lange wurde er geschult? Übte er zuhause vor dem Spiegel? Oder ahmte er nur seine Vorgänger nach: an dieser NIE!NIE!NIE! korrekt liegenden Schleife fummeln und erstarren? Darf das Volk, das diesen Mann bis ans Ende seiner Tage mit 200.000 Euro per anno honorieren muss, mehr erwarten?

W. fragte sich, ob Köhler sein Grinsen vorübergehend auf dem Hintern trug und woran genau er beim Gedenken wohl gedacht haben mochte? Da ihm bei derlei Amtshandlungen noch jede Routine fehlte, wird er beim Thema geblieben sein. Und nicht etwa einen Hexenschuss beim Bücken befürchtet oder sich seine Dolmetscherin nackt bei einem Handstand vorgestellt haben.

Malte er sich die UNGEHEUERLICHKEIT des ANLASSES dieser Gedenkfeier bildlich aus oder blieb er dabei mehr im Vagen? Stellte er sich den organisatorischen, verwaltungstechnischen und logistischen Aufwand vor, der anfiele, wollte man heute beispielsweise die SACHSEN... äh, ELIMINIEREN? Also erst die nichtsächsische Bevölkerung gegen sie aufbringen, dann alle erfassen, verhaften, enteignen, internieren und schließlich verg...? Und das in wenigen Jahren und zwar so, dass diese Bevölkerung dann, wenn Deutschland ENDLICH SACHSENFREI wäre, sagen könnte, sie hätte es nicht gewusst? Nichts davon mitbekommen? Jedenfalls NICHT BEWUSST?

Vielleicht, so mutmaßte W., scheute Köhler die völkerrechtlich eventuell fragwürdige Gleichsetzung von Juden mit Sachsen, vielleicht wählte er etwas Unverfänglicheres, sofern das in diesem Zusammenhang überhaupt möglich ist? Vielleicht PHILATELISTEN? Oder dachte er sich – zur ansatzweisen Vergegenwärtigung dieser auch schon mal FASZINOSUM genannten Unfasslichkeit – eine ENDLÖSUNG der WELLENSITTICHBESITZERFRAGE aus?

Wohl eher nicht! Wer wie Köhler so durchdrungen ist von...

...sich selbst, der eigenen Aufrichtigkeit und der Überzeugung, sein Land retten zu können, indem er ihm Vorbild ist und bei den üblichen Gelegenheiten die passenden Plattitüden absondert, der kommt nicht auf derart krause Gedanken. Köhler bestritt diesen Auftritt mit einer Art GANZKÖRPERERE REKTION, nach W.s Geschmack ein bisschen ZU AUFRECHT. Übelwollende könnten da Trotz hineininterpretieren, ein wenig mehr Demut in der Haltung, etwa eine gebücktere, hätte ihm besser angestanden. Indessen wollte bei W., bei allem Bemühen Köhlers, keine Assoziation an eine DEUTSCHE EICHE aufkommen, dieser Buprä strömte bestenfalls das Charisma eines Gummibaums aus. Dennoch, die DEUTSCHE FRAU (also etwa jede zweite hierzulande), das glaubte W. irgendwo gelesen haben, träumte von einer Nacht mit ihm. Das konnte niemanden verwundern, wo doch zehntausende von ihnen vor 50 Jahren noch ein KIND vom FÜHRER wollten – von einem Giftzwerg, einem EINEIIGEN! Die DEUTSCHE FRAU scheint es in diesem Punkt wie ihre frühen Vorfahren zu halten: ein Mann ist so mies wie der andere, auf seinen RANG kommt es an. So wie Köhler zu seinem gekommen war – ohne EIGNUNGSNACHWEIS und dem Amt entsprechende QUALIFIKATIONEN – hätte er niemals Mitarbeiterin bei SCHLECKER werden können. Aber so wenig irgendwer Zweifel an seiner Befähigung hatte (je höher die Posten umso abwesender sind Bedenken), so wenig zweifelte Köhler selbst an sich. W. hielt das für AMTSANMASSUNG und dachte sich eine angemessene Strafe aus, eine Art FEGEFEUER, bis ihm die EWIGE RUHE gewährt würde. Nämlich nacheinander die Nächte mit all diesen DEUTSCHEN FRAUEN durchstehen zu müssen. Und das im ehelichen Schlafzimmer, vermutlich mit HÜLSTA-Möbeln (Esche, hell) ausgestattet. Es würde immer dasselbe Ritual ablaufen: Köhlers Abendessen bliebe auf ein Dutzend Austern beschränkt, dann ginge es ab ins Bad, wo seine Frau, die ja ihrerseits unverdientermaßen vom Glanz des Bundespräsidentenamtes profitiert hatte, zu überprüfen hätte, dass seine Zähne richtig geputzt sind und die Bügelfalten an der Schlafanzughose korrekt sitzen. Sie würde ihm dann ein Glas Wasser und eine 100 mg Viagra-Filmtablette reichen, ihn zu Bett bringen, in dem er zunächst sitzend Platz nähme und die in einem Vorzimmer wartende DEUTSCHE FRAU hereinführen. Herr Köhler hätte nun ein paar einleitende Worte zu sagen, bis das Sildenafil wirken würde. Frau Köhler müsste daraufhin das Licht löschen, auf einem Stuhl Platz und jetzt im Stockdunkeln so gewissenhaft Anteil nehmen wie sie das bei den Auftritten ihres Mannes im Lichte der Öffentlichkeit tat. Bei, sagen wir mal 16 Millionen Frauen im begattungsfähigen Alter, hätte das Ehepaar Köhler ein paar Äonen lang zu tun und tagsüber ausreichend Zeit, über PFLICHTERFÜLLUNG nachzudenken, über SELBSTÜBERSCHÄTZUNG und darüber, ob Horst nicht besser bei seinen LEISTEN, also hinter dem Bankschalter geblieben wäre...

Was mochte das sein, das ihn, W., auf solche Gedanken brachte? Wieso gingen ihm derlei Schrägheiten durch den Kopf? Offensichtlich stellte sich ihm die Welt ANDERS dar als seinen Mitmenschen. SEHR anders. Ja eigentlich GRUNDVERSCHIEDEN. Das wäre ihm nicht ungewöhnlich oder beklagenswert erschienen, hätte er sich weismachen oder darauf hinausreden können, er sei ein Kauz, ein seltsamer. Wie beispielsweise der Achternbusch Herbert. Von dem weiß man: der muss so sein, der kann nicht anders. Wie's ihm in den Kopf hineinschießt, so spuckt er's wieder aus. Eine CHANCE (darüber nachzudenken) hatte er nach eigenem Bekunden NIE. Umso ergriff er sie. Und seitdem hielt man ihn für ein ORIGINAL.

Für W., der Karl Valentin vergötterte, war Achternbusch dessen Gegenteil. Er fand seine Originalität verkrampft, seinen Humor verbissen und dass er deutlich mehr Chancen bekommen als verdient hatte, sie aber ausgiebig zu nutzen wusste. Das Vakuum und mit ihm der Bedarf an Originalen war im München der 70er und 80er Jahre einfach zu groß. Wer ausreichend wirr im Kopf war, dem richtigen Freunderlkreis angehörte oder einen Draht ins Kulturdezernat hatte, der konnte es bei den ROTEN weit bringen. Und sei es nur, um wie Achternbusch die SCHWARZEN zu schrecken (so gesehen trug er das Seine zur Stadthygiene bei). Im Olymp der bayerischen Komiker hatte er nach W.s Meinung nichts verloren, dorthin gehörten Zimmerschied und Ringsgwandl, die sich politisch nie einspannen ließen.

W. hielt sich selbst nicht für kauzig oder wirr im Kopf, sondern für halbwegs normal und einigermaßen vernunftgesteuert. Er dachte gern nach, bevor er sich Meinungen bildete und prüfte immer mal wieder, ob er dabei bleiben konnte. Und obwohl er sie offen vertrat (und zwar umso lieber und lauthalser, je mehr sie von denen der Mehrheit abwichen), hatten sie wenig Absolutes und Endgültiges, wie er das bei seinen Mitmenschen beobachtete. Deren Meinungsgebilde kam ihm oft wie Bunker vor, die so sturmfest wie möglich gemacht und dann mit Zähnen und Klauen verteidigt wurden. Seins glich eher einem wild zusammengeschraubten, verbogenen und vielfach geflickten Klettergerüst, das jedoch offen und ausbaufähig war. Er stritt sich oft, wobei es ihm eher darum ging, seine Ansichten auf Haltbarkeit zu überprüfen, als auf ihnen zu beharren. Und scheute sich nicht, sie, wenn erforderlich, zu erweitern oder zu revidieren. Der VERSTAND, der sich neuen EINSICHTEN verschließt, verhält sich wie WASSER bei Minustemperaturen, das nicht in BEWEGUNG bleibt: es wandelt sich zu EIS, er in DUMMHEIT.

Was W. angesichts des staatsaktenden BUPRÄ brennend interessiert hätte: War er – als Mensch oder als OFFIZIÖSER – auch in diesem Augenblick – beim Gedenken an 60 Jahre Holocaust – STOLZ darauf, ein DEUTSCHER zu sein? Wie die, die ihn ins Amt gewählt hatten, das bei jeder Gelegenheit von sich behaupten und ins Land hinauskrähen. Die, die diese deutsche Vergangenheit an Nichtgedenktagen so gedankenlos abschütteln wie Wasser von einem Regenschirm. Die sich und ihre Landsleute zu einem VOLK VON OPFERN er- und verklären, das, eigentlich schuldlos, sich NUR von einer kleinen NAZI-CLIQUE hatte verführen lassen. Selbst wenn's denn so gewesen wäre, müsste sich dieses erbärmliche Volk dann nicht wenigstens für TAUSEND JAHRE seine PATRIOTISMUSDEBATTEN verkneifen? NUR für die lumpige Zeit, in der es seinen ÜBERLEGENHEITSDÜNKEL samt HERRENRASSEWAHN hätte ausleben wollen? EINEN Grund, um seinen Verführern auf den Leim zu gehen, wird dieses Volk ja wenigstens gehabt haben. Umsonst macht man eine mit Pathos aufgeblasene WITZFIGUR nicht zu seinem Führer und folgt ihm in den ABGRUND. Der Mensch mag vom Affen abstammen, der DEUTSCHE offensichtlich von den LEMMINGEN. Nur mit deren eingeschränkter Hirntätigkeit konnte sich W. erklären, dass so viele seiner Landsleuten nichts über ihren ADOLF kommen ließen und lassen. Der – als Mensch und ÖSTERREICHER – letztlich vom DEUTSCHEN VOLKE ja bitter enttäuscht war. Der es (ebenso wie seine GENERALITÄT) für FEIGE und EHRLOS hielt (andernfalls es die Weltherrschaft ja errungen hätte) und es ebenfalls AUSRRADIERRT sehen wollte...

Der Mensch mag aus seinen Fehlern lernen – ein RECHTER DEUTSCHER zieht selbst aus KATASTROPHEN keine Lehren. Ohne seinen PATRIOTISMUS scheint er ein NICHTS zu sein, ein NIEMAND. Er braucht ihn, um sich für etwas BESONDERES zu halten. Andere Gründe dafür kann er nicht finden, es gibt sie wahrscheinlich auch nicht. Man müsste ihn eigentlich bedauern, den armen Tropf! Nur kein Mitleid jetzt, dachte sich W., die Sorte DEUTSCHER war dir schon immer über. Sie ist in der Mehrheit, setzt sich meist durch und glaubt sich grundsätzlich im Recht. Und sie ist glücklich, wenn sie herhalten darf, als Knetmasse für Demagogen, als Fersehquotenlieferant, Stimmvieh, Ja-Sager, Konsumtrottel und Kanonenfutter.

W. hingegen litt daran, Deutscher zu sein und schämte sich seit seiner Jugend dafür. Die HYPOTHEK, die die Nation von den Nazis aufgehalst bekommen hatte, überwog jeden anderen Aspekte seines DEUTSCHSEINS. Da halfen kein Tucholsky, kein MADE IN GERMANY und keine Autobahnen. Ihm war unerklärlich, wie andere Deutsche, respektive KONSERVATIVE POLITIKER, mit Patriotismus hausieren gehen konnten, ohne vor SCHAM in GRUND und BODEN zu versinken. Scham scheint hierzulande (allen VORAN bei EX-Kanzler SCHMIDT) nicht einmal als TER-

TIÄRtugend anerkannt zu sein. Wo sie fehlt, das war W. klar geworden, baut man MAHNMÄLER und richtet DOKU-MENTATIONSZENTREN ein. Und schickt einen wie Köhler hin zum Gedenken.

W. konnte nicht finden, dass Köhler wärend seiner Gedenkstarre Scham erkennen ließ, es waren eher VERBLÜF-FUNG und RATLOSIGKEIT, die sich in seinem Kindergesicht spiegelten. Vielleicht auch darüber, dass ihm, einem ehemaligen PFADFINDER und BURSCHENSCHAFTLER, eine derartige VERGANGENHEIT anhing. Gleich würde ein RUCK durch Köhler gehen. Ein Ruck, wie er einst von seinem Vorvorgänger und seitdem von vielen anderen immer wieder für das ganze Land gefordert wurde, und dieser fast noch neue Bundespräsident würde sein Gedenken beenden. Ihn, den RUCK auszulösen, würde W. ihm, Köhler jetzt für sein Leben gern einen WITZ eingeflüstert haben. Einen zutiefst DEUTSCHEN Witz, den er selbst als etwa Zehnjähriger Ende der 50er Jahre erzählt bekommen hatte, also inmitten der Blüte des Wirtschaftswunders, und der ihm soeben wieder eingefallen war. All jenen, denen die Gnade einer noch späteren Geburt zuteil wurde, sei zum besseren Verständnis vorausgeschickt, dass, wer damals VW sagte, den KÄFER meinte (in Wolfsburg hatte man die Glücksverheißung der automobilen Vielfalt noch nicht erkannt, es gab praktisch nur dieses PKW-Modell): Wieviele JUDEN passen in einen VW?
VIERUNDZWANZIG! Vorne ZWEI, hinten ZWEI und ZWAN-ZIG in den ASCHENBECHER.

Köhlers Ruck wurde zu W.s Bedauern im Fernsehen nicht gezeigt. W. war beim Erinnern des Witzes verblüfft, wie schnell doch die Zwangsdemokratisierung eines Volkes dieses zu seinem SELBSTBEWUSSTSEIN, seinem HU-MOR, ja ZU SICH SELBST zurückfinden lässt. Dabei fiel W. eine ebenfalls aus seinen Kindertagen stammende Definition ein: Humor ist, wenn man TROTZDEM lacht. Konnte es sein, dass Kinder sich diesen Witz ausgedacht hatten und er nur unter ihnen kursierte? Von Kindern, die gegen Ende oder nach dem Krieg geboren wurden und WIRKLICH NICHT wissen konnten, von was sie da sprachen? Hatten sie die hier zutage tretende ROHHEIT oder (bei Berücksichtigung aller strafmildernden Einwände) GEDANKEN-LOSIGKEIT mit der Muttermilch aufgesogen? Oder als väterliches ERBE mit auf den Weg bekommen? Das hätte W. im VORFELD der nächsten Patriotismusdebatte doch gern mal angesprochen haben wollen!

Aber apropos Witz, worüber lacht einer wie Köhlers Horst, der, von Holocaust-Gedenkfeiern abgesehen, beständig lächelt? Würde er gelacht haben (also z.B. befreit auf), wenn man ihm am Morgen nach dem 31. März 05 berichtet hätte, soeben sei eine von Terrroristen entführte Verkehrsmaschine erfolgreich abgeschossen worden, nachdem sie Kurs auf Schloss Bellevue, also seinen Amtssitz genommen habe. Um dann, wenn der Schreck seine Augen weit genug geweitet hätte, ein verschmitztes APRIL, APRIL! hinterherzuschicken? Würde er ein wenig erröten und sich an den Kampf KÖHLER VS. KÖHLER erinnern, der monatelang in seinem Inneren getobt hatte, nachdem man ihm sein ERSTES (?) GESETZ zur Unterschrift vorgelegt hatte? An den Kampf des GUTMENSCHEN gegen den FUNKTIONÄR? Bei dem dann letzterer obsiegte, nicht ohne einzugestehen, dass der ABSCHUSS entführter Passagierflugzeuge B E D E N K L I C H sei.

Eine Unbedenklichkeitsbescheinigung könne er diesem Gesetz erst ausstellen, wenn das Bundesverfassungsgericht seine, Köhlers Zweifel, die – man neige anerkennend das Haupt – ERHEBLICHER NATUR seien, beseitigt habe. Natürlich musste er – in dem Fall der Beamte in ihm – UNTERSCHREIBEN. Wie auch ein KZ-KOMMANDANT praktisch alles unterschreiben MUSSTE, was ihm vorgelegt wurde. Vielleicht wollte er auch kein SPIELVERDERBER sein und der Bundeswehr nicht im Wege stehen, wenn sie denn endlich mal wieder einen Abschuss genehmigt bekäme? Unterschreiben, jawohl! Aber wie gesagt nicht ohne den MENSCHEN in diesem HÖCHSTEN AMT der Republik per Randvermerk zum Zuge kommen zu lassen bzw. den Humanrest in diesem BEAMTEN ALLER BEAMTEN zu würdigen – mit eben der Einschränkung: BEDENKLICH!

Das war SUPER, Horst!, dachte sich W., damit trafst Du den Nagel präzise auf den Kopf eines Volkes von BEDENKENTRÄGERN. Und zwar ohne die IDEEN (ja, auch in einem Gesetz könnten welche stecken!!!) zu BLOCKIEREN, die Du bei Deinem Amtsantritt eingefordert hast. (Anm. d. Hrsg.: Horst Köhler trat 2010 nach einer Äußerung zurück, in der er militärische Einsätze zur Sicherung von Wirtschaftsinteressen für vertretbar gehalten hatte).

Apropos HORST... W. fragte sich, ob Köhler auch mit dem Vornamen ADOLF zum Bundespräsidenten gewählt worden wäre? Man stelle sich nur vor: Erst ein Adolf als VERURSACHER des Holocaust, dann einer als OBERSTER GEDENKER und MAHNER des Deutschen Volkes. Puuuuhhhh, das wäre der Hammer der Ironie eines nationalen Schicksals. Man hätte dann doch wohl auf einen anderen Sparkassenfilialleiter zurückgreifen müssen. Horst ging zum

Glück für Köhler. Vornamensvetter und STURMBAND-FÜHRER WESSEL ist so gut wie rehabilitiert: er findet sich längst im VIRTUELLEN Rathaus von Bielefeld in der Rubrik BERÜHMTE BÜRGER wieder. Vermutlich singt der Stadtrat zu Beginn jeder Sitzung DIE FAHNE HOCH, DIE REIHEN FEST GESCHLOSSEN, denn – mal ehrlich! – das hat genau den Biss, den es braucht, um ein LAND AUS DER KRISE zu FÜHREN.

Stattdessen wird AUFGERUFEN, GEFORDERT, APPELLIERT und GEMAHNT. Herr Hinz ruft Herrn Kunz zu mehr SOLIDITÄT auf. Oder wars SOLIDARITÄT? Egal, was zählt ist der Aufruf! Herr Kunz fordert Frau Krethi auf, BESSERE RAHMENBEDINGUNGEN zu schaffen für... sie weiß es schon. Frau Krethi appelliert an Herrn Plethi, den WIRTSCHAFTSSTANDORT BUNDESREPUBLIK nicht kaputtzureden... Es wird GELABERLABERT im Lande, man möchte LÄTZCHEN ausgeben. Eins in SCHWARZROTGOLD und irgendwie präsidial bestickt für den ERSTEN MAHNER. Denn das Mahnen, das war W. klar, seit er den Politzirkus mit der gebotenen Abscheu betrachtete, das Mahnen ist die ERSTE PFLICHT des Bundespräsidenten. Als ranghöchster Mahner der Republik dient er ihr zugleich als Feigenblatt. Altgediente Politiker, nur sie bekamen vor Köhler den Posten, mussten/durften plötzlich frei von PARTEI- und SACHZWÄNGEN auftreten und die Sonntagsreden halten, die sich in den Kirchen niemand mehr anhören wollte. Als BUPRÄs fühlten sie sich plötzlich BERUFEN, all das einzufordern und anzuprangern, was sie als Parteipolitiker selten zur Sprache brachten und wonach sie bestimmt nicht handelten. Um ja keine Parteigenossen/Lobbyisten/Wähler/Gönner etc. zu vergrätzen. Jetzt hingegen sollten und konnten sie den UNBEQUEMEN MAHNER spielen, weil sie nicht mehr wiedergewählt werden mussten (wie gesagt: Bezüge auf Lebenszeit!). Und ihre Exkollegen erwarten das auch von ihnen: dass sie den ANSTÄNDIGEN, EHR-LICHEN STAATSMANN geben. Um ihn als ALIBI zu nutzen und hinter seinem Rücken ihre versauten Süppchen hübsch weiterzukochen.

Das Volk, schlaudumm wie Volk nun mal ist, nimmt seinen Bundespräsidenten ebenfalls als Alibi. Nickt beruhigt, wenn er den Finger in die WUNDEN legt und die RICHTUNG weist. Und verläßt sich drauf, dass die Wunden versorgt und die Richtungen eingeschlagen werden. Geschieht das nicht, wird der Bundespräsident einfach erneut den Finger... UNDDASBISINEWIGKEITAMEN.

Das Volk schickt seinen BUPRÄ als Musterdeutschen und Vorzeigedemokraten zu den lästigen Gedenkfeiern und hält es wie seine VERTRETER für NORMAL (oder wie man in gut unterbelichteten Kreisen zu sagen pflegt: EIN STÜCK WEIT normal), dass Synagogen immer noch unter Polizeischutz gestellt werden müssen. Es findet nicht viel dabei, wenn Fussballfan-Horden auf dem Weg ins Stadion gröhlen: WIR BAUEN EINE U-BAHN, VON GIESING BIS NACH AUSCHWITZ. Und es erzählt sich weiter Judenwitze. So wie dieses Volk und seine Vertreter ihren Bundespräsidenten BENUTZEN... ...ist das AMTSMISSBRAUCH. Dachte sich W. und fand sich mit seinem Fazit wie so oft allein auf allen Fluren. Konsequenter Amtsmissbrauch. MILLIONEN-FACHER.

Aber darf man diesen Missbrauch dem DEUTSCHEN VOL-KE wirklich anlasten? Muss nicht zu seiner Entlastung endlich und wieder einmal festgehalten werden: Was er macht, der Deutsche, das macht er GRÜNDLICH, in Rekordzeit und Höchstauflage? Stimmt's: Er kann nicht anders und ist stolz darauf! Vermutlich wird man eines Tages ein GEN entdecken, das dafür verantwortlich ist. Das wäre ein FREISPRUCH ERSTER KLASSE! Und ein Hinweis auf? Die HERRENRASSE.

W.s Stimmung war wieder im Keller, wie so häufig in letzter Zeit. Irgendein verfluchtes Gen in ihm sorgte dafür, dass er sich von allem und jedem provozieren ließ, um zu mentalen Rundumschlägen anzusetzen und gedanklich AMOK zu laufen. Schon als Kind hatte er als VORLAUT und WIDERSPENSTIG gegolten und es gegenüber AUTORITÄTSPERSONEN an Respekt fehlen lassen. Allerdings hielt sich im Bayern der 50er und 60er Jahre jeder Erwachsene für eine Autoritätsperson, der Kinder blindlings zu folgen hatten. Der BEDIGUNGSLOSE GEHORSAM saß der Nation noch tief in den Knochen. Wer selbst unter der Schreckensherrschaft von ZUCHT und ORDNUNG aufwächst und sie akzeptiert, der gibt die Prügel frohgemut an die Nachkommen weiter. W. erinnerte sich an ein Fernsehinterview, in das er sich zufällig hineingezappt hatte: mit LOKI SCHMIDT, der immerwährenden Gattin des Sekundärtugendkanzlers, die von ihrer Tätigkeit als Lehrerin berichtete und dabei stolz betonte, dass sie sich nie gescheut habe, WENN NÖTIG OHRFEIGEN zu verabreichen. Klar, dachte sich W., wer ein Leben hinter Sehschlitzen und an der Seite eines WK II–Unteroffiziers verbringt, erwirbt zwangsläufig den Scharfblick und das Urteilsvermögen, um jederzeit exakt ermessen zu können, wann eine ZÜCHTIGUNG NOT tut.
Und die Not war groß, zumal damals, in den ersten Nachkriegsjahrzehnten… Irgendwo musste der Frust über den

verlorenen Weltkrieg ja hin, irgendwie der Absturz vom Herrenmenschen zum Kippensammler verarbeitet werden. Ventile waren gefragt, da kam die Kindsaufzucht gerade recht.

Wer sich so freimütig und hoch erhobenen Hauptes wie Loki S. zu Ohrfeigen bekennt, der sollte nach W.s Meinung sofort selbst eine gescheuert bekommen – für seine Selbstgerechtigkeit. Und gleich noch eine für sein MANGELHAFTES ERZIEHERLATEIN. Und weil er letzteres nicht für verbesserungswürdig hält, eine dritte. Und weil aller guten Dinge vier sind, noch eine hinterher, um ihn (oder sie) zum Nachdenken anzuregen, z.B. über den Sinn und Nutzen von Gewaltanwendung. Aber würde das geschehen? Wohl kaum. Eine vierfach geohrfeigte Loki S. wäre TIEF VERLETZT und zu empört, um SINE IRA ET STUDIO nachzudenken.

Was bliebe ihr übrig? Dasselbe wie allen Geprügelten: parieren oder sich verstockt zurückziehen. Wenigstens vorübergehend wäre die Ruhe wiederhergestellt. Und das ist das Ziel aller handgreiflichen Pädagogen: dem Paragraphen 2 unseres Grundgesetzes Geltung zu verschaffen: RUHE IST DIE ERSTE BÜRGERPFLICHT.

W., das renitente Kind, war den frustrationsbedingten Abreaktionen der Erwachsenen, die das 1000jährige Reich überlebt hatten, häufig ausgesetzt - unter dem Sammelbegriff und Deckmantel ERZIEHUNGSMASSNAHMEN. Die seiner Eltern nahm er nicht weiter krumm. Bis auf wenige Ausnahmen hielt er es für gerechtfertigt, wenn sie ihn übers Knie legten. Die Dreistigkeit, mit der er immer wieder seine Grenzen überschritt, musste geahndet werden, das sah er ein. Er schätzte daran, dass es nur sein Hintern war, der büssen musste und dass die auslösenden Ereignisse dann auch abgehakt und erledigt waren. Der verlängerte Rücken schien auch nicht der Hauptwohnsitz seiner Würde zu sein.

W., das Kind, ahnte, dass ihn seine Eltern oft nur aus Hilflosigkeit schlugen oder aus Zeitmangel. Beide mussten arbeiten gehen, weshalb W. bis zu seiner Einschulung entweder im Kindergarten oder bei seiner Großmutter untergebracht wurde. Seine Oma war anders als die seiner Freunde. Sie kam aus OBERSCHLESIEN und das hörte man ihr an. Manchmal war W. der Dialekt, den sie sprach, peinlich, beim Einkaufen oder in der Trambahn, aber er liebte sie wie man seine Oma nur lieben kann. Und dennoch genoss er es, sie mit seinen Fragen und seiner Aufsässigkeit zu reizen, oft bis zur PLATZE. Wollte sich nie mit einem DAS TUT MAN NICHT abfinden. Ebensowenig mit den Antworten auf sein WARUM, auf die seine Großmutter nicht vorbereitet und mit denen sie meist überfordert war. Immer wieder keuchte sie mit fuchsteufelsrotem Gesicht und dem Teppichklopfer hinter ihm her, was ihn, flink wie er war, mehr belustigte als erschreckte. Vor allem ihr: ICH WERD DICH PRIEGELN, BIS DIR DIE ROTE SUPPE RUNTERLEIFT.

Weil sie ihm leid tat, versuchte er, ihr wenigstens hin und wieder eine Freude zu machen. Dabei entdeckte er, wie einfach das sein konnte. Als wieder einmal Verwandte oder Bekannte zu Besuch waren (fast alle sprachen ein für W. befremdliches Deutsch), antwortete er auf die stets gestellte Frage, was er denn WERDEN wolle, nicht wie sonst mit LOKFÜHRER oder FEUERWEHRMANN, sondern mit APOTHEKER. Er hatte beiläufig mitbekommen, dass seine Großmutter ihn für den erstrebenswertesten aller Berufe hielt. Aber dass er sie mit dieser Antwort derart glücklich und stolz machen würde – wenigstens in diesem Augenblick – das konnte er nicht erwarten. Die Anwesenden beneideten sie um diesen Enkel und sie verzieh ihm dafür seine Ungezogenheit, unter der sie so viel zu leiden hatte. Immer wenn Besuch kam, konnte sie es kaum erwarten, dass man ihn nach seinem Berufswunsch fragte. Oft griff sie vor und tat es selbst. Und immer und immer wieder ließ sein APOTHEKER ihr gutmütig-bäuerliches Gesicht vor Freude aufglühen.

W.s insgeheime Helden trugen keine weißen Kittel und taten auch nicht hinter einer Theke Dienst. Sie hießen Tarzan, Prinz Eisenherz, Pecos Bill, Phantom und Sigurd und setzten ständig Leib und Leben für irgendjemanden aufs Spiel. Dagegen waren die eigenen Auseinandersetzungen mit dem Teppichklopfer seiner Oma Kinderkram.

W. konnte nicht verstehen, dass die Comics, in denen seine Vorbilder auftraten, von den Erziehern SCHUNDHEFTE genannt und sofort eingezogen wurden, wenn man sich auf dem Schulgelände damit erwischen ließ. Zwei-, dreimal gab es offizielle, also von der Schulleitung initiierte Tauschaktionen: für 5 seiner geliebten HEFTL hätte W. eine RASSELBANDE bekommen, das pädagogisch wertvolle Gegenmodell, herausgegeben vom VOLKSWART-BUND. Genausogut hätte man ihm für einen Kaugummi fünf Kopfnüsse anbieten können. Nur Streber und die dazugehörigen Eltern rückten mit ein paar Heftchen an. Sie landeten zusammen mit den vorher konfiszierten im Schulhof auf einem Haufen, wo man sie – nach guter Tradition – wieder einmal der REINIGENDEN KRAFT DES FEUERS übergab. Dem rechten Deutschen brennt eben so einiges auf den Nägeln...

(Anm. d. Hrsg.: Die Volksschule, von der hier die Rede ist, liegt in München-Großhadern, am Canisiusplatz, der Autor hatte sie von 1954 bis 1956 besucht. Hierzu passt vielleicht ein Foto aus Müllers „Nachlass", betitelt mit *Wie München aussieht, wenn's grad mal nicht leuchtet*.)

Der Volkswartbund war, wie W. später erfuhr, eine 1896 gegründete katholische Vereinigung zur BEKÄMPFUNG DER ÖFFENTLICHEN UNSITTLICHKEIT. Er zieht mittlerweile unter einem neuem Namen zu Felde – als Katholische Bundesarbeitsgemeinschaft Jugendschutz e.V., den alten hatte man wohl als allzu belastet und verräterisch empfunden. Gegeißelt wird weiter das BÖSE und das findet man überall, vorzugsweise bei ANDEREN. Da wird z.B. HALLOWEEN als durch und durch KOMMERZIALISIERTES FEST geBRANDmarkt. Wer sich den Verstand mit seinem GLAUBEN verkleistert, muss halt dann mit den Talgdrüsen denken, dachte sich W. Und wer den Wald im eigenen Auge nicht erkennt, empört sich über den Zahnstocher zwischen den Zähnen seines Nächsten.

Ehe er sich versah, baute sich vor ihm eine KRIPPENSZENE auf: mit BARBIE als Maria und KEN als Josef, umgeben von HEERSCHAREN von Playmobilfiguren. Und aus der WIEGE grinste ihn anstelle des Christkinds ein von innen erleuchteter Kürbiskopf an...

Der siebenjährige W. zündelte selbst gerne, aber es blutete ihm das Herz, als er auf dem Schulhof seine Lieblingslektüre in Flammen aufgehen sah, mit all den Heldengeschichten, in denen dank weniger furcht- und selbstloser Männer stets das Gute siegte. Warum man sie verbrannte, war W. unerklärlich – wie so vieles, was Erwachsene taten. Gegen diese Geschichten konnte nur der etwas haben, der sie nicht gelesen oder nicht verstanden hatte. Oder selbst dunkle Absichten verfolgte. Zu den GUTEN oder Bewunderungswürdigen gehörten diese Erwachsenen nicht. Und die wenigen anderen, die er sympathisch fand, ließen sie gewähren. Er, W., würde nie so werden wollen, das war ihm klar. Groß ja, aber nie erwachsen.

Verglichen mit den gesellschaftlich anerkannten Helden, die W. im Verlauf seiner späteren Erziehung kennenlernte, von Siegfried und Herakles angefangen über den Grafen von Monte Christo bis zu des Teufels General, waren Tarzan und Co. wahre Saubermänner. Wohin immer sie auf ihren Streifzügen kamen, standen sie den Armen und Unterdrückten bei, notfalls mit Leib und Leben. Und wenn sie ihren Job getan hatten und weiterzogen, waren sie zufrieden, wenn man ihnen dankbar nachwinkte.

Nicht so wie dieser JESUS, der ständig angebetet werden wollte. Weil er sich für alle und angeblich auch für W. ans Kreuz schlagen ließ. Wer hatte ihn denn darum gebeten? W. fand, dass auch die Geschichte mit Adam und Eva zum Himmel stank. Dieses ganze ERBSÜNDENTRARA wegen eines Apfels. Und irgendeiner ERKENNTNIS, die der HERR für sich behalten wollte. Wer allwissend und allmächtig ist, hätte vorausgesehen, wie die Sache mit dem Apfel laufen würde. Und sie verhindern können. Tat er aber nicht. Warum? Weil er einen Vorwand brauchte, um sich als sein eigener Sohn verkleidet kreuzigen zu lassen, damit als ERLÖSER aufzutreten und ewige Dankbarkeit dafür einzufordern.
NEIN, DANKE! Die Geschichte war so unlogisch wie fies und durchschaubar: dieser HERR sprach Menschen für etwas schuldig, was andere vor ihnen ausgefressen hatten, um sie dann für den Rest ihres Lebens beten und buckeln zu lassen. Mit W. war das nicht zu machen! Ihm stand Tarzan näher, weil der das BÖSE nicht erst in die Welt setzen musste, um es zu bekämpfen. Und weil der es nicht nötig hatte, Dankbarkeit und Bewunderung einzufordern oder sich anbeten zu lassen. Vielleicht vebrannten sie Tarzan ja aus Eifersucht? Vielleicht ahnten sie, dass der ein besserer Mensch war als dieser HERRGOTT? Warum wohl duldet so einer keine anderen Götter neben sich? Weil er, das leuchtete W. sofort ein, bei einem Vergleich ziemlich schlecht ausgesehen hätte. Wahrscheinlich ver-

sprach er seinen Anhängern deshalb ein EWIGES LEBEN. Das allerdings kam dem siebenjährigen W. nicht sonderlich verlockend vor. Erschien ihm doch sein bisheriges Leben schon wie eine Ewigkeit. Und bis er endlich volljährig wäre, würde es nochmal zwei Ewigkeiten dauern. Dann ging das richtige Leben ja überhaupt erst los...

Und bis er dann mal so alt sein würde wie sein Opa, würde es noch viele Ewigkeiten dauern... wie hätte W., das Kind, ahnen können, dass auch die Zeit eine Art Droge ist: je mehr man von ihr konsumiert, desto schneller verfliegt sie und ihre Wirkung und umso mehr will man von ihr haben.

Als W. 9 war, zogen seine Eltern nach Pasing in die Dachstraße. Er kam in eine neue Schule und, damit er nachmittags nicht unbeaufsichtigt blieb, in einen von den ENGLISCHEN FRÄULEIN betriebenen Kinderhort, der außerhalb des Klosters unweit des Stadtparks lag. Diese Bräute Jesu trugen eine fein blauweißgestreifte Tracht und reinweiße, steife Hauben, die das Gesicht so eng umschlossen, dass man nie auch nur 1 Haar zu sehen bekam. Das ließ sie geschlechtslos erscheinen und verstärkte ihr uniformes Aussehen. Oberschwester Agathe, deren stets gerötetes Gesicht wie ein aufgegangener Kuchenteig aus der Haube quoll, führte ein leises, aber unerbittliches Regiment, das bei W. meist auf stundenlanges ECKENSTEHEN mit dem Gesicht zur Wand hinauslief.

Hier lernte der junge W. wieder eine 2-Klassen-Gesellschaft kennen, erneut aus der Sicht, die schmerzt, also der der Minderheit. Offensichtlich nahmen die erzkatholischen Schwestern evangelische Schüler nur auf, weil sie mussten. In der Sitzordnung des Speise- und Aufenthaltssaals, der der meistbenutzte Raum war und den Großteil des ersten Stocks einnahm, kam das deutlich zum Ausdruck. Entlang einer Wand standen Tische zu einer langen Tafel aneinandergereiht, an der gegessen, gespielt und Hausaufgaben gemacht wurden. Hier saßen die katholischen Zöglinge, etwa 40 an der Zahl. W. und drei weitere evangelische Schüler hatten einen eigenen Tisch in der gegenüberliegenden Ecke. Was auch immer verteilt wurde, zuerst kamen die dran, die dem wahren Glauben anhingen.

Für W. zogen sich die Mahlzeiten EWIG hin, weil vorher und nachher endlos GEBENEDEIT wurde, was immer das heißen mochte. Erst MARIAVOLLDERGNADEN und zwar UNTERDENWEIBERN und dann auch noch DIEFRUCHTIHRESLEIBESJESU. Immer wenn er dachte, jetzt sei genug gebenedeit worden, ging der Singsang von vorn los. Was hätte man sich denken sollen, bei diesen heruntergespulten, unverständlichen Sätzen? Welchen Sinn hatten die Wiederholungen? Das mit dem Benedeien klappte immer erst nach endlosen Anläufen. Inbrunst war bei dieser Art von Gebet kaum zu erwarten.

Kurz nach seinem Eintritt in den klösterlichen Hort hatte etwas seine Aufmerksamkeit erregt, von dem er sich von Woche zu Woche mehr provoziert fühlte. Auf halber Höhe des schmalen Treppenhauses, das zum Speisesaal hinaufführte, stand in einer Mauernische eine kleine Marienstatue, vor der stets eine Kerze brannte – von den Englischen Fräulein als EWIGES LICHT verehrt. W. fand diese Bezeichnung fahrlässig übertrieben. Für ihn war es eine Kerze wie jede andere.

Eines unbeobachteten Augenblicks musste er es sich einfach beweisen, mit einem kurzen Pusterer. Wenig später war der Teufel los. Die Nonnen rannten mit flackernden Augen und fleckigen Gesichtern durcheinander, als wäre eine von ihnen während der Essensausgabe mit Zwillingen niedergekommen. Die Schüler wurden einzeln befragt, wann sie zuletzt das Treppenhaus betreten und ob sie etwas dabei beobachtet hätten. W. machte dasselbe unschuldige und bestürzte Gesicht wie die anderen. Deshalb blieb nur ein Generalverdacht im Hause hängen, der sich pauschal gegen die Evangelischen richtete. An den folgenden Tagen standen sie unter schärfster Beobachtung und wurden ungnädiger denn je behandelt. W. hatte nicht mit soviel Aufhebens gerechnet und konnte es sich auch nicht erklären. Eine Kerze ließ sich doch ebenso einfach wieder anzünden wie auspusten. Vielleicht war den Nonnen der Gebrauch von Zündhölzern beim EWIGEN LICHT verboten und sie mussten es mit flammenden Gebeten entfachen oder mit ihren heißen Tränen? Das würde natürlich etwas dauern. W. nahm sich vor, herauszufinden, ob die Reaktion im Wiederholungsfall auch so heftig sein würde. Doch erst musste wieder etwas Ruhe eingekehrt sein.

Ein paar Tage später gab es Spinat, den W. von Herzen hasste. Ein katholischer Schüler brachte wie üblich zwei nicht ganz geleerte Schüsseln an den Tisch der Glaubensabweichler. Beim Weggehen bekam er die etwas zu vorlaute Bemerkung von W. mit – das sähe aus wie SCHWESTERNSCHEISSE und schmecke auch so – um sie sofort der Oberschwester zuzuflüstern.
Ein moderner Erzieher hätte vermutlich versucht, herauszufinden, weshalb W. annahm, die Kacke Englischer Frolleins könnte grün sein. Und hätte dann vielleicht herausgefunden, dass W. eine Farbschwäche hatte und Grün

von Braun nicht unterscheiden konnte. Schwester Agathe hingegen versteinerte, gab nach dem Essen ein paar älteren Schülern knappe Anweisungen und zog sich samt ihren Mitschwestern zurück. Die angesprochenen Knaben zerrten in der anschließenden Freizeit den sich erfolglos wehrenden W. in eine mit Büschen bestandene Gartenecke und prügelten ihn ausgiebig durch, sozusagen in CHRISTLICHER MISSION und im Auftrag der BRÄUTE JESU.

In Raufereien war W. häufig verstrickt. Nicht dass er körperliche Auseinandersetzungen gesucht hätte, aber das Herumstreunen brachte das einfach mit sich. Auf der Straße galt das Recht des Stärkeren oder desjenigen, der gerade dafür gehalten wurde. Aber das war labil und konnte sich jederzeit ändern. Musste nur der ältere Bruder oder der Freund eines eben noch schwächeren um die Ecke kommen. Dennoch ging es dabei letztlich fair zu. Jeder, der sich nicht prügeln wollte, brauchte nur abzuhauen. Er bekam zwar noch einen Eimer Häme hinterhergeschüttet, blieb aber körperlich unversehrt. Nur wenn die Kräfte ausgeglichen waren und die Rangordnung der Gegner, weil unklar, ermittelt werden wollte, kam es zu Raufereien. Gelegentlich auch in Fällen hartnäckiger Uneinsichtigkeit oder Starrköpfigkeit. Aber: als feige galt nicht der, der sich einer Übermacht entzog. Er gehorchte schließlich dem Gebot der Vernunft, und die stand im Zweifelsfall über der Ehre. Für feige wurde gehalten, wer sich an Unterlegenen vergriff. Und das war im Hortgarten der Englischen Fräuleins der Fall: Alle älter und größer als W. und fünf gegen einen. Nach seiner Rechtsauffassung und der von Tarzan und Prinz Eisenherz nannte man, wer so handelte oder dergleichen duldete, Schurken. Egal, ob sie GOTTES SEGEN hatten oder nicht.

In den Geschichten vom LIEBEN JESULEIN war ständig von Güte und Nächstenliebe die Rede. Umso strenger und unnachsichtiger sah sich W. von seinen Erziehern behandelt, speziell von den katholischen. Sie schienen die Diskrepanz, die sich für W. so offenkundig auftat, nicht zu bemerken. Sie beteten einen angeblich allesverzeihenden, opferbereiten Gottessohn an, handelten aber selbst wie die Schergen, die ihn ans Kreuz geschlagen hatten. Sie predigten: LASSETDIEKINDLEINZUMIRKOMMEN, kam es dann dazu, hieß es: GNADEIHNENGOTT. W. fand sich nicht ab mit diesem Widerspruch, sondern rieb sich an ihm. Das schärfte sein Mißtrauen gegenüber den Erwachsenen und lehrte ihn, ihren Worten und Ankündigungen erst dann zu glauben, wenn sie die entsprechenden Taten folgen ließen.

Zuhause erzählte der geprügelte W. nichts, er beschloss vielmehr, diesen Hort nie mehr zu betreten. Er trieb sich nach der Schule im Stadtpark herum oder ging mit Schulfreunden mit. Er aß übrig gebliebenes Pausenbrot und kehrte erst am Spätnachmittag heim, meist vor seinen berufstätigen Eltern. Knapp einen Monat lang passierte nichts. Dann rief abends Oberschwester Agathe bei ihm zuhause an, um sich zu erkundigen, wie es W. ginge und wann er denn wieder gesund sei. Seine Mutter fiel aus allen Wolken. Zur Rede gestellt, schilderte er ihr, was vorgefallen war und versicherte ihr, dass man ihn künftig mit Gewalt in diesen Hort schleppen müsste, alleine ginge er da nicht mehr hin.

Er schien einigermaßen glaubhaft gewirkt zu haben. Am meisten aber hatte seine Mutter beeindruckt, dass in den vergangenen vier Wochen von der Schule KEINE BESONDEREN VORKOMMNISSE gemeldet worden waren – bei

W. keine Selbstverständlichkeit. Im Übrigen konnte sie, eine (damals noch Papier-)Katholikin, auf eigene Erfahrungen mit der HEILIGEN RÖMISCHEN KIRCHE zurückblicken. Zwei Jahre nach Kriegsende und gerade 20 war sie ungewollt mit W. schwanger geworden und deshalb eine bis heute den Katholen verbotene Mischehe mit einem Protestanten eingegangen. Ihr Pfarrer hatte sie nach der standesamtlichen Trauung aufgesucht, um ihr mitzuteilen, dass sie in den Augen der Kirche eine WILDE EHE führe und dass man sie EXKOMMUNIZIEREN werde, wenn sie das demnächst zur Welt kommende Kind nicht katholisch taufen und erziehen werde.

Als W., herangewachsen, davon erfuhr, fand er, man hätte ihn - als 20 Wochen jungen Fötus - noch auf der Stelle austreiben und dem Pfaffen solange um die Ohren hauen sollen, bis der sich der ERPRESSUNG und NÖTIGUNG für schuldig bekannt hätte. Ohnehin gehören letztere innerhalb der HEILIGEN MUTTER KIRCHE zu den akzeptierten Standardverfahren bei der Betreuung ihrer Schäfchen – und da noch zu den humaneren. Deshalb hätte man den Pfarrer natürlich freigesprochen und stattdessen W.s Mutter verknackt. Aber W., beziehungsweise der von ihm übrig gebliebene, am Pfaffenschädel zerschlagene Klumpen, hätte ausgesorgt, wäre zum jüngsten Märtyrer der Atheisten aufgestiegen und wenn schon nicht in einem Reliquienschrein, doch vielleicht auf einer Gedenktafel gelandet und so für alle Zeit bemitleidet und verehrt worden. Was könnte eine Mutter mehr für ihr Kind tun? W. wäre ihr EWIG dankbar gewesen...
Es kam leider anders. Trotzig wie sie nicht nur mit zwanzig war, dachte sich W.s Mutter, sollen sie mich doch exkom-

munizieren. Und schwor sich, das erwartete und etwaige künftige Kinder dem Kirchenspalter zu übereignen und LUTHERISCH taufen zu lassen. JETZT ERST RECHT. Wie man sieht, war W.s später zutage tretende Aufsässigkeit nicht ihm allein anzulasten, sondern Bestandteil seiner genetischen Ausstattung.

Die Prügel bei den Englischen Fräulein, die W. neun Jahre später MIT KIRCHLICHEM SEGEN verabreicht wurden, reichten für eine Märtyrerrolle nicht aus. Resultierten aber doch irgendwie aus der Vorgeschichte und der Einstellung der Mutter. Was sie, wenn auch unbewusst, schließlich veranlasste, dem Sohn den weiteren Besuch dieses Kinderhorts zu ersparen.

W.s Mutter lebte ein halbes Frauenleben lang IN TODSÜNDE: fortgesetzte UNZUCHT mit diversen Männern (sie ließ sich nicht vom Tode, sondern zweimal vor Gericht scheiden) und mehrfacher KINDSMORD (zwei Abtreibungen). Dennoch beließ man sie im Schoß der Kirche. Nicht weil er ein Hort der Gnade und des Verzeihens wäre, nein, weil er käuflich ist und Mutter Kirche derart hinter dem Gelde her wie kein Teufel hinter einer armen Seele. Egal wie schmutzig, es wird eingesackt: WENN DIE MÜNZE IM BEUTEL KLINGT, DIE SEELE IN DEN HIMMEL SPRINGT.

All die wunderbaren WERTE aus dem KATALOG der abendländischen, christlichen Tradition lassen sich auf den einen reduzieren, der als einziger zählt: den pekuniären. Auf sie/ihn sollten wir uns zurückbesinnen, wenn sich mal wieder jemand von einem Kopftuch provoziert fühlt, dachte W., der von seinen Erinnerungen in die Gegenwart zurückgekehrt war und feststellen musste, dass er den Wetterbericht verpasst hatte. Natürlich verdiente sie Respekt, die Heilige Römische Amtskirche. Als größte und älteste Einrichtung für GELDWÄSCHE. Kein Geschäft zahlt sich mehr aus als das mit der Angst. Keine Organisation hat mehr Erfahrung darin, Menschen einzuschüchtern und abhängig zu machen.

W. suchte nach einer VHS-Kassette mit einem unlängst aufgenommenen Film.

Und jetzt mal TACHELES gedacht: Summasummarum dürfte der KATHOLIZISMUS mit seinen KREUZZÜGEN, der INQUISITION und der tatkräftigen Mithilfe bei der AUS-ROTTUNG sogenannter HEIDNISCHER VÖLKER nicht substanziell weniger Leid über die Welt gebracht haben als der NATIONALSOZIALISMUS. Von einem humanistischen Standpunkt aus gesehen sind beide KRIMINELLE VEREI-NIGUNGEN. Doch während die eine wenigstens OFFIZIELL GEÄCHTET wird, gilt die andere immer noch als HÖCHSTE MORALISCHE INSTANZ und darf als solche auftreten. Na dann GUTE NACHT, MENSCHHEIT.

W. hasste sich dafür, dass er immer vergaß, seine Kassetten zu beschriften. Er griff sich wahllos eine aus dem Regal und legte sie ein: Eine fette, bis auf einen Stringtanga NACKTE SCHLAMPE wand sich auf einem Sofa, knetete mit der einen Hand eins ihrer Euter durch und rubbelte sich mit der anderen im Schritt. RUF MICH AN! Während sie zu einer blinkenden Telefonnummer mit ihrer Zunge herumfuhrwerkte und hemmungslose Geilheit heuchelte, versuchte W., eine aufkommende Übelkeit zu bekämpfen und mit dem schnellen Rücklauf durch den Werbeblock ans Ende des Films zu gelangen, um nachzusehen, wie er hieß.

W. fragte sich dabei einmal mehr, welche SORTE MÄN-NER sich SO animieren ließ? Wie mussten die gestrickt sein, dass sie von etwas geil wurden, was ihn zum Kotzen brachte? Der Ekel, der sich in ihm breitgemacht hatte, verwandelte sich in WUT. Darüber, dass er sich einmal mehr überrumpelt und dieser SCHEISSE ausgesetzt sah.

Vor allem hasste er die SCHEISSTYPEN, die damit Kohle machten, dass sie diese tittenschwingenden und möseknetenden SCHNALLEN jederzeit und unerwartet in seinem Wohnzimmer auftauchen ließen. Die sich als MEDIENZAREN feiern lassen und – NON OLET – mit ZUHÄLTERN Geschäfte machen. Die als HONORATIOREN auftreten, weil sie niemand mit den SAUEREIEN in Verbindung bringt, die sie pausenlos senden.

W. hatte die Schweinespots zusammen mit einem anspruchsvollen (!) Film bei PRO SIEBEN aufgenommen, dem (EX-)Sender von LEO KIRCH (Nomen est omen!), einem BEKENNENDEN KATHOLIKEN und MITBEGRÜNDER des PRIVATFERNSEHENS, das mit heftiger, auch VISIONÄRER Unterstützung besonders der KONSERVATIVEN unter KOHL in die bundesrepublikanischen Glotzen gestemmt wurde. Vor allem mit dem Argument einer GRÖSSEREN PROGRAMMVIELFALT, die in den Reden vor und anläßlich der Einführung immer wieder beschworen wurde. Auch W. hätte es sich nicht träumen lassen, dass damit NUTTENSTÖHNEN, RIESENTITTEN, FICKANGEBOTE und ÖFFENTLICHES WICHSEN gemeint waren. Und dass diese Vielfalt rund um die Uhr in allen Fernsehern und Rekordern auf der Lauer liegen und jedermann und JEDEM KIND frei ZUGÄNGLICH sein oder einem bei versehentlichem Fernbedienen AUFGENÖTIGT werden würde. Weil eine Nach-23 Uhr-Sendebeschränkung im Zeitalter der AUFZEICHNUNG (nicht zu verwechseln mit dem der Aufklärung!) natür-

lich wirkungslos ist, ein (schmutziger) Witz! Reine BE-
SCHWICHTIGUNG!

Nie hätte W. für möglich gehalten, dass er mal vergangenen Zeiten hinterhertrauern oder sie sich zurückwün-
schen würde. Er hatte nichts gegen Pornographie und
konsumierte sie nicht nur während seiner Single-Pha-
sen. Aber DAS war SCHWEINKRAM auf MUSIKANTEN-
STADL–NIVEAU, Perversion hoch Zwei. Diese Art von
TELEPROSTITUTION eingeführt und zum täglichen Brot
des Fernsehens gemacht zu haben, das dürfen sich die
EHRENMÄNNER und Duzfreunde KIRCH & KOHL als ihren
VERDIENST anrechnen. Zweifellos hätte sich das Privat-
fernsehen auch ohne diese Herren durchgesetzt. Aber so
widerstandslos – vor allem von Seiten der Kirchen? So
plumpdreist? So nachhaltig? Ein STRENGGLÄUBIGER (das
waren die, in deren Nähe man nur flüstern durfte) und ein
CHRISTdemokrat versauen eine Republik im Schnellgang
– mit offensichtlicher Billigung der sogenannten MORA-
LISCHEN INSTANZEN – und werden dafür überschüttet
mit Privataudienzen beim Papst, mit Ehrenbürgerschaf-
ten, Bundesverdienstkreuzen und Doktorhüten. Wer KIR-
CHENSTEUER entrichtet, darf mit jeder Schweinerei Profit
machen (sonst macht ihn womöglich ein Anders- oder
Ungläubiger). Ganz zu schweigen von den Arbeitsplätzen,
die man damit sichert.
  W. fragte sich einmal mehr, warum ihm die Gesellschaft,
in die er hineingeboren wurde, so VERLOGEN vorkam.
Freunde und Bekannte, mit denen er sich über all die Aus-
wüchse und Perversionen unterhielt, gaben ihm meist
recht, aber sie störten sich nicht ernsthaft daran, sondern
fühlten sich trotzdem EINGEMEINDET. Das war bei W. nie

der Fall. Nur wenn er abgelenkt war, durch Arbeit oder private Aufregungen, gab es eine Art von Waffenstillstand zwischen ihm und dem SYSTEM, das ihn umgab. Einem Gemeinwesen, das seinem Namen alle EHRE machte, weil er es als durchgängig GEMEIN empfand.

W. empfand auch ÖFFENTLICHE EHRUNGEN fast immer als Farce. Nicht nur weil den Ehrenden wie den Geehrten die Eitelkeit aus allen Poren tropfte. Sondern weil sie sich damit gegenseitig WEISSE WESTEN und PERSILSCHEINE verschafften. Und ein RUHIGES GEWISSEN. Wer öffentlich geehrt wird, der darf schon mal BANKROTT machen oder einen MEINEID LEISTEN ohne wesentlich an Ansehen zu verlieren oder sein Leben im Überfluss aufgeben zu müssen. Statt im Knast landet er wie ein Fettauge auf der Gesellschaftssuppe bald wieder OBEN AUF. Er muss nur ein bisschen Gras über die Sache wachsen lassen (mit GOTTES SEGEN wächst es wie der Teufel). Merke: Einmal Ehrenmann, immer Ehrenmann. KIRCH bleibt KIRCH, dem schadet keine PLEITE.

Manchmal bedauerte W., dass es Einrichtungen wie die HÖLLE oder ein FEGEFEUER nebst einem ZÜRNENDEN GOTT nur in den Magerphantasien religionsbedürftiger Menschen gab und nicht wirklich. Denn er konnte sich durchaus angemessene Strafen ausmalen: Für sein gesellschaftsversauendes Wirken würde LEO dazu verdonnert, sich, in einen Fernsehsessel geschnürt, mit von Klammern offengehalten Augen alle seine NUTTENSPOTS ansehen zu müssen. Und zwar jeden jemals von jedem einzelnen Gerät ausgestrahlten. Mit Rücksicht auf seine Fehlsichtigkeit in einem halben Meter Abstand von der Glotze. Er wäre damit ein paar Äonen beschäftigt. Alle vier Stunden bekäme er eine Viertelstunde Pause, die er nutzen dürfte, um nun seinerseits seinem Papst und seinem Kanzler abwechselnd Audienzen zu gewähren. Mit eingeschränktem Gesprächsthemen-Katalog, versteht sich, auf das gerade von Kirch Gesehene und einst Gesendete: DURCHGEKNETETE EUTER, FEILSTGEBOTENE ÄRSCHE und SCHARF GERIEBENE MÖSEN. Von einer derart AUSGLEICHENDEN GERECHTIGKEIT, das wusste W. und seufzte, kann man nur träumen... Ihm war die Lust, sich irgendetwas anzusehen, fürs Erste gründlich vergangen.

Lust... ...kaum fassbar, wofür diese Anordnung von vier Buchstaben alles stand! Wie missbraucht sie wurde. Welche Vielzahl von Empfindungen er/man damit verband. Und wie sich die wiederum im Laufe eines Männerlebens veränderten und verschoben. Nicht anders verhielt es sich mit Glück. Ihm war unvergesslich, als beide, Lust und Glück oder vielmehr eine Ahnung davon, ihn zum ersten Mal mit ihren glühenden Schwingen streiften und veränderten.
Damals, im Sommer 1959, hatte sich der elfjährige W. endlich ein Herz gefasst und das elfenhafte Geschöpf angesprochen, dessen weißblonde, von zwei Haarspangen mühsam gebändigte Mähne er seit kurzem wieder auf dem Nachbargrundstück aufblitzen sah. Bis vor wenigen Monaten hatte er dieses flüchtige, ferne Leuchten fast täglich beobachten können. Es löste eine seltsame Unruhe in ihm aus, zuweilen auch ein süßliches Ziehen in der Gegend seines Nabels. Deshalb suchte er den Garten nebenan, der ähnlich wild durchwachsen wie der eigene war und den ein zusammengesunkener Drahtzaun nur

noch andeutungsweise abtrennte, immer gründlich mit den Augen ab, sobald er in sein Blickfeld geriet. Wenn er einmal ein paar Tage lang nichts Aufleuchten sah, wurden seine Blicke ungeduldig und häufiger. Und sein Bauch fühlte sich innen hohl und grau an. Weil ihre und seine Eltern sich flüchtig kannten, wusste er, wie sie hieß, dass sie zehn und ihr Vater Bildhauer war. Aber er hatte es nie gewagt, sie anzusprechen.

Dann war A. plötzlich mit ihrer Mutter nach Bremen gezogen, in ein neues Leben. Das Nachbarhaus, das zu einer Kette heruntergekommener Doppelhausvillen aus der Gründerzeit gehörte und wie das, in dem er wohnte, mit mehreren Mietparteien belegt war, erschien ihm von da an wie abgestorben. W. vermied es, hinüberzuschauen. Tat er es doch, erhob sich ein Schmerz in seiner Brust wie aufgerührtes, schwarzes Sediment, füllte ihn vollständig aus und ließ ihn nur noch flach atmen.

In den Sommerferien traf ihn der warme Lichtreflex aus der Richtung, aus der er keinen mehr erwartete, umso heftiger. An den folgenden Tagen schlich W. auf ungewohnt wackeligen Beinen und mit einem beengten Gefühl im Hals in der Nähe des Maschendrahts herum, der mit dem Gestrüpp rang und sich unter dem Rost wand und einrollte. Und dann tauchte sie plötzlich auf, an einer der Stellen, die als Durchgänge genutzt wurden, weil dort der Zaun ganz fehlte. Stand einfach vor ihm, mit im Rücken verschränkten Händen und einem erwartungsvollen Blick aus sanftblauen, aufgeweckten Augen. Und mit diesen gleißenden Haaren, die immer in Bewegung zu sein schienen. Während er noch nach Halt suchte, hörte er sich mit einer fremd klingenden Stimme fragen, ob sie sich seine Kreuzspinne ansehen wolle, die er sich damals zu Beobachtungszwecken hielt. Die Mischung von Gruseln und Grinsen, die über ihr hübsches Gesicht flog, ließ oberhalb ihrer Stupsnase zwei Falten entstehen. Er beeilte sich, hinzuzufügen, dass die Spinne sicher verwahrt sei und sie keine Angst zu haben brauche.

Sie nickte und er führte sie in die verglaste Veranda, die hinterm Haus an sein Zimmer anschloss. Dort stand das Gurkenglas, das er mit etwas Laub und einem Ast ausgestattet und in dessen Blechdeckel er Luftlöcher gebohrt hatte. Von seinem Studienobjekt war außer einer Art Notgespinst nichts zu sehen. Sie schoben die Köpfe nah an das Glas heran, während er es vorsichtig drehte. Und dann tauchte Araneus diadematus auf, reglos kopfüber hinter einem Blatt lauernd, mit ihrer scharf gesprenkelten, prächtigen Kreuz-Zeichnung auf dem herzförmigen, fast haselnussgroßen Leib. W. hätte vor Freude am liebsten aufgejuchzt, als er hörte, wie A. den Atem anhielt. *Wenn man erst mal die Furcht vor ihnen verliert*, sagte er, *entdeckt man, wie schön sie sind*. Dann griff er zu der Leselupe, die schon bereit lag und reichte sie ihr. Sie sah ihn groß an, und er glaubte, neben dem bangen Zweifel auch ein bisschen Bewunderung aus ihrem Blick herauszulesen. Er nickte ihr aufmunternd zu. Sie setzte die Lupe an, suchte nach Schärfe und verharrte, woraufhin er sich hinter sie schob, als ob er mit durchsehen wollte. Doch sein Ziel war nur, ihr unauffällig so nah wie möglich zu kommen. Als das fliegende Gold ihrer Haare ein seidiges Kitzeln auf seiner Wange auslöste, glaubte er schon, übertrieben zu haben. Aber sie schien von seiner Spinne geradezu hypnotisiert zu sein. Er spürte die Wärme, die von ihr aufstieg, sah den glänzenden, leicht aufgestellten Flaum auf der sonnengetränkten Haut ihrer Schultern und sog den silberhellen Duft ein, der sie umhüllte. Er hätte den ganzen Tag so verharren können. Zum Glück ließ sie sich Zeit. Als sie sich zurücklehnte, sagte er: *Raubtierfütterung*. Er hatte an einer der vielen Scheiben eine kleine Goldfliege entdeckt, die er, geübt wie er war, rasch fing. Jetzt musste er es nur noch schaffen, sie aus der Faust seiner rechten Hand zwischen den Zeigefinger und den Daumen seiner linken zu bekommen ohne sie zu töten oder entkommen zu lassen. Tot hätte die Spinne sie nicht angerührt. Als es ihm schließlich gelang, stopfte er die Fliege durch eins der Löcher im Deckel. Sie verfing sich sofort und versuchte, sich mit dem noch freien Flügel zu befreien. A. hatte kaum die Lupe wieder angesetzt, als die Spinne schon über ihrem Opfer stand, es mit einem Biss lähmte und sofort damit begann, es einzuspinnen. Auch W. hatte sich wieder an A. herangeschoben und spürte ihre Schulterblätter an seiner Brust. Die grünmetallisch glänzende Fliege wirbelte zwischen den Vorderbeinen der Spinne um ihre Längsachse bis von ihr kaum noch was zu sehen war. Dann stoppte jede Bewegung und W. sagte: *Jetzt spritzt sie ihren Verdauungssaft in die Fliege, um sie dann später auszusaugen.* A. drehte ihren Kopf herum und ihr zu einer Grimasse verzogenes Gesicht war nur wenige Zentimeter von seinem entfernt. Er grinste wissend und konnte ihren Atem fühlen. *Verdauung vor dem Munde nennt man das*, sagte er. Sie presste ihre Lippen noch fester zusammen und warf ihren Kopf herum, dass ihm ihre Haare gegen den Hals flogen.

Er ahnte, dass sie beeindruckt war. Wenig später zeigte er ihr die Stelle, wo er seine Spinne eingefangen hatte und wo er sie wieder aussetzen würde. In der dicht bewachsenen, nicht einsehbaren Ecke seitlich am Haus hingen noch die Reste des Radnetzes. Dort war ein Leiterwagen abgestellt, in den sie sich setzten. Und dann erzählten sie sich, was aus ihrem kleinen Leben sie für erzählenswert hielten. Was ihnen wichtig erschien oder besonders komisch vorkam. Worüber sie sich ärgerten und was sie sich wünschten. Ein Hochgefühl, wie W. es noch nie erlebt hatte, verdickte die Luft und ließ die Zeit gerinnen. Es kam ihm vor, als würden sie eingesponnen in einen Kokon aus Luft und Seide. Dass das Glück so berauschend sein konnte, so durchdringend und total, dass es ihn körper- und schwerelos machte, hilflos und allmächtig zugleich, das hatte er nicht ahnen können. Und davon hatte man ihm bisher auch nichts erzählt.

Ihr Kokon wurde brutal aufgerissen, als man A. zum Abendessen nach Hause rief. Sie verabredeten sich noch schnell für den kommenden Vormittag und dann sah W. seinen Sonnenstrahl hinter den Bäumen verschwinden.

W. war an diesem Abend nicht er, nicht bei sich. Er sann und hing weiter diesem Zustand nach, der von ihm Besitz ergriffen hatte. Seine Mutter fragte ihn, ob er krank sei und prüfte mit ihrer Hand an seiner Stirn, ob er fieberte. Er lächelte verlegen, sagte, er wolle noch lesen und ging in sein Zimmer.

Nach einer Nacht, die ihm gleichzeitig kurz und endlos vorgekommen war, drückte er sich schon lange vor dem Frühstück im Wohnzimmer herum, von wo er einen guten Blick auf das Nachbarhaus hatte. Der Tag begann grau und konnte sich nicht recht entscheiden, wie er weitermachen sollte. Nach dem Frühstück lief W. in den Garten, dorthin, wo er die Haustür, aus der sie kommen musste, einsehen konnte. Es vergingen Ewigkeiten, die er, im Gebüsch kauernd, durchlitt. Aber das war nichts gegen das Würgegefühl, das ihn überkam, als er sie endlich herauskommen sah – zusammen mit ihrer Mutter und einem Koffer in der Hand. Er schoss hoch, sie bemerkte ihn, wandte sich kurz an ihre Mutter, stellte den Koffer ab und lief zu ihm. Leider müsse sie drei Tage früher als geplant heimreisen, es sei dufte gewesen, gestern. Servus! Und entschwand. In seinem Magen tat sich ein Vakuum auf, das an ihm zu zerren begann, gierig und gnadenlos, und immer stärker. Fühlte so eine Fliege, die von einer Spinne ausgesaugt wurde? Ihm wurde schlecht, der Boden unter ihm begann sich zu bewegen und zwang ihn in die Hocke... Ahnte er, dass es zwölf Jahre dauern würde, bis er sie wiedersah?

Abgesehen von Spielfilmen, Kultursendungen, den Nachrichten und gelegentlich Sport, sah W. ohnedies kaum fern. Und wenn, dann meist kopfschüttelnd. Im Land der DICHTER und DENKER wurde das Fernsehen zum Medium für DÖDEL und DEPPEN. Die politischen Parteien, die laut Grundgesetz zur MEINUNGSBILDUNG nur BEITRAGEN sollen, nahmen es in ihren Würgegriff und missbrauchten es zur STIMMUNGSMACHE. Anstelle einer freien Berichterstattung machte sich der PROPORZ breit, unabhängige Journalisten sind die Ausnahme, parteigebundene die Regel.

MATTSCHEIBE trifft es, dachte W., MATSCHSCHEIBE auch. Sie haben auch den Begriff UNTERHALTUNG ruiniert. Unterhaltungssendungen im Fernsehen sind zu Veranstaltungen für GRENZ- und VOLLDEBILE verkommen. SEID'S ALLE DA? HUMPTERASSASSA!

Die Infantilisierung der Gesellschaft ist abgeschlossen, das Ergebnis heißt PISA. Einst mit einem Turm in Zusammenhang gebracht, der umzufallen drohte, steht der

Name heute für ein in Sachen Bildung am Boden liegendes DEUTSCHLAND. Wer über Jahrzehnte auf allen Kanälen DUMMDEUTSCH zu HÖREN und SEHEN bekommt, dem vergeht es und der wundert sich nicht mehr über die Leere in seinem Kopf. Weil er sie nicht wahrnimmt. Macht nichts, denn mit einer SOLIDEN BESCHRÄNKTHEIT kann man es IN DISSEM UNZEREM LANDE weit bringen. Man stellt sie ohne Scheu im FERNSEHEN aus und steht dazu. Wie der, der zugab, dieses SHAKESBEER noch nie getrunken zu haben. Das reichte für eine 5-MINUTEN-BERÜHMTHEIT und um eine MILLION zu machen. Eine TRAUMKARRIERE dank RTL.

W. hatte seine eigene Theorie darüber, warum im FENNZEHN so häufig DUMPFBACKEN und DAMPFPLAUDERER herumgereicht und hochgejubelt werden: in und an ihnen kann sich der DURCHSCHNITTSDEUTSCHE wiedererkennen und hochziehen. Und er darf glauben, dass Mittelmaß und Beschränktheit kein Hinderungsgrund sind, um ganz oben zu landen oder sogar BUNDESKANZLER zu werden. Vor Kohl waren das eher elitäre, Ehrfurcht oder wenigstens Achtung gebietende Figuren, denen gegenüber sich die dümmlich-dumpfe MEHRHEIT das Maul noch nicht aufzumachen traute und die deshalb vornehm die SCHWEIGENDE genannt wurde. Dieses Volk grummelte zwar, bei Brandt und Schmidt und all denen, die ihm von den Konservativen als VATERLANDSLOS und SOZIALISTEN verkauft wurden, aber es blieb unter sich, in den Bier- und Schrebergärten. Um sich dann – zum ersten Mal nach der nicht ganz tausendjährigen REICHSHERRLICHKEIT – wiederzufinden: in KOHL. Er lieh dieser vor sich hin brabbelnden Mehrheit der Deutschen, den PROLETEN und SPIESSERN seine Stimme. Kohls VISIONEN waren so simpel gestrickt wie er selbst und ließen sich mit einem Wort beschreiben: MEHR. Mehr von ALLEM, vor allem für SICH selbst. WENIGER für die ANDEREN. Und das mit allen Mitteln und aller Macht, die man nur kriegen konnte.

Dieses PROGRAMM kapierte die MASSE: MEHR. Als sie noch VOLK genannt wurde, versprach man ihm MEHR LAND und NATIONALE WELTHERRSCHAFT. Bei und unter Kohl begnügte man sich mit MEHR FRESS'N UNT FENNSSEH'N. Standen unter Adolf dem versprochenen MEHR die Juden und andere Untermenschen entgegen, waren es unter Kohl die SOZ'N UNT SOZZJALISST'N.

Mit solch klaren Feindbildern konnte die schweigende Mehrheit etwas anfangen. Brauchte sie nur noch ein MOTTO, das sie geistig nicht überforderte. Das man allen LINKEN und ANDERSDENKENDEN, gerne auch NESTBE-SCHMUTZER, MOSKAUS FÜNFTE KOLONNE und RATTEN-GESCHMEISS genannt, um die Ohren hauen konnte. Und das natürlich dieses plumpe egoismenhätschelnde MEHR schön verbrämte.

W. erinnerte sich immer wieder gern an dieses Motto, unter dem Kohl seine MACHTERGREIFUNG in der BUNNTS-REPBLICK anging und -trat. Weil es, unter dem MANNT'L D'R G'SCHISCHTE begraben, zu schnell vergessen wurde. Und weil es so absolut gar nichts mit dem künftigen KOHL'SCHEN WIRKEN zu schaffen haben, es andererseits doch wieder haargenau beschreiben sollte.

Dieses Motto hieß GEISTIG-MORALISCHE WENDE. Und sie fand statt. Halt genau andersherum als sie GEMEINT war und verstanden wurde. Es bestätigte sich nach dem Amtsantritt des Oggersheimers von Jahr zu Jahr, dass GEIST und MORAL diesem Mann so fremd waren wie SELBST-KRITIK und MÄSSIGUNG. Im Gegenteil, er SCHISS drauf (und wenn er etwas konnte oder zustande brachte, dann d a s).

Dieses Auseinanderklaffen von Wort und Tat, auf das W. schon in der Kindheit allergisch reagierte, schliff sich unter Kohl ein und wurde im Verlauf seiner Amtszeit zur Normalität. Seine GeistLOSIGKEIT und seine UNmoral ließen die VERHALTENSMASSSTÄBE in DISS'M UNZ'REM LANDE auf ein ALLZEITTIEF sinken, von dem sie sich nicht mehr erholten. Im Zusammenhang mit Kohls Wirken wurde bezeichnenderweise der Begriff POLITISCHE KULTUR so inflationär gebraucht (um der sich ausbreitenden POLITIKVERDROSSENHEIT entgegenzuarbeiten), dass er zum Widerspruch in sich und zu einer der dümmstdeutschen aller WORTNEUSCHÖPFUNGEN wurde.

Wenn es eine Politische Kultur oder Ansätze von Demokratieverständnis in der BUNT'SREPLICK je gegeben haben sollte – mit der GEISTIG–MORALISCHEN WENDE begann ihre unwiderrufliche ZERSETZUNG. Das Schüren von Ängsten und Vorurteilen wurde wieder Programm. Diffamierung und Hetze traten an die Stelle inhaltlicher Auseinandersetzungen. Wahrheit, Gemeinsinn, Anstand, alles verkam zur Worthülse, zur Floskel, zur Lüge.

Und es war wieder so wie bei Adolf, dachte W. voll Bitterkeit. Keiner kann sagen, Kohls nationale VERARSCHE sei für ihn überraschend gekommen, das habe er nicht ahnen können. Man musste nicht mal zwischen den Zeilen lesen, sondern den Mann einfach nur anschauen und -hören: *Enntscheint' nt isst, was hint' n rasskommt.*

Statt ein SCHEISSHAUS aufzusuchen, nahm Kohl das Bundeskanzleramt IN BESITZ. Er BESETZTE Themen wie Kloschüsseln und brachte das AUSSITZEN zur Perfektion

49

(es wurde sein MARKENZEICHEN). Seither zählt es unter deutschen Politikern zu den Erfolgsstrategien.

Dass ein Mensch mit seinem Amt bzw. an seinen Aufgaben wachse, konnte Kohl eindrucksvoll beweisen. Er wuchs über sich hinaus – allerdings nur, was sein Gewicht und seinen Umfang betraf. Zu W.s beliebtesten Tag(Alp)träumen gehörte es, morgens im Bad in den Spiegel zu blicken und dort auf Kohls grinsendes Konterfei zu treffen: Dieser aufgepumpten Birne, bei der man sekündlich damit rechnen muss, dass sie sich und einem um die Ohren fliegt. Diesem Halsauswuchs eines durch lebenslange Selbstmast gequälten und entstellten menschlichen Organismus. Diesem mit den Drecksgriffeln der Völlerei und Fressgier gezeichneten Antlitz. Dieser entweder süßlich lächelnden oder ungnädig blinzelnden Fratze, die sich bereitwilligst vor jedem Fotoapparat und jeder Kamera breit machte. Jeder normalempfindende Mensch würde sich angesichts solch eines Spiegelbilds für den Rest seines Lebens im Keller verstecken und sich von allen Mitmenschen fernhalten. Aus Scham. Oder aus Rücksichtnahme. Kohl hingegen ging hinaus in alle Welt und vertrat – mit diesem Zerrbild einer Visage – eine ganze Nation. Übernahm LEIT– u. VORBILDFUNKTION und trug u.a. entscheidend zur Verfettung der eigenen Bevölkerung bei.

Okay, dachte sich W., vielleicht war das eine Art ausgleichender Gerechtigkeit, eine der Strafen für Hitler. DER HÄSSLICHE DEUTSCHE, in dessen Gesicht sich die UNGNADE EINER SPÄTEN ZANGENGEBURT abzeichnete – wer hätte ihn trefflicher verkörpern können als Kohl?

Tat W. ihm, dem BUNT'SKANTZLER unrecht? Machte er sich an Äußerlichkeiten fest, am Aussehen, für das einer nichts kann? Nein, Kohl konnte! Dieses monströs Ausufernde seiner Erscheinung beschrieb exakt seine überbordende Überheblichkeit, die nie und niemals von einem Anflug von Selbstzweifel getrübt wurde. Es deckte sich mit der Hemmungs- und Skrupellosigkeit, mit der er sich und seine Ansichten DURCHSETZTE. Und es entsprach seiner Art, alles, was ihm gegen den Strich ging und längst hätte getan werden müssen, zu zersetzen und plattzusitzen, es eben/bildlich unter seinem gefürchteten Sitzfleisch zu begraben.

Immer wenn W. las oder hörte, einer unserer PFOLKSVERTRET'R wolle POLITIK GESTALTEN, dann dachte er sich hinzu: Wahrscheinlich wie Kohl – MIT DEM ARSCH. Und es würde FÜR'N ARSCH sein. Weshalb die größten ARSCHLÖCHER immer am meisten abbekommen. Womit der Kreislauf geschlossen wäre. Politik für die Politiker, als CIRCULUS VITIOSUS und Selbstzweck.

Natürlich hatte sich W. immer wieder gefragt, wie es möglich sein konnte, dass es in vielen Organisationen – seien es Unternehmen, Parteien, Kirchen oder sonstwas – regelmäßig die KOTZBROCKEN und DRECKSÄCKE an die Spitze der Hierarchien schafften? Er konnte es sich nur dadurch erklären, dass im Entscheidungsfall – um des lieben Friedens willen – nach der Maxime aus dem KINDERGARTEN verfahren wird: DER KLÜGERE GIBT NACH.

Wem? Dem GIERIGEREN! Dem SCHREIHALS! Dem DREISTEREN! Dem SKRUPELLOSEN! Dem AUFSCHNEIDER! Dem VORDRÄNGLER! Dem, der ein LEBEN AUF DER ÜBERHOL-

SPUR für sich beansprucht. Man läßt die EGOMANEN und ELLENBOGENTYPEN von klein auf gewähren und wundert sich, wenn sie sich im Lauf ihrer Karrieren zu ZOMBIES auswachsen, die sich auf ein GEMEINWESEN so verheerend auswirken wie ein Panzer auf ein Naturschutzgebiet. Oberflächlich betrachtet sehen sie entfernt menschlich aus, tatsächlich funktionieren sie wie Automaten, die ihr immerselbes Primitiv-Programm (ICH!ICH!ICH!) abwickeln.

W. konnte sich auch Kohls Werdegang nur so erklären, dass jeder, der halbwegs vernunftbegabt war, ihm aus dem Weg gegangen sein musste. Während er seinesgleichen durch MAUSCH'LN, KUNG'LN und RUMBEMB'LN an sich band. Als Köder für seine Spezln und Gefolgsleute dienten ihm ÄMTÄ UNT POSST'N.

In Demokratien, die ihren Namen zu Recht tragen, sollten Ämter dem Gemeinwohl dienen. In BIRNENLAND degenerierten sie – wie man das von Bananenrepubliken kennt – mehr und mehr zum Selbstzweck. Wurden immer häufiger als BELOHNUNG für LOYALITÄT vergeben, um die HAUSMACHT zu sichern und auszubauen und um WIDERSPENSTIGE ruhig zu stellen. Nach QUALIFIKATIONEN fragte unter Kohl niemand mehr, JASAGEN und BEMB'LSCHWINGEN genügte. Für ihn selbst hatte man die Bezeichnung GENERALIST erfunden, um ihn nicht immerzu als ignoranten Trampel, als dumpf und dümmlich zu erleben. Man erinnere sich: im Gegensatz zum Spezialisten, der über immer weniger immer mehr weiß (abgesehen von Zusammenhängen), bis er VON NICHTS ALLES WEISS, ist der Generalist einer, der VON ALLEM NICHTS WEISS, das aber lauthals und völlig ungeniert.

Damit Politiker höchste Ämter erreichen können ohne für das jeweilige Ressort ein tieferes Verständnis aufbringen zu müssen (dafür mangelt es ihnen an Zeit und Klugheit), unterhält diese BUNNT'SREPLICK ein Heer von Experten und Beratern. Das will beschäftigt werden, heißt ebenfalls Jasagen (zum Auftraggeber) und Bembelschwingen.

Seit Kohl konzentrieren sich die INHABER eines AMTS praktisch nur noch darauf, es zu behalten. Und setzen dafür wie ihr GROSSER VOR–SITZENDER die ihnen verliehene AMTSGEWALT so ungeniert und unbehelligt ein wie nie zuvor.

In Kohls Umgang mit der Presse spiegelte sich sein Demokratieverständnis. Wer nicht im Stil einer HOFBERICHT-ERSTATTUNG schrieb, fiel in Ungnade und galt als LINKE KAMPFPRESSE. Der SPIEGEL, damals noch ein Mammutbaum im Blätterwald, bekam von Kohl grundsätzlich keine Interviews. Von einer Einschränkung der Pressearbeit sprach niemand (umso heftiger geißelte man sie in autoritär regierten Staaten). Stattdessen stellte man einen ZERRSPIEGEL in die Medienlandschaft, der den Kanzler so abbildete, wie der sich sehen wollte. Das spurtreue Magazin hieß FOCUS, war der ANFANG des EINGEBETTETEN JOURNALISMUS und kam von BURDA, der zusammen mit BAUERSPRINGER die deutsche YELLOW PRESS dominiert (heißt so, weil sie mit PROMINENTENPISSE gedruckt wird). Dieses Trio teilt die WÄSCHE sogenannter ÖFFENTLICHER PERSONEN unter sich auf (die wiederum so heißen, weil ihnen der ARSCH sperrangelweit OFFEN steht), kocht sie hoch oder lang, je nach Bedarf und Nachfrage, und gibt den SUD (heißt so, weil er von BESUDELN kommt) ihren LESERSCHAFTEN zu saufen.

W. nannte sie KLOAKENPRESSE. Denn sie war bei Kohls nationaler VERARSCHE selbstschreibend volles Endrohr dabei, aber Hallo! Es brach eine HOCHKONJUNKTUR an für ARSCHKRIECHER und JourANAListen. Und alle fanden sie Platz und fühlten sich heimisch in Kohls gewaltigem ANUS. Dauergast HELMUT MARKWORT – er hatte KOHLS LOKUS beständigst im FOCUS – mutierte vom MENSCH zum ZAPFEN (ein Zäpfchen wäre in der Weite von Kohls Enddarm zu schnell verloren gegangen) und bewies damit, dass die Evolution nichts von ihrem Einfallsreichtum eingebüßt hat.

Für W. war es – obwohl doch längst gelöst – immer aufs Neue ein Rätsel: Wie konnte etwas wie Kohl Bundeskanzler werden und es gefühlte 46 Jahre bleiben?

Zu Beginn seiner PRÄGENTSCHAFT machten sich noch viele über ihn lustig: Über die Treffsicherheit, mit der er jeden Fettnapf zielsicher ansteuerte, um dann eine ARSCHBOMBE darin zu landen (Kohls PLATTZ INN'DR GESSICHTE). Und über sein UNSSÄKLICH DUMMESS GEBRABB'L, das mehrere STILBLÜTEN-Bände füllte. Bald konnte keiner mehr darüber lachen, und auch das Staunen über diesen ständig durch die Nachrichtenwelt turnenden TÖLPEL wich der Resignation.

Es setzte das ein, was der KLUGSCHEISSER die NORMATIVE KRAFT DES FAKTISCHEN nennt. Und KOHL war ein FAKTUM, das zusehends FETTER, FEISTER, DREISTER und ALLGEGENWÄRTIGER wurde. Seine ständige PRÄSENZ in den MEDIEN führte über die Jahre hinweg zu einem Gewöhnungseffekt, der seine ENTSTELLTE ERSCHEINUNG schließlich als NORMAL erscheinen ließ. Auch sein selbstherrliches AUFTRETEN und seine beleidigt-pampigen Antworten auf Fragen, die ihm unangenehm waren, gehörten schließlich zum GUTEN TON seiner POLITIK.

W. misstraute ihr seit jeher zutiefst, der MACHT DER GE-WOHNHEIT. Kohl SETZTE – was sonst? – auf sie und sich durch, spekulierte auf das VERHARREN IM STATUS QUO und füllte den MÜNTICK'N BÜRGER mit PHRASEN ab wie kaum ein Politiker vor ihm.

Die Phrase ist die kleine und deshalb nie zur Rechenschaft gezogene Schwester der Lüge. Sie zu entlarven, ist nur dem möglich, der SELBER DENKT. Die Deutschen sind schon Weltmeister im SELBERMACHEN, da wäre es zuviel von ihnen verlangt, auch noch selbst zu denken. Also greifen sie gern auf GEDANKLICH VORGEKAUTES zurück. Seit KOHL leiten die Erben und Nachkommen des Volks der Dichter und DENKER jede zweite Antwort mit ICH DEN-KE MAL ... ein. Immer wenn W. das hörte, dachte er sich: Das denkst nur du, mein Lieber, dass du gerade denkst!

ICH DENKE MAL ... Zum BRÜLLEN: Was sich der Mensch, zumal der DEUTSCHE in der ihm angeborenen Selbst-überschätzung alles einzureden vermag: ICH DENKE MAL ... Gewöhnlich folgt dieser Einleitung ein simpler MEINUNGSFURZ, der vielleicht dem KOFFER eines MEI-NUNGSMACHERS entwichen ist, doch sicher keinem eigenen GEDANKENGANG. Ach ja, ...

ICH DENKE MAL ... vielleicht an DEUTSCHLAND IN DER NACHT? Das Land, in dem die GLOTZEN GLÜH'N, das Land, in dem die PHRASEN BLÜH'N (wenn schon nicht die Landschaften)? Klasse, dachte sich W., schon wieder bei Kohl gelandet! Dem Mann, der sich verdient gemacht hat, ums Vaterland, indem er den bekannten DEUTSCHEN PRIMÄR-TUGENDEN eine NEUE hinzufügte: die der SELBSTLOBHU-DELEI.

Was immer sich an POSITIVEM im Lande aufspüren ließ, pries Kohl – zum Zwecke des MACHTERHALTS – als ER-FOLG seiner Regierung und führte es als Beweis dafür an, dass er seine HASAFFGABB'N gemacht habe.

Eines altdeutschen Sprichworts zufolge, nämlich: EIGEN-LOB STINKT, hätte die Bevölkerung in ein Geruchstrauma fallen, die BRD in einer aasigen Riesenschwade versinken müssen. W. rechnete fest damit, dass das Tragen von Gasmasken wenn schon nicht Pflicht, so doch rasch Mode werden würde...

Jedoch: weit und breit keiner, der auch nur die Nase gekräuselt hätte. Niemand, dem die Kohlsche SELBSTVER-HERRLICHUNG aufgestoßen wäre, geschweige denn gestunken hätte. Wie kam's? Es waren die Heerscharen von AFTERGÄNGERN in Kohls Windschatten, all die PO-LIT- und MEDIENSCHRANZEN, die ihm in wachsender Zahl hinterherhechelten. Sie sogen eifrigst auf, was dieser Kanzler abließ, erschnüffelten selbst das kleinste AROM und inhalierten es weg, bevor es sich als DÜFTCHEN hätte bemerkbar machen können.

Als ANRÜCHIG wurde auch nicht empfunden, wenn das PFERNSEH'N in PRIVATER MISSION den Menschen im Bundeskanzler aufsuchte, um ihm zu HULTIK'N. Unvergessen die SCHLEIMTEPPICHE, die ihm zwei der Besten unter unseren TV-Moderatoren auslegten – der SCHUL-MEISTER und die VORZEIGETUNTE der NATION. Der eine vom Namen, die andere von der Veranlagung her geradezu prädestiniert, im Orchester von Kohls ARSCHGEIGEN mitzuwirken: JAUCH und BIOLEK.

Des einen burschikos-schnippische, PSEUDOKRITISCHE FRAGENSTELLEREI erwies sich wie das HERUMWINSELN,

GEFUCHTEL und LIEBEDIENERN des anderen als devotes Aufsagen von Stichworten. Die Kohl wie immer nutzte, sich lang und breit in seiner SELBSTGEFÄLLIGKEIT zu wälzen. Es hätte zum HIMMEL stinken müssen. Stattdessen pries er sich zweimal mehr als den VATER der DEUTSCHEN EINHEIT.

W. wusste, was seine Landsleute derart eingehämmert bekommen, das glauben sie eines Tages. Genauso unbeirrbar wie an den Endsieg und notfalls wider besseres Wissen. Man muss sich Kohl nur ansehen, um zu wissen, dass die Wiedervereinigung eine EINVERLEIBUNG war. Der – um einen Terminus aus der Wirtschaft zu wählen – eine FEINDLICHE ÜBERNAHME vorausgegangen war.

Und was den VATER betrifft: KOHL saß bis zuletzt den STATUS QUO der beiden MACHTBLÖCKE breit und aus. Selbst als „GORBI" mit GLASNOST und PERESTROIKA längst ernst gemacht hatte und auch der letzte Depp im tiefsten Hinterwald merkte, dass die Welt in Bewegung geraten war, da nannte KOHL GORBATSCHOW noch den *Goebbels der KPdSU*. Sein oftgepriesenes POLITISCHES GESPÜR beschränkte sich auf das WIEDERKÄUEN altkonservativer Vorurteile, sein HANT'LN auf das SICHERN seiner HAUSMACHT. Im Kopf beweglich wie eine LEITPLANKE, wollte er nicht lassen von seinem vertrauten FEINDBILD. Um sich nicht von seiner Scheißhausparole FREIHEIT ODER/STATT SOZIALISMUS trennen zu müssen, blieb er bis zu allerletzt und noch darüber hinaus ein KALTER KRIEGER.

Ja, Kohl hätte es gerne so gehabt: dass man Vater wird, indem man das, was einem auf den Kopf fällt, VEREINNAHMT und ABWICKELT. Mit wem hätte er die AUSGEBURT namens Deutsche Einheit denn gezeugt? Geht man vom Ergebnis aus, kann es nur BIRGIT, die TreuHAHAHAnd, BREUEL gewesen sein. Die MUTTER des AUFSCHWUNGS OST! Kohls rechte KLAUE beim AUSSCHLACHTEN der DDR. Die, wo sie auch hinlangte, ganze Halden von KOHLE verbrannte. Als ihr Vorgänger, Rohwedder, im September 90, die Behörde übernahm, bezifferte er deren Vermögen auf 600 Milliarden DM. Nach dessen Exekution durch die RAF ersetzte ihn Breuel im April 91. Bei ihrem Ausscheiden, keine vier Jahre später, saß die Treuhandanstalt auf einem Schuldenberg von 300 Milliarden. Die Bankierstochter schaffte es, eine knappe BILLION D-MARK an Fördermitteln so unkontrolliert zu verteilen, dass die wenigsten davon in Ostdeutschland an-, dafür aber ganze Regionen vollends herunterkamen. Unter den ABZOCKERN – Legionen von Managern, Immobilienspekulanten und Consultants – also den sogenannten LEISTUNGSTRÄGERN, herrschte Goldgräberstimmung.

W. konnte und wollte sich im Gegensatz zu seinen Zeitgenossen nicht an Dr. Kohl gewöhnen. Er fand alles, was mit ihm zu tun hatte, anrüchig bzw. unappetitlich, fühlte sich dabei immer an AUSWURF und EXKREMENTE erinnert und wurde von EKELGEFÜHLEN gebeutelt. Und es kam ihm ständig das Märchen von des Kaisers neuen Kleidern in den Sinn. Außer ihm sah jeder nur das, was er sehen sollte und durfte. Alles andere wurde untertänigst und beflissentlich übersehen.

Dazu DAS Standardbeispiel: der Empfang eines Staatsgastes. Ganz großer Bahnhof, eine von vielen, vielen historischen Stunden. Anwesend sind 37 bis 62 hysterisch knipsende Fotografen und ein halbes Duzend Fernsehteams, die den Staatsakt des Händeschüttelns für die Nachwelt festhalten. Kohl beherrscht das Ritual aus dem Effeff, gibt sich aufgeräumt und strahlt wie ein Honigkuchenpferd auf einem Kindergeburtstag. Er schüttelt und schüttelt die Hand des Gasts, (die Fotografen fotografieren es wieder und wieder, als sei das der Höhepunkt in ihrem Fotografenleben), bis er ihn dann mit der ihm eigenen weiträumigen Geste (so als sei sein ganzer Arm eingegipst) auffordert, Platz zu nehmen.

Dann setzt sich der Kanzler selbst, taucht tief ein in das Sofa, kommt wieder hoch und rutscht und rückt sich zurecht, mit leger gespreizten und nur leicht angewinkelten Beinen, um eine unauffällige Verteilung und Ablage seiner Rumpfmassen hinzukriegen. Und sich dann – W. beobachtete es viele Male in der TAGESSCHAU und würde jederzeit sein EHRENWORT darauf abgeben – mit der Linken in den Schritt zu fahren und an seinem SKROTUM zu hantieren. Sei es, um seine Eier in eine druckarme Position zu fummeln. Oder weil ihm die Hose (bei der Umschichtung von soviel Körperfett spannt selbst die weiteste) eine Sackfalte abquetscht. Die Ursache mochte wechseln, das HERUMFUHRWERKEN in seinem Schritt blieb. Ist tausendmal von Fernsehkameras aufgezeichnet und festgehalten worden. Aber keiner hats gesehen. Weil keiner es sehen wollte: wie sich ein/der/dieser BUNDESKANZLER am SACK KRATZT (vermutlich stand im Protokoll: Der Kanzler ordnet sein SAKKO).

W. kam sich vor wie das Kind in dem Märchen, das als einziges des Kaisers Nacktheit wahrnahm. Und es war ihm klar, dass man ihm ein Wahrnehmungsproblem unterjubeln würde. Ihm wie dem Kind, nicht seinen blinden Zeitgenossen. Dass man seine Sicht der Dinge für PERVERS halten würde, nicht den Sackkratzer und die, die das geflissentlich ständig übersahen. Denn: das Verhalten (wie z.B. WEGSCHAUEN) und die Auffassungen der Mehrheit sind das MASS ALLER DINGE und werden als NORMAL (und meist als RECHTENS!) empfunden, so absonderlich sie sein mögen. W. erinnerte sich, damals schließlich einen Freund, der bei ihm im Hause wohnte, auf diesen Wahrnehmungsstreitfall (SACK vs. SAKKO) angesprochen zu haben. Der hielt W.s Beobachtung zunächst auch für einen schlechten Scherz, rief ihn aber kurz darauf an – nachdem die Tagesschau den Empfang Husseins von Jordanien gezeigt hatte – und gab ihm prinzipiell recht. Mit der Einschränkung, es könne anstelle des Sacks auch sein JOHANNES gewesen sein, an dem sich Kohl befummelte. Darüber, fand W., ließe sich diskutieren...

Als APPSOLUT UN'RTREKLICH empfand er es, wenn Kohl RET'N hielt. Bei seinen Ansprachen und Verlautbarungen wurde überdeutlich, dass er weder seinem Amt Achtung zollte, noch sich angemessen benahm. Dass er sein Publikum nicht respektierte und ihm seine Muttersprache schnurzegal war. Wenn Kohl sprach, klang es für W. so als würde sich jemand ÜBERGEBEN, aber dabei den Mund nicht richtig öffnen. Das war ein HERPFORWÜRGG'N von WORT'N UNT SÄZZ'N, ein Gespotze, Gespucke und Gezische, dass einem (aber das war offensichtlich wieder nur W.) übel davon werden konnte. Insofern immerhin ehrlich, als hier die FORM dem INHALT zu 100 Prozent entsprach. Jeder mit einem FUNKEN ANSTAND im Leib würde sich in Ausübung eines viel weniger WICHTIK'N AMT'S und selbst im kleinen Kreis (geschweige denn vor einem Millionenpublikum) selbstVERSTÄNDLICH um ein halbwegs GEPFLEGTES DEUTSCH und eine einigermaßen angemessene AUSSPRACHE bemühen (beides gehört zum GUTEN

BENEHMEN). Allein schon aus HÖFLICHKEIT gegenüber den Zuhörern und aus RESPEKT vor den Anlässen. Keine Spur von alledem bei Kohl.

Ihm entquoll Gesprochenes
wie anderen Erbrochenes.

Während seine rastlose Zungenspitze in der ständigen Erwartung von Essbarem aufgeregt die Lippenränder einspeichelte.

Kohls Kinderstube kann nur ein KOBEN gewesen sein. Er vermantschte die DEUTSCHE SPRACHE zu einen BREI aus WORTHÜLSEN und SATZMÜLL, den er sabbernd von sich gab:

Wer ja saggt zurr Famillje, d'r muss ach ja sagg'n zurr Frau.

Welchen Schaden er allein mit seiner SPRACHVERHUNZUNG im DEUTSCH'N PFOLK angerichtet hat (obwohl er ja mehrfach geschworen hatte, ihn abzuwenden!), ist kaum zu ermessen...

Denn das hatte parteienübergreifend SCHULE gemacht: Unter Zuhilfenahme einer vorgelogenen Zuversicht/einer behaupteten Fachkenntis/eines Wissens, wie sich die Dinge in Zukunft entwickeln die dümmlichste Ansammlung von Wörtern als offizielle Verlautbarungen hinauszuposaunen.

Einer der Sätze Kohls, die sich ob ihrer fundamentalen Hirnrissigkeit in W.s Gedächtnis eingebrannt hatten, lautete:

Ich bin d'r Üb'rzeugung, dass wir itzt die Hasaffgab'n machen in d'n wichtig'n Sachthemen.

Den Herren Bresser und Siegloch, zwei x-beliebigen aus der Herrschar der Politschranzen ward die Ehre zuteil, diesen SATZ (eher ein Bodensatz im Eimer der Debilität) entgegennehmen zu dürfen und zeigten sich im Namen der Fernsehnation hochbeeindruckt und zufrieden.

HAUSAUFGABEN?, dachte W. Bis JETZT nicht gemacht? Sieht sich als Schüler, obwohl er sich wie ein Bundeskanzler behandeln und bezahlen läßt und macht nicht mal die Übungen, in denen sich erweisen soll, ob er was gelernt hat?

Im Gegensatz zu Bresser/Siegloch fragte sich W. weiter, ob das, was hier Hausaufgaben genannt wurde, wirklich bei K. zuhause gemacht werden kann, in OGGERSHEIM? Und wer korrigiert sie dann? Vielleicht der Bundestag/rat, also die anderen Schüler? Und wo ist der Lehrer? Tot wie Adenauer (Kohls selbsternannter OPA)?

Und was sind eigentlich SACHTHEMEN? Selbst der Duden gab W. keine Auskunft. Sind sie das Gegenteil von UN-SACHTHEMEN wie: Wieviel Kalorien hat ein Saumagen? Sind sie das Gegenteil von NEBENSACHTHEMEN wie: Was macht Kohls Prostata? Doch was sind dann WICHTIGE SACHTHEMEN? Das Gegenteil von unwichtigen Sachthemen? Oder das Gegenteil von wichtigen Unsachthemen?

Und wie, so bohrte es weiter in W., kann man Hausaufgaben IN Sachthemen machen, statt in Fächern oder Studierzimmern? Und wie kann einer der ÜBERZEUGUNG sein, seine Hausaufgaben zu machen?

Und wenn er sie erst JETZT macht, was hat er dann vorher getan? Und wenn er sie nicht ordentlich macht, muss er dann nachsitzen? Die Klasse wiederholen? Sich einfach immerfort weiterwählen lassen? Oder sich auf Staatskosten für einen nicht geschafften Schulabschluss einen fetten Lebensabend machen?

Warum hatte man „Dr." Kohl diese Fragen nicht gestellt? Weil die Antworten genauso brunzblöd ausgefallen wären wie dieses: ICH BIN D'R ÜB'RZEUGUNG, DASS WIR ITZT DIE HASAFGABB'N MACHEN IN D'N WICHTIK'N SACHTHE-MEN? Ein verbaler Auswurf, ungefähr so intelligent wie eine Gewächshaustomate, aber symptomatisch für diesen Kanzler in seiner Prallheit.

W. war D'R ÜB'RZEUGUNG, dass sich in DISS'M UNZER'M LANDE nichts so bezahlt macht wie Dummdreistigkeit. Weil die Klügeren nicht nur nach-, sondern schon längst aufgegeben haben.

Und er glaubte auch, beobachtet zu haben: je schäbiger der Charakter eines Menschen, desto schneller verschanzt er sich hinter EHRENWÖRTERN. Und desto weniger ist er bereit, für den Fall, dass sie sich als BLABLABLASEN entpuppen und platzen, die einzig akzeptable Konsequenz zu ziehen: den Suizid.

Barschel besaß noch die Größe, ihn zu begehen, als er aufgeflogen war und bewies, dass er wenigstens eine Ahnung davon hatte, was ein EHRENMANN sein könnte.

Der STERN, damals ein LINKES DAMPFBLATT, hatte versucht, mit dem Foto von UWES LETZTEM BAD Auflage zu machen. W., beeindruckt von soviel INVESTIGATIVEM JOURNALISMUS, ließ sich zu folgendem Leserbrief in Gedichtform hinreißen:

In einer Wanne fand sein End'
der Herr Ministerpräsident
aus Kiel.
Sein Ziel,
die Politik vom Schmutze zu befrei'n,
war viel zu hoch gesteckt. Allein:

Er hat im Tode wie im Leben
alles für sein Land gegeben
und wird als Ehrenmann und Demokrat
uns Vorbild sein.
Wer nicht wie er ist, ist ein Schuft.
Herr Bundeskanzler Kohl, die Wanne ruft!
Der STERN sah von einer Veröffentlichung ab ohne einen
Grund dafür anzugeben. W. versuchte, selbst draufzukom-
men. Hatte man zwischen den Stühlen der Redaktion die
PIETÄT wiedergefunden? War ihnen die politische Aussage
zu indifferent? Wusste man, dass Fresszellen, auch wenn
sie wie Kohl menschliche Maße angenommen hatten, niemals Manns genug für einen Freitod wären? Auch weil sie
dergestalt in keine Badewanne passen? Und wenn doch,
wäre kein Wasser mehr drin und es käme anstelle eines
Suizids nur zu Quetschungen?

W. kam nicht drauf. Aber er fand einen Zusammenhang
zwischen FRASS und PHRASEN: Was einer wie Kohl zeitle-
bens in sich hineinstopft, kann man nicht allein PER ANUM
ausscheiden. Es müssen zusätzliche Absonderungswege
gefunden werden. DER MENSCH IST, WAS ER ISST. Also
sprach Ludwig Feuerbach, einer der besagten DICHTER
UND DENKER.

*Es kann von Krise im Sinne des Wortes Krise nicht die
Rede sein.* Also rülpste der Saumagen, tätschelte sich
denselben und fraß einen weiteren. Halluzinierte W. oder
lebte er im Land der DORFTROTTEL UND DICKWÄNSTE.
Oder wie oder was?

ES KANN VON SINN IM SINNE DES WORTES SINN hier erst
recht NICHT DIE REDE SEIN. Gleichfalls NICHT VON INTEL-
LIGENZ IM SINNE DES WORTES INTELLIGENZ. Aber von
was dann? Wovon war die Rede?

W. fand keinen Unterschied zwischen dem, was bei Kohl und Seinesgleichen HINTEN rauskam oder VORN. Das erneut Bittere für ihn, W., war: er fand dies offensichtlich wiederum als einziger und stand damit alleine da. Er erinnerte sich an das Spiel, das er als Kind gelegentlich gespielt hatte: ICH SEHE WAS, WAS DU NICHT SIEHST... Irgendwie war aus dem Spiel Ernst geworden. Alle außer W. schienen erwachsen geworden zu sein und hatten sich hinter seinem Rücken auf eine neue Regel verständigt. Sie musste so ähnlich lauten wie: ICH SEHE NUR, WAS ALLE SEHEN.

Wie konnte W. diese ENTWICKLUNG (oder was immer es war) VERPASST haben? War er damals gerade im Kino? Hatte er was an der Optik? Stimmte etwas mit seiner WAHRNEHMUNG nicht mehr? Mit seiner DENKE? NEIN – IM SINNE DES WORTES NEIN!
Andererseits: Wenn er, W., Kohl und Gleichgesinnte für METASTASEN (im Sinne des Wortes GESCHWÜR) im DARM (im Sinne des Wortes EINGEWEIDE) unserer DEMOKRATIE (im Sinne von HUMANE GESELLSCHAFT) hielt und auch für BÖSARTIG (im Sinne von ZIEMLICH SCHLECHT), dann hatte das – außer für W. selbst – nichts zu bedeuten. Denn seine wahre BEDEUTUNG erfuhr und erfährt der Oggersheimer und mit ihm seine Verwandtschaft im Geiste durch die MEHRHEIT (im Sinne des Wortes MASSE) seiner Landsleute. Die ihn – wider jede Einsicht und alle Vernunft – für EHRBAR hielt und hält. Statt wie W. für: BAR jeder EHRE (er liebte es, wenn sich seine Gedankengänge sprachlich und wortspielerisch rundeten. Das schien ihm als Beweis für ihre Logik ähnlich zwingend zu sein wie eine mathematische Schlussfolgerung).

Dass der FREITOD in Deutschland als Selbstmord verunglimpft und mehr geächtet wird als der Massenmord, wunderte W. nicht, sondern folgte einer inneren Logik: Der (R)ECHTE DEUTSCHE ist ein klassischer Mitläufer. Er richtet sich nach der ihn umgebenden Masse, deren Überlebenswille von keinem Zweifel getrübt und durch keinerlei Skrupel gebändigt wird. Suizide (sofern sie nicht befohlen werden oder unter psychischem Druck geschehen) bieten sich nur dem Einzelgänger als Alternative an.

Zu einem SELBSTBESTIMMTEN LEBEN (wenn man davon überhaupt sprechen konnte) gehörte für W. der bewusste und frei gewählte Abbruch. Ja, er schien ihm geradezu zwingend. Einfach abzuwarten und es einem zufälligen Ereignis zu überlassen, wann SEIN DASEIN enden würde, fand er erbärmlich. Einem ENDE entgegenzudämmern und -sabbern, abgelegt in einen Rollstuhl oder abgeschoben in ein Pflegeheim und solange in den eigenen Körperflüssigkeiten auszuharren, bis irgendein lebenswichtiges Teil seines Organismus sich endgültig verabschiedete, das war von einer Passivität, die W. nur als FEIGHEIT bezeichnen konnte. Sein Leben war ihm ohne eigenes Zutun ZUgeFALLen, also wollte er es wenigstens aktiv beenden, sobald er das für angebracht halten (und ihm kein weiterer ZUFALL zuvorkommen) würde.

W. hatte mit sechzehn Camus und Sartre verschlungen und bewundert, auch wenn er vieles nicht verstand. Aber er ahnte, nein, er wusste, dass das freie Menschen waren. Ungezügelte Denker, die Kraft ihres Verstandes in ungeahnte Höhen emporstiegen und neue Horizonte beschrieben, um sie dann ihren Mitdenkern und -fliegern zur eigenständigen Weiterentdeckung freizugeben. Im Gegensatz zu den ALLESGLAUBERN, die W. in seiner Jugend umgaben. Zu all den GEISTESKRÜPPELN, denen der GLAUBE und die HERRSCHENDE MEINUNG zur unverzichtbaren KRÜCKE geworden war, mit der sie Andersdenkende und (noch) nicht Behinderte bedrohten. Mit der sie jeden aufkeimenden, neuen Gedanken in den Dreck stießen. Weil er den STATUS QUO hätte gefährden können. Und damit den lächerlichen Platz, den sie sich durch Buckeln und Kuschen oder Ellenbogeneinsatz und Intrigen erobert hatten. Nach dem uralten, immergleichen Hierarchiespiel, das bierernst weitergespielt wird, als hätte sich nie und nirgends INTELLIGENZ entwickelt. Das Fehlen von bzw. die Verachtung der eigenen Intelligenz offenbarte sich für W. dort, wo sich einer in die GÜTIGE HAND GOTTES begab. Denn das war seit alters her stets die GIERIGE KLAUE derer, die sich als seine irdischen Stellvertreter ausgaben. Während sich der GEWÖHNLICHE (R)ECHTE GLÄUBIGE aus Bequemlichkeit also Auseinandersetzungs- und Denkfaulheit einer Religion auslieferte (und damit die Verantwortung für sein Leben abgab), musste sich W. für die paar UNGEWÖHNLICHEN MENSCHEN, die dergleichen taten, etwas anderes ausdenken.

Warum glaubte einer wie EINSTEIN, der Kraft seines Verstandes weiter vordrang als alle zusammen, die jemals CDU gewählt hatten, an den WEISSBÄRTIGEN Schöpfer? Und warum fragte er sich nicht, wer denn wohl diesen in seine EXISTENZ GERAMMELT hatte? STOP!, dachte sich W., bei der offiziösen Prüderie der CHRISTLICH HERAUSGEFORDERTEN Menschheit kann es sich nur um Jungfernzeugung gehandelt haben. Aber wer war dann die

UR-Jungfer? Eine Eizelle, die vor Langeweile platzte und fälschlich als URKNALL bezeichnet wird? Und warum hatte dann diese(r) SCHÖPFER/IN die Geschlechter und den SEX erfunden? Auch aus Langeweile? Oder damit LEO sein Schmuddelfernsehen über die Christenheit kommen lassen konnte? Wie GAGA kann es im Kopf eines GLÄUBIGEN noch zugehen?

Sah Einstein nicht, dass seine Intelligenz selbst das GÖTT-LICHSTE war, das man sich vorstellen kann? Auch wenn sie mit dem Organismus, der sie am Leben hielt, so verwachsen und verwandt war, dass sie – wie der Erstickende nach Luft – sich hartnäckig nach einem Anfang und einem Ende, nach einem Schöpfer und Vollender sehnte? Merkte er nicht, dass er, sobald er diese Intelligenz verließ, wieder in der Steinzeit landete? War er so eitel, dass er sich weismachen wollte, dass das, was sich seinem Verstand entzog, nur GOTTGEMACHT sein konnte? Wie man es früher von BLITZEN geglaubt hatte? Oder war er nach Feierabend oder auf fachfremdem Terrain auch ein bisschen denkfaul? Oder einfach nur vorsichtig? Denn jenseits des Verstandes gibt es kein WISSEN.
Aber mal ehrlich: Hätte ein SCHÖPFER der KRONE seiner Schöpfung (für die sich jeder GLÄUBIGE in seiner hoffärtigen EINFALT hält) keinen besseren und bedeutenderen Platz gesucht als den, den wir einnehmen? Wähnte man sich bis zu Galilei noch im räumlichen und zeitlichen Zentrum des Universums, wo eine Krone nun mal hingehört, so wissen wir jetzt, angesichts der bis dato bekannten Dimensionen des uns umgebenden Alls, dass die MENSCH-HEIT darin praktisch KEINE ROLLE spielt. Heruntergerechnet auf die (Raum/Zeit–)Verhältnisse unseres Globus

entspricht ihr Part der einer EINTAGSFLIEGE. Wobei dem CHRISTENTUM dabei nicht mehr Bedeutung zufiele als einem FLIEGENSCHISS. Der alte Mann mit dem langen Bart hätte einen speziellen Humor haben müssen. Wer für sich fordert, DU SOLLST KEINE ANDEREN GÖTTER HABEN NEBEN MIR, hat definitiv keinen. Wo der Humor fehlt, entsteht leider kein Vakuum. Stattdessen macht sich dort INTOLERANZ breit. Das ahnten bereits die Römer und reagierten darauf nachvollziehbar, aber ähnlich humorlos (und aus W.s Sicht leider) erfolglos mit CHRISTENVERBRENNUNGEN.

Am alten Rom, für das W. seit seiner Gymnasialzeit ein Faible hatte, gab es eine Menge auszusetzen. Was jedoch die GLAUBENS- und RELIGIONSFREIHEIT (also auch die der Gedanken) betraf, war es fortschrittlicher und toleranter als die meisten heutigen Gesellschaften: in über 170 Tempeln wurden Gottheiten aus aller Herren Länder verehrt. Mit der Friedfertigkeit der Gebete und ihrem einträchtigen Nebeneinander war es vorbei, als sich die neue GLAUBENSPEST mit einem nie dagewesenen Einmalig– und Ausschließlichkeitsanspruch verbreitete. Hinter einem Feigenblatt, auf dem NÄCHSTENLIEBE stand, schwangen sich Anmaßung und Fanatismus zu einer DOKTRIN DER INTOLERANZ auf, die – ein Novum in der Menschheitsgeschichte – unverhohlen auf die AUSROTTUNG ANDERSGLÄUBIGER abzielte. Und die mit ihrer konsequenten ANFEINDUNG und AUSGRENZUNG auch gegenüber den JUDEN der IDEE des HOLOCAUST den Humus lieferte.

Als Erwachsener amüsierte sich W. köstlich über das Herumgeeiere der Katholen im Rahmen der ÖKUMENE: Nach außen tragen sie ein FALSCHes Lächeln zur Schau, das

Entgegenkommen und Güte signalisieren soll. Innerlich beharren sie umso eiserner darauf, dem einzig WAHRen Glauben anzuhängen.

In den ersten sechs Jahren seiner Gymnasialzeit fand W. ausgiebig Gelegenheit, die Strenge und Perfidie dieser dem Katholizismus eigenen BIGOTTERIE auszukosten – in einem katholischen Knabeninternat in Landsberg am Lech, 50 km westlich von München gelegen. Seine Eltern hatten ihn dort der Obhut eines Pfarrers und einer Handvoll Präfekten übergeben, in der Absicht, ihn ein Abitur mit Großem Latinum machen zu lassen. Das brauchte man Ende der 50er Jahre, um Apotheker zu werden. Diesem einst von W. leichthin geäußerten Berufswunsch wollten seine Eltern damit nachkommen. Sie ahnten nicht, dass sich der DIENER DES HERRN , dem sie ihren Sohn auslieferten, als RACHEENGEL erwies. Außer als Heimleiter des städtischen Internats war er auch als Stadtpfarrer und Religionslehrer am Staatlichen Gymnasium tätig. Er hatte als junger Mann ein Bein verloren (unter einer Trambahn, wie man sich in Schülerkreisen erzählte), daraufhin die Laufbahn eines Geistlichen eingeschlagen und sich der Erziehung widerspenstiger Jugendlicher gewidmet – mit alttestamentarischer Strenge und brachialer Gewalt, wie W. bald am eigenen Leib verspüren sollte.

Er, der für einen Zehnjährigen einen ungewöhnlich großen Freiraum genossen hatte, fand sich plötzlich in einer Zucht- und Ordnungsanstalt wieder, in der jede Minute geregelt war und er unter ständiger Beobachtung stand: 6 Uhr 15 WECKEN, MORGENSPORT (vor offenem Fenster/ egal bei welchen Temperaturen/die Heizung wurde über Nacht abgestellt), WASCHEN (mit kaltem Wasser, warmes gab es nur Samstagabend).

6 Uhr 30 bis 7 Uhr 15 STUDIERZEIT.

7 Uhr 15 bis 7 Uhr 40 FRÜHSTÜCK (Pfefferminz– oder Früchtetee und Graubrot mit Marmelade, Butter kam nur Sonntags auf den Tisch/alternierend mit Haferflocken und Milch).

7 Uhr 40 bis 8 Uhr SCHULWEG.

8 Uhr bis 13 Uhr UNTERRICHT.

13 Uhr bis 13 Uhr 30 SCHULWEG.

13 Uhr 30 bis 14 Uhr MITTAGESSEN.

14 Uhr bis 15 Uhr FREIZEIT (mit Aufenthalt auf dem eng begrenzten Internatsgelände. Verlassen durfte man es nur in Ausnahmefällen wie Einkäufen oder Friseur– und Zahnarztbesuche, die immer belegt werden mussten.

15 Uhr bis 18 Uhr STUDIERZEIT (mit einer 15–minütigen Teepause). 18 Uhr bis 18 Uhr 30 ABENDESSEN.

18 Uhr 30 bis 19 Uhr SCHUHEPUTZEN.

19 Uhr bis 20 Uhr STILLE BESCHÄFTIGUNG (wieder im Studiersaal).

20 Uhr bis 20 Uhr 15 WASCHEN, anschließend NACHTRUHE (für Unter- und Mittelstufe, für die Oberstufe ab 22 Uhr)

Grundsätzlich hatte unter den Heimschülern SILENTIUM zu herrschen. In Ausnahmefällen durfte man die Präfekten ansprechen (DARF ICH AUSTRETEN?). Gedämpfte Unterhaltung war während der Mahlzeiten und beim Schuheputzen erlaubt. Nur in der einstündigen Freizeit und auf dem Schulweg schnellte der Lärmpegel unter den Internatszöglingen auf das bei Kindern übliche Maß hoch.

Das stundenlange Stillschweigen war weder für W. noch die meisten anderen Mitinsassen durchzuhalten. Aber jedes Flüstern und Tuscheln, selbst Zeichensprache oder

Grimassieren wurden sofort geahndet. Wenn man Glück und einer der milderen Präfekten Aufsicht hatte, nur mit einem mahnenden Blick. Meist jedoch mit Nachdruck, der je nach Vorliebe des Erziehers stark differieren konnte – vom Klaps über die Kopfnuss bis zum Reißen an Ohr oder Haaren. Manche Präfekten, meist handelte es sich um Studenten in den Abschlusssemestern oder angehende Pädagogen, die hier ihr Praktikum absolvierten, bewiesen Einfallsreichtum und legten eine persönliche Note an den Tag:

Einer griff sich mit Daumen und Zeigefinger immer ein Haarbüschel an der Schläfe, um dann mit der Hand eine rasche Drehung auszuführen, der man nicht folgen konnte. Ein anderer, ironischerweise NAZ mit Spitznamen, schnappte sich stets ein Stück Haut unterhalb des Kinns, um das daran hängende Kind zu beuteln. Immer wenn Naz gerade seinen Schlüsselbund in der Hand hielt (es galt ständig Räume auf- und abzuschließen), klemmte er rasch noch den Bart eines der Schlüssel dazwischen. Das führte zu Hautabschürfungen und kleinen Verletzungen. Fast alle waren wir unterm Kinn reichlich mit SCHORF gesegnet, aber natürlich bemerkten das unsere Eltern nicht, sie hätten sich dazu ja noch kleiner machen müssen als wir es waren. Im Übrigen glaubten sie hartnäckig, dass wir jede ZÜCHTIGUNG VERDIENT hätten.

Sehr viel mehr gefürchtet war bei den Heimschülern jedoch der Leiter des Internats, TRA genannt. Angeblich leitete sich sein Spitzname von TRAVALLIER ab und sollte auf sein früheres Wirken als Französischpauker hinweisen. Sehr viel einleuchtender wäre W. eine etymologische Verbindung zu TRAKTIEREN erschienen.

Das Herannahen dieses Mannes kündigte sich unüberhörbar an: durch das rhythmische ÄCHZEN seines Holzbeins. Es ließ W.s Adrenalinpegel auch dann sprunghaft steigen, wenn er sich keiner Schuld bewusst war, vor allem, wenn es stakkatoartig daherkam und von einem Knacken begleitet war. Ein rascheres Tempo ließ bei Tra auf einen höheren Erregungszustand schließen, was häufig der Fall war und selten Gutes bedeutete. Selbst wenn nichts Aktuelles gegen einen vorlag, wurde man am Oberarm gepackt und ein Stück mitgenommen. Während Tras Finger zielsicher W.s Nervenbahnen fanden und einen elektrisierenden Schmerz erzeugten, wurde er nach seinen Lernfortschritten im Lateinischen gefragt oder wann er denn gedenke, zum Friseur zu gehen. Letzteres ein ständiger Angriffspunkt, weil W.s Mutter ihm die Haare selbst schnitt, um zu verhindern, dass er seitlich und hinten so kahl geschoren wurde, wie das noch zu Zeiten der Nazis Usus war und wie auch Tra selbst herumlief: mit einem obenauf sitzenden, schwarzen Oval, das hoch über den Schläfen und am Hinterkopf einen kurz abgestuften, stahlgrauen Rand hatte. Die Strenge seines Haarschnitts passte perfekt zu dem scharf geschnittenen, tief eingekerbten Gesicht und der Brille mit Goldrand.

Tra hatte überdies die Angewohnheit, vor und zwischen den Sätzen mit den Zähnen zu knirschen und dabei gleichzeitig Luft einzusaugen, was ein schlangenähnliches Zischen erzeugte, das bei W. zusammen mit dem Prothesengeknarze und dem pulsierenden Ziehen in seinem Oberarm einen unauslöschlichen Eindruck hinterließ.

Nicht weniger einprägsam waren die Ohrfeigen, die es bei Tra häufig setzte. Er war zwar keine 1,70 groß, aber von athletischer Statur. Denn der jahrzehntelange Gebrauch von Krücken hatten seinen Oberkörper, die Arme und Hände gehärtet (wie KRUPPSTAHL, um einen damals noch gebräuchlichen Vergleich zu wählen).

Als Tra eines Sonntags herausbekam (seine Spitzel waren fast überall), dass W. den Besuch der Kirche geschwänzt und zu einem Streifzug am Stadtrand genutzt hatte, ließ er ihn nach dem Essen in sein Büro kommen und fragte ihn, wo er am Vormittag gewesen sei. W. hatte schnell gelernt, dass es in solchen Fällen das Beste war, alles ohne Zögern zuzugeben. Um sich dann einem ungeschriebenen Ritual zu fügen und zum Empfang der Strafe folgende Haltung einzunehmen: aufrecht, mit ergeben abgesenkten Schultern, die Arme seitlich angelegt, den Kopf leicht gesenkt und den Blick schuldbewusst zu Boden gerichtet. Das konnte zwar nicht verhindern, dass Tras offene Hand im Gesicht von W. explodierte. Aber sie kam – vorausgesetzt W. hatte sich zu keiner Duck- oder Abwehrbewegung hinreißen lassen – nicht noch von der anderen Seite mit dem Handrücken voran zurück. Auch eine zu weit herausgedrückte Brust, ein zu hoch gehaltenes Kinn oder gar Augenkontakt wären als Trotz oder Aufsässigkeit interpretiert worden und hätten ebenso wie ein Leugnen der Tat weitere Schläge zur Folge gehabt. Und zusätzlich ein Heimfahrtverbot. Was die Zöglinge nicht minder hart traf, da sie nur alle vier Wochen für ein kurzes Wochenende (von Samstag Mittag bis Sonntag Abend) nach hause durften und bis dahin das Taschengeld wie auch der Vorrat an sauberer Wäsche längst aufgebraucht waren. Es war also mehr als ratsam, Züchtigungen GOTTERGEBEN hinzunehmen.

Einmal hatte W. zusammen mit Gerd E., einem Klassenkameraden, einen kurzfristig ausgefallenen Nachmittagssportunterricht zu einem Stadtbummel genutzt, anstatt unverzüglich ins Heim zurückzukehren. Als sie nach dem Abendessen namentlich aufgefordert wurden, in Tras Büro zu kommen, war ihnen klar, dass man sie gesehen hatte. W. schärfte seinem Kumpel ausführlich (und wie beschrieben) ein, wie er sich zu verhalten hätte. Wohl wissend, dass der zur Ängstlichkeit neigte und damit das Strafmaß zu verschlimmern drohte. W. voran betraten sie den Raum, in dessen Mitte ein Besprechungstisch stand, und nahmen seitlich neben Tras Schreibtisch Aufstellung. Tra – wie immer trug er seinen anthrazitfarbenen Anzug und den gleichfarbigen Rundhalspullover, aus dem der Pfarrerskragen reinweiss herausstach – stellte sie zur Rede. W. hatte sein Fehlverhalten kaum eingestanden, da brannte seine linke Gesichtshälfte schon lichterloh. Der STELLVERTRETER des HERRN wandte sich Gerd zu, der vor Angst erstarrt zu sein schien, holte ansatzlos aus und schlug dennoch ins Leere: der Delinquent war im letzten Augenblick abgetaucht.

Was? Feige auch noch?! Schiere WUTbrüllte aus dem GOTTESMANN. Beim Versuch, Gerd zu packen, verfehlte er ihn abermals, weil der losgerannt war, als ginge es um sein Leben. Tra spurtete ihm hinterher, schneller als andere mit zwei gesunden Beinen, um den Besprechungstisch herum. Gerd, den Atem des LEIBHAFTIGEN im Nacken, riss in seiner Panik einen Stuhl hinter sich heraus, den Tra vor die Füße bekam und der ihn darüber stürzen ließ. Das krachende Gräusch, das das Prothese machte, als ihr Holz auf das des Stuhls prallte, grub sich wie ein heißer Spreißel in W.s Gedächtnis. Tra wühlte sich hoch und auf Gerd zu, der in eine Zimmerecke geflohen war, wo er sich, den Kopf in den Armen vergraben, zusammenkauerte. Und es kam der ZORN GOTTES über ihn, in Form von Prügel, wie sie W. bis dahin noch nicht erlebt hatte (und das war nicht von SCHLECHTEN Eltern!).

Welches Thema oder welcher Psalm Tras Predigt am darauffolgenden Sonntag zugrundelag, wusste W. nicht, denn er besuchte den evangelischen Gottesdienst. Aber er war überzeugt, dass wieder viel von VERGEBUNG und GÜTE die Rede war. Vielleicht auch davon, dass JESUS DIE KINDLEIN ZU SICH KOMMEN ließ und man, so man geschlagen wurde, nach der LINKEN auch die RECHTE WANGE hinhalten solle. Und davon, wie CHRISTLICHE NÄCHSTENLIEBE eigentlich auszusehen habe. Die REAL EXISTIERENDE pfiff auf all die Predigten und das Wort Gottes. Und weder der Prediger noch die Bepredigten hielten sich daran. Umso mehr erwarteten und forderten sie dieses Verhalten von ihren Nächsten.

KATHOLISCH wurde für W. zum Synonym für FALSCHHEIT, VERLOGENHEIT und UNTERDRÜCKUNG. Nirgendwo sonst erlebte er eine schärfere DISKREPANZ zwischen Worten und Taten als bei denen, die im Namen des ANGENAGELTEN auftraten oder sich als seine Anhänger ausgaben. Was Wunder, dass ein CHRIST, der sein Dasein zu Füßen eines geschundenen menschlichen Kadavers und seiner Verehrung zubringt, eine abwegige Haltung zum LEBEN und LEBENDIGEN bekommt. Dass er den Respekt vor anderen LEBEWESEN und LEBENSFORMEN verliert. Zumal wenn er glaubt, sich alles und alle UNTERTAN machen zu dürfen (oder müssen), die Erde, die Frauen, das Gewissen und die Freiheit (aller Andersgläubigen). Der bedenkenlos fremdes Leben aufs Spiel setzt, wenn es um die eigenen Interessen geht, aber sich zum Hüter des Lebens aufspielt, wenn es um das UNGEBORENE der anderen geht. AUSGE-RECHNET dort entdeckt er plötzlich wieder seine Nächstenliebe (dort, wo sie IHN NICHTS KOSTET!). GEBORENES LEBEN läßt er dagegen seit jeher GLOBAL zu hunderttausendenden verhungern & verrecken, mit dem jährlichen PÄPSTLICHEN Segen URBI ET ORBI (kostet auch nix). Andererseits ist der ganze katholische Pomp und Bombast und Protz natürlich schweineteuer: Haute Couture schrumpft preislich auf Woolworth-Niveau im Vergleich zu den Roben der Kardinäle (die die Schränke nicht voll genug kriegen können, weil man sie sonst nicht als WÜRDENträger identifizieren könnte). Aber die güldene Pracht ist auch deshalb unverzichtbar, weil sie so schön ablenkt von der geistigen Verarmung dieser Religion, ihrer inhaltlichen Verflachung und ihrer dürftigen Anbindung an die Gegenwart. Weil MUTTER Kirche kaum Geld für karitative Aufgaben übrig bleibt, läßt sie sich dafür von VATER Staat fett bezahlen (jedenfalls in Deutschland). Das weiß kaum jemand und man hängt es nicht an die große Glocke, um den (Glorien-)SCHEIN zu wahren, der vom SEIN längst himmelweit entfernt ist.

Für W. zeigte sich der SINN von Lobbyarbeit (eine Domäne der Katholischen Kirche in Bayern!) vor allem darin: den UNSINN, der sich breit und breiter macht, nicht zutage treten, sondern ihn sich weiter und immer weiter subventionieren zu lassen.

Was die Kirche am KINDLEIN so reizvoll findet, war W. auch klar: es läßt sich via Zwangstaufe wunderbar widerspruchslos eingemeinden. Und zum SCHAF abrichten. Zu einem Herdentier, das sich immer wieder willig SCHEREN lässt und trotzdem seinem HIRTEN überallhin FOLGT. Damit dieser Hirte von seinen Schafen als GUT und GÜTIG wahrgenommen wird und seine Hände in UNSCHULD WASCHEN kann, hat er für die Schmutzarbeit der Dressur seine WADLBEISSER. Scharfe Hunde, die jeden Abweichler sofort verfolgen und abstrafen. Auch das Scheren und Schlachten übernehmen andere. Zum Glück reicht das Gedächtnis der Lämmer nur von einem Grasbüschel zum nächsten. Wie sonst wäre wohl die wimpernschlagschnelle Wandlung vom WOLF Ratzinger zur LICHTGESTALT Benedikt Nr. XVI. möglich gewesen? Vom jahrzehntelang wütenden und gefürchteten GROSSINQUISITOR zur unbelasteten und PÄPSTLICH REINEN SEELE? Geht mit dem Amtswechsel ein RESET einher und alles ist VERGEBEN und VERGESSEN? Hatte der HERR ein Einsehen und ließ ALZHEIMER über seine Gläubigen regnen? Oder könnte an die Stelle der mühseligen SUCHE nach ERLEUCHTUNG die rasch zu befriedigende SUCHT nach SUPERSTARS getreten sein? Was den einen BOHLEN und KÜBLBÖCK, ist den anderen PAUL ZWO und BENEDETTO?

W. war überzeugt: Glaube macht – wie jede Form von Personenkult – BLIND, GAGA und HÖRIG. Und nur wer blind, gaga und hörig ist, dem kann auch geholfen werden. Galt einst: SELIG die ARMEN IM GEISTE, denn ihrer ist das Himmelreich, so gilt heute (nach dem Zeitalter der AUFKLÄRUNG): SELIG die BENEBELTEN IM KOPFE.

Erst wenn alle Zweifel im Phrasennebel versunken sind, kommt der Mensch zur Ruhe. Deshalb war ihm, W., nicht zu helfen. Weil er auf PHRASEN allergisch reagierte und bei VERALLGEMEINERUNGEN einen dicken Hals bekam. DIE MENSCHEN BRAUCHEN EINE GEISTIGE FÜHRUNG. Die

Menschen? Oder vielmehr die DEPPERL unter ihnen? Denn nur die nehmen einen daherrumpelnden personifizierten SAUMAGEN als GEISTIGEN FÜHRER an und allen Ernstes ernst. Wie das nach W.s gutwilliger Schätzung schließlich vier Fünftel seiner Landsleute getan haben.

DIE MENSCHEN BRAUCHEN JEMANDEN, ZU DEM SIE AUF-SCHAUEN KÖNNEN. Die Menschen? Nein! Nur die FLACH-KÖPFE unter ihnen. Die, die bei einem Schauspieler nicht zwischen der Person und den Rollen, die sie spielt, unterscheiden können. Die dann auch folgerichtig Person und Amt für ein und dasselbe halten. Die auf Ämter immer noch und wieder reflexartig reagieren: mit Demutsstarre, Denksperre und Unterwerfungsgesten. Die so dringend und zwanghaft VORGESETZTE brauchen, dass sie sich mit jedem zufrieden geben. Nur so war es für W. nachzuvollziehen, dass sich die Geschichte des Hauptmanns von Köpenick 80 Jahre später wiederholen konnte: mit dieser dicken Politknallcharge aus Oggersheim, die sechzehn Jahre als Bundeskanzler durchging ohne dass der Mehrheit der Deutschen irgendetwas aufgefallen wäre (dass Hitler größenwahnsinnig und krank im Kopf war, hat sie auch ein Jahrzehnt lang nicht wahrgenommen).

DIE MEN-TSCHEN, jedenfalls der Schlag (bzw. der MIT einem solchen), der einst KOHL wählte, wählt jetzt MERKEL, den kleinsten gemeinsamen Nenner der CDU–GRÖSSEN. Auf ihn/sie hatten sie sich einigen können, nachdem sich der designierte Kronprinz mit seinem Rollstuhl ebenfalls im SPENDENSUMPF festgefahren hatte und keiner der Herren, die noch eine politische Zukunft zu haben glaubten, seine Partei durch das Tal der Tränen führen und sich dabei das Image ruinieren wollte. Also suchte man einen

NOTNAGEL bzw. eine ÜBERGANGSLÖSUNG (wofür der Deutsche Mann schon mal zur FRAU greift). Denn Angela hatte von IHREM SCHÖPFER (Kohl) neben der SCHMAL-LIPPIGKEIT (die die Phrasen nur so herausflutschen läßt) auch die BREIT-ÄRSCHIGKEIT geerbt (wo die MACHTGIER ihren Sitz hat). Umso verwunderlicher, dass sie sich den Unterschied nicht MERKELN kann: BRUTTO ist VOR dem SCHEISSEN, NETTO NACHHER! Aber egal, Hauptsache, man hat die Richtlinienkompetenz. Und ein Kompetenz-team. Derlei war bis dato völlig unbekannt.

In seinem grauslichsten TAG(ALP)TRAUM stellte sich W. vor, alle Frauen dieser Welt sähen aus wie ANGIE. Der Schreck, der ihm dabei ins Glied fuhr, ließ ihn so prompt wie flugs das Ufer wechseln. Einmal in Fahrt gekommen, legte seine Phantasie nach und ihm das Bild vor Augen, alle SCHWULEN glichen wie ein Ei dem WESTERWELLE. Das war dieser eine Augenblick, in dem W. die SELBST-ENTMANNUNG wie eine ERLÖSUNG vorgekommen war.

Als A. Merkel verkündete, sie wolle Deutschland dienen, fragte sich W. natürlich, warum sie glaubte, dazu Bundes-kanzlerin werden zu müssen? Mit diesem Gesicht (WIE 14-TAGE-REGENWETTER! hätte W.s Oma gefunden) wäre sie als Putzhilfe in einer Bahnhofstoilette besser aufge-hoben. Diese ins Bodenlose hängenden Mundwinkel täg-lich über das Fernsehen vor Augen, würden und werden (da brauchte W. keine prophetischen Fähigkeiten) über kurz oder lang alles herunterziehen: die euphorischsten Stimmungen, die manischsten Naturelle, die stabilsten Börsenkurse. Es wird eine tiefe Depression über das Land sinken, es wird sein ein groß' Zittern und Zagen, ein Win-seln und Klagen...

ANGIE war eine Strafe für den EWIG DEUTSCHEN, ganz

klar. Aber wofür? W. rätselte sich die Stirne runzlig. Dafür, dass er immer noch lieber Befehle empfängt als aus eigenem Antrieb aktiv zu werden? Dass er nach wie vor vor Vorgesetzten/Starken kuscht (aber zackig!) und sich über die Untergebenen/Schwachen hermacht (zum seelischen Ausgleich!)?

Dafür, dass er heute genauso VOLLZÄHLIG und mit GANZEM HERZEN bei den VOLKSMUSIKABENDEN vor der Glotze oder als JUBELTAPETE bei GOTTSCHALK sitzt wie weiland auf den Reichsparteitagen? Dass er sich selbst wieder und wieder in den (r)echten deutschen Ansichten von KOHLKOCHKANTHERKAUDERUNDKONSORTEN findet und er sie ewig und drei Tage für Ehrenmänner hält, auch wenn sie prall mit Geld gefüllte Koffer ins Ausland schaffen? Deklariert als JÜDISCHE VERMÄCHTNISSE. Das klang in W.s Ohren nach einer neuen ARISIERUNGswelle, bis sich herausstellte, dass alles erstunken&erlogen war. Erfunden und gedeckt von CDUlern, die ganz in der Tradition ihrer Väter dachten und handelten und – jede Wette! – STOLZ darauf waren, ein DEUTSCHER, ein CHRIST und ein DEMOKRAT zu sein. W. drehte sich der Magen um bei dem Gedanken, mit diesem widerwärtigen Pack die Nationalität zu teilen. Oder gar die HEIMAT! Aber er gehörte ja auch zu denen, die man bis vor kurzem so abgefertigt hatte:

WENN'SDIRHIERNICHTPASST,DANNGEHDOCHNACH-DRÜBEN (ein typisch deutsches, weil ein TOTSCHLAGargument). Hervorgekramt bei einem wie W., also einem NESTBESCHMUTZER.

W. war zufrieden, dass ihm dieser Begriff wieder eingefallen war, mit dem bis vor zwanzig Jahren jeder noch so bescheidene Kritiker am DEUTSCHEN WESEN gebrandmarkt wurde. Ein Begriff, der unter den STRAMMDEUTSCHEN erzwungenermaßen aus der Mode gekommen war, weil er sich OFFIZIELL mit dem für Demokratien geforderten Meinungspluralismus biss.

Für W. hingegen entsprach eine öffentliche Anerkennung als Nestbeschmutzer einer imaginären Auszeichnung mit dem ALTERNATIVEN BUNDESVERDIENSTKREUZ. Die einzigen, die sich trauten, Scheisse SCHEISSE zu nennen, waren Nestbeschmutzer. Bezeichnenderweise wurden sie von denen so tituliert, die selbst andere beschissen (mit Phrasen und Ehrenwörtern). Die selbst auf alles schissen (vor allem auf Geist & Moral). Die selbst das gemeinsame NEST am meisten VERDRECKTEN (und wieder landete W. bei Kohl).

Der alte Trick, der noch tausend Jahre zieht: W. kannte ihn aus Internatszeiten: Der, der den Pfurz gelassen hatte, deutete auf einen anderen (der in der Hackordnung unter ihm stand) und sagte: DU SAU! Daraufhin machten sich alle Nichtangesprochenen – heilfroh darüber, dass es nicht sie erwischt hatte und obwohl sie wussten, wer der eigentliche Täter war – über den Unschuldigen her. Das lief zwar noch irgendwie unter der Rubrik GROBER SPASS, war aber, wie W. später erkannte, eine Übung für den ERNST des Lebens.

Wäre es nicht die höchste VATERLÄNDISCHE PFLICHT, das eigene NEST auszumisten? Vor allem dann, wenn es AMTLICH ist, dass es weltweit zu den DRECKIGSTEN gehört. Nein, dem Deutschen verbietet es sein Stolz, Dreck am eigenen Stecken für möglich zu halten. Ihn wahrzunehmen verhindert seine Dummheit (bekanntlich wächst sie auf demselben Holz wie Stolz und ist, weil es sich um

EICHE handelt, nicht minder HARTnäckig). Dummheit und Stolz machen auch, dass der (r)echte Deutsche eine einmal geFASSte Meinung wie eine einmal eingePRÜGELte Richtung beibehält, passiere was da wolle. Denn er fasst Meinungen wie Essen beim Barras: Auf Befehl und unter Abschaltung der eigenen Hirntätigkeit. Darin gleicht er seinem Lieblingshund, dem er seinerseits das Wesen, das Deutsche, hineinprügelt – bis zur Genesung. Oder Verwesung. Das kommt FAS(S)T auf dasselbe hinaus. FASS! Zur Belohnung darf er dann eins mit Bier leeren.

Achja, DURCHUNDDURCH-Deutsche – wie alle Fundamentalkonservativen das ärmste Schwein unter der Sonne... Aber: Er hängt am Leben wie der Landwirt am Subventionstropf. Er lebt es (und sich!) mithilfe einer vielvermögenden Gerätemedizin aus bis zur allerletzten Zuckung, bis zum jüngsten Urintropfen, bis wieder neues Leben in seinen Kadaver kommt (was wäre denn ein Fäulnisprozess anderes?).

W. fiel dabei sofort das öffentliche ABLEBEN von PAUL ZWO ein. Dem Papst (ein (r)echter Pole!), der wie die Pest unter der Menschheit wütete: indem er die Benutzung von Kondomen verbot und damit WISSENTLICH und ABSICHTLICH die Verbreitung von AIDS vorantrieb (ausgerechnet – oder gerade! – einer, der ZÖLIBATÄR lebte). Wodurch er das LEBEN Hunderttausender, wenn nicht von Millionen vorzeitig beendete (man könnte das auch MASSENMORD nennen), während er das eigene immer und immer wieder mit dem höchstmöglichen medizinischen Aufwand verlängern ließ. Ein mediengeiler Racheengel (in wessen Mission?), der einfach nicht vor seinen Gott treten wollte (wußte er, dass ihn das NICHTS erwarten würde?). Wofür rächte er sich? Dafür, dass er nie in einer Frau kommen durfte? Weder mit noch ohne Kondom? Ahnte er, dass ein EWIGES LEBEN (gegen das jede Vernunft und jede Erfahrung sprechen) nur kalter Kaffee ist verglichen mit der LUST, die ihm eine begehrte und begehrende Frau hätte bereiten können? Tja, dumm gelaufen! Statt in die Galaxien weiblicher Körper einzutauchen und sich dort in einer Supernova zu verlieren, grunzte und sabberte PAUL ZWO in jedes Mikro, das man ihm entgegenhielt.

W. war überzeugt: wenn sich irgendwo die HERR-LICHKEIT DER SCHÖPFUNG und mit ihr der SINN DES LEBENS offenbarte, dann im Rausch leidenschaftlicher Vereinigungen. Wer das bestreitet, kennt ihn nicht. Hat nie am eigenen Leib erlebt, wenn schiere Gier zwei Körpern in ein wollüstiges Fleisch verwandelt. War nie dem Sog einer lodernden Begierde ausgeliefert. Hat nie den bodenlosen Fall des Sichauslieferns ausgekostet. Weiß nicht, wie fiebrig Haut sich sehnen kann. Hatte nie den Wunsch, sich selbst in Ejakulat zu verwandeln, von der Geliebten aufgesogen zu werden und sich in ihr aufzulösen.
Diese Ahnungslosen dürfen getrost den Sinn des Lebens dort suchen, wo ihn noch keiner gefunden hat: in ihrer Enthaltsamkeit (Gelobt sei jede Gelegenheit, die sie verstreichen ließen) oder der von ihnen praktizierten SEXU-ALHYGIENE: einer amtskirchlich geduldeten, ehelichen und zweimal wöchentlichen Triebabfuhr.
Ähnlich drangvoll und erotisierend kam W. das Gewackel, Gegrunze und Gesabbere vor, in das Paul Zwo in den Wochen und Monaten vor seinem Abgang fiel, sobald er in und vor die Öffentlichkeit geschoben wurde. Kein stilles, würdevolles Vorbereiten auf den Tod, sondern eine Zur-

schaustellung von Zellverfall. Desgleichen ließe sich von jedermann zu jeder Zeit in jedem Altenheim beobachten. Zu zigtausenden sitzen überall senile Männer mit vergleichbaren Beschwerden in Rollstühlen herum und warten auf ihren letzten Atemzug. Kein Schwein interessiert sich für sie. Bei einem Papst strömen sie aus aller Welt herbei und nehmen so heftig Anteil, wie sie nur können. Natürlich nicht aus Schaulust und Sensationsgier, sondern – und das konnte W. auch in den Feuilletons lesen – aus SPIRITUALITÄT.

Um sie immer schön am Köcheln zu halten, bekam Paul Zwo seine Sterbesakramente gleich mehrfach verpasst. Wurden in kurzen Abständen nicht BULLEN veröffentlicht, sondern ärztliche BULLETINS. Die exakt auflisteten, woran der einst so EILIGE VATER gerade litt – bis hin zur HARN-WEGSINFEKTION. Ein unter KUTTENBRUNZERN weit verbreitetes Gebrechen, das die Spiritualität in besonderem Maße anzuregen scheint. Möglicherweise mussten Katheter gelegt werden? Wer, so fragte sich W., durfte/würde (WÜRDE?) das tun? Sicher kein einfacher Pfleger, bei dem zu fürchten wäre, dass er später in der PROLETENPRESSE für ein Schweinegeld verkündete: ICH HIELT DIE PÄPST-LICHE NUDEL IN MEINER HAND. Um letztere dann sein Leben lang nicht mehr zu waschen und mit ihr stattdessen ein Wunder nach dem anderen zu vollbringen – vorzugsweise in Urogenitaltrakten und vermutlich vermittels Handauflegen.

Setzte womöglich Pauls Nachfolger, Kardinal Ratzinger den Katheter? Warum gab es davon keine Fernsehaufnahmen, die man den Gläubigen auf dem Petersplatz per Videowand hätte vorführen können? Der MEDIENFUZZI Paul Zwo, dessen PRÄSENZ von vielen gerühmt wurde, wäre sicher auch damit einverstanden gewesen. War er nicht seinen Beratern bis zuletzt gram, dass sie ihm einen Auftritt bei Gottschalks WETTEN DASS? ausgeredet hatten? Wo er beweisen hätte können, dass es ihm möglich war, jeden Flughafen dieser Welt durch Lecken an einem Stück Asphalt zu identifizieren?

Mal angenommen, es gäbe ein Leben nach dem Tode, das es ihm gestattet hätte, die würdelosen Ereignisse rund um seine Aufbewahrung zu verfolgen: er wäre vor Wut zu einem FELS (CHRISTI?) erstarrt: mitansehen zu müssen, wie man die Trauernden im Dauerlauf durch den Petersdom und an SEINER FRISCH VERSTORBENEN HEILIGKEIT vorbeigejagt hatte. Empörter O-Ton eines Pilgers (von 4 Millionen!): MAN LÄSST UNS WENIG ZEIT, IHN ZU SEHEN. Er – eine Frau! – wusste: nur die ÖFFENTLICH BEKUNDETE TRAUER kommt an und zählt, die im stillen Kämmerchen ist für die Katz (die kümmert sich ums SEIN, nicht um den SCHEIN).

Man hätte jedem defilierenden Katholiken Zeit für ein Gebet geben müssen: Das wäre ein ZEUGNIS für einen LEBENDIGEN GLAUBEN (wieder einmal angesichts einer Leiche!) gewesen, wie es noch nie abgelegt wurde. Die PROZESSION hätte 30 Jahre gedauert, das BAYERISCHE FERNSEHEN wäre auf Sendung geblieben und Sigmund GOTTLIEB (Nomen est omen!), der Glibberigste, Bigotteste und Ungnädigste aus der SCHWARZEN SIPPE dieses Senders, hätte sich nie wieder einkriegen müssen.

Im Normalzustand (wenn er gegen Ungläubige zu Felde zieht) ein galliger SCHWARZMALER und SCHARFMACHER (wie so viele, denen noch nie einer geblasen wurde), ein sich in seiner Bitterkeit selbst aufplusternder FUNDAMENTALKATHOLIK, hatte er, Gottlieb, jetzt SEINE TAGE, seinen

Dauerauftritt, und war aufgedreht wie nie zuvor. Gelöst und heiter und keine 24 Stunden nach dem HINSCHEIDEN von Paul Zwo (noch warm!) warf er in seiner Studiorunde die Frage nach dem Nachfolger auf, suhlte sich in Spekulationen und nässte sich (bei dem Gedanken, dass vielleicht sogar RATZINGER...) ein ums andere Mal ein.

Und bestätigte erneut Ws. These: Das Leben, der Tod und alles dazwischen kümmert die STOCKKONSERVATIVEN einen SCHEISSDRECK, wenn es um die Besetzung eines gut dotierten und angesehenen POSTENS geht, also um MACHT/MACHT/MACHT. Darin liegt der SINN IHRES LEBENS, da werden sie AFFENGEIL und RATTENSCHARF. Da kommt Bewegung in ihre Wurzel (Länge im Ø 9,8 cm, eregiert).

Die wochenlange DAUERWERBESENDUNG des BR für den Katholizismus – anläßlich des MACHT-ÜBERGANGS von Paul Zwo auf Benedikt Sechzehn – kostete zig Millionen Euro, zwangsfinanziert von allen Gebührenzahlern, auch atheistischen wie W. und andersgläubigen. Und immer im Bild – obwohl oft nicht im Bilde: Gottliebs Sigmund: Am Abend der Papstwahl hörte W. ihn von einem maßgeschneiderten Gewand faseln (offensichtlich in Minutenschnelle von einem WUNDERTÄTIGEN Schneider gefertigt), in dem der NEUE – RATZFATZ! – erscheinen werde (obwohl vorher immer wieder die Vitrine mit drei bereitstehenden Luxuskutten in den Standardgrößen S/M/L gezeigt wurde). Wer es wie Sigmund schafft, allein und zur gleichen Zeit über viele Stunden zwei öffentlich-rechtliche KANÄLE (Das 1. und den BR) mit BETROFFENHEITSSÜLZE, SENSATIONSSABBER und dem SCHMALZ DER WICHTIGMACHEREI zu füllen, dem schmiert jeder Rest von Verstand dabei auch noch zu und ab.

Wenn Trauer derart mit der Gier nach Neuigkeiten kollidiert, wenn Anteilnahme sich so unverhohlen mit Schaulust paart, wenn Frömmigkeit faustdick aufgetragen und öffentlich demonstriert wird, dann hatte das für W. nichts mehr mit Religiosität zu tun (es sei denn, Glaubenszugehörigkeit wäre dasselbe wie die Mitgliedschaft in einem Fußballverein). Sondern bestenfalls noch mit SPIRITUALITÄTÄRÄTÄ...

Was sich für W. darin offenbarte (und wieder offenbar ausschließlich ihm), war:
der UN–SINN DES LEBENS.
Den Menschen der Frühzeit konnte er es nicht verdenken, dass sie sich das viele Unerklärliche um sie herum mit aller und von keinerlei Bildungsballast unterdrückten Phantasie zu erklären versuchten. Ihr entsprangen aberwitzige Geschichten, die immer weiter erzählt (und ausgeschmückt) wurden. Die man austauschte und mit dem abglich, was andere erzählten. Wobei man flugs das übernahm, was ins eigene Weltbild passte oder zur Verfolgung der eigenen Ziele tauglich schien. Wer voraussagen konnte, wann Überschwemmungen auftraten oder so tat, als stünde er mit dem UNERKLÄRLICHEN im Bunde, der war der GROSSE ZAMPANO. Der wurde bewundert (wie sonst nur die Schönen und Starken) und dem flogen die Weiber zu (oder was er sonst begehrte). Nur darum gings und wird es in einer von PRIMITIVEN bestimmten Gesellschaft (wie der derzeitigen) immer gehen. Auch die Methoden der Zampanos bleiben die gleichen: entweder einen Informations- oder Erkenntnisvorsprung haben und ihn nutzen (wie bei den frühen Astronomen/Priestern) oder ihn einfach für sich behaupten und hemmungslos drauflos

schwafeln und das auch noch in TREU und GLAUBEN (wie bei den Politikern/Pfaffen unserer Tage).

Diesen URALT-SCHMARREN hört die MITTE, die in Deutschland TRADITIONSGEMÄSS weit RECHTS steht, immer wieder gern (kommt er ihr doch so vertraut vor!). Mitte rekrutiert sich vor allem aus MITläufern und LeichtGLÄUBIGEN (i.e. Verführbaren), die sich nur in einer MASSE (Gleichgesinnter) wohl und sicher fühlen und in Demokratien die Mehrheit bilden, die von jedem Vulgär- sprich: Machtpolitiker gesucht und umworben wird. Die Mitte/Masse (aus ihr entsteht die MITTELMÄSSIGKEIT, die wiederum maßstabbildend wird) ist und bleibt KONSERVATIV, d.h. sie GLAUBT gerne, weil sie dem eigenen Wissen und Verstand nicht traut (und das völlig zu recht, denn beides ist bei ihr nur rudimentär ausgebildet!).

Da darf ein Ben Wettervogel – seines Zeichens Metereologe beim ZDF (wo Frösche fliegen können) – unkorrigiert die Sonne den GELBEN PLANETEN nennen. Als W. das hörte, wusste er, dass das kein Versehen oder Versprecher war: man redet der Masse nach dem Munde und irritiert sie nicht mit naturwissenschaftlichen Erkenntnissen, die dem, was man sieht, widersprechen. Endlich dreht sich die Sonne wieder offiziell um die Erde und der LIEBE GOTT und die, die sich auf ihn berufen, werden alles wieder HEIL machen. Und der KRETINISMUS feiert, nur um ein A und O erweitert, als KreAtiOnismus seine Wiederauferstehung mit der Behauptung, dass alle Menschen auf der Erde von Adam und Eva abstammen (dem Affen, der niemals so vom VERSTAND ABFALLEN würde, fühlt man sich nach wie vor baumhoch überlegen).

500 Jahre nach der AUFKLÄRUNG bewegt sich die NEO-KONSERVATIVE MEHRHEIT geistig wieder in die Steinzeit zurück, von keiner Geschwindigkeitsbeschränkung aufgehalten. Sie giert nach AUTORITÄT, nach VERSIMPLIFIZIERUNG, nach WUNDERN und bekommt sie von den auf die MITTE ausgerichteten Politikern (also auch dem Gros) brühwarm geliefert und eiskalt versprochen. Wobei NEO im Zusammenhang mit konservativ dasselbe bedeutet wie ALT oder URALT – es ist die immer gleiche Drecksbrühe, nur in variierenden Gefäßen.

KANNST EIN EI DRÜBERHAU'N, dachte sich W. Und erinnerte sich nur zu gerne an die Prachtexemplare, die KOHL in einem der neuen Bundesländer bei einem Bad in der Menge an den Kopf flogen. Und die aus ihm, der allen den umjubelten Staatsmann inmitten blühender Landschaften vorgaukeln wollte, jäh und ohne dass es seine Begleiter hätten verhindern können, sein wahres Ich herausholten: das eines prügelnden Proleten. Der Glibber, der von seinem Schwellschädel und seiner Brille troff, seine Patschhandgreiflichkeiten, die sich albern und ziellos gegen die Menschenmenge richteten, seine helle Empörung darüber, dass ihm der Auftritt so gründlich versaut worden war, sie zeigten, wes Ungeistes Auswurf er war. Für diese öffentliche Entlarvung hätte der Eierwerfer mit einem BUNDESVERDIENSTKREUZ ausgezeichnet werden müssen. Stattdessen musste W. einige Jahre und viele POLIT- und SCHMIERGELDSKANDALE später auf einem Plakat, hochgehalten in einer Versammlung der JUNGEN UNION, folgendes lesen: HELMUT KOHL, UNSER IDOL.

Der KoprOpHiLie schienen mehr Menschen anzuhängen, als W. für möglich gehalten hätte.

W. war nicht naiv. Er wusste sehr wohl: wo es Ämter gibt, werden sie GELEGENTLICH missbraucht. Aber: Unter und nach Kohl wurde der MISS-BRAUCH zur REGEL. Und: Der GE-BRAUCH von PHRASEN und LEERFORMELN, in STAMM-TISCHKREISEN besonders beliebt, weil benebelte Birnen in Bierkellern das noch von ADOLF so gewohnt waren, schaffte es in der Ära Kohl auch auf REGIERUNGSEBENE zur NORM.

W. wunderte sich, dass außer ihm alle annahmen, De-mokratien könnten jahrzehntelangen Abusus schadlos überstehen. Die nachkriegsdeutsche, eh nur ein blasses Pflänzchen, das im Schatten der von Bomben zerrissenen DEUTSCHEN EICHE vor sich hinkränkelte, verkam unter Kohl, dem Trampel, wurde von ihm plattgesessen.
Was er Politik nannte, war ein GEPANSCHE und HERUM-WURSTELN, das vor Selbstgefälligkeit nur so troff. Wenn er überhaupt als Vater von etwas gelten konnte, dann als der der Zwillinge GRUNDVERLOGENHEIT und SELBSTBE-DIENUNGSMENTALITÄT. Und natürlich als Großvater des inzestuösen Balgs dieser beiden – der POLITIKVERDROS-SENHEIT.
W. konnte sich nicht vorstellen, dass und wie sich je-mals rückgängig machen lassen könnte, was Kohl und SEIN PRIVAT-FERNZEHN (an dem sich zusehends auch das staatlich-rechtliche ausrichtete) angerichtet haben: die VERÖDUNG einer Gesellschaft und die VERBLÖDUNG ihrer Mitglieder. MISSSTÄNDE, die sich so breit gemacht und etabliert haben, dass sie längst als NORMAL und GOTTGEGEBEN empfunden werden.
ES IST HALT SO...
MAN MUSS SICH DAMIT ABFINDEN.

DA KANN MAN NICHTS MACHEN.

Und jeder WILLE, diesen Missständen entgegen zu wirken, FEHLT. Bei den meisten mangels Einsicht. Bei den Einsichtigen, weil sie ratlos sind und resigniert haben. Und er fehlt natürlich bei denen, die sie verursacht haben und ändern könnten, weil sie den größten Nutzen daraus ziehen.

Wo sich der Hausschwamm der Debilität und die Ratten der Raffgier einmal eingenistet haben, hilft nur noch die AbrissBIRNE.

Aber wie einen Staat einreißen und neu errichten?

In dem Maße, in dem W. eine rasch fortschreitende IN-FANTILISIERUNG/DEBILISIERUNG der Gesellschaft bei gleichzeitiger VERROHUNG zu beobachten glaubte, fragte er sich immer öfter, ob, wie oder woran man AN SICH SELBST wohl Paranoia feststellen könnte. Um schließlich von einem Wörterbuch der Psychotherapie gesagt zu bekommen, DASS NEIN. Im Gegenteil, die Entwicklung erfolge schleichend. Besonders träfe es Männer um das 40. Lebensjahr herum. W. war bestürzt. Das deckte sich bei ihm (und zugleich mit Kohls Amtsantritt!). Sollten all seine Beobachtungen und Schlussfolgerungen auf einem fortgeschrittenen, unerschütterlichen Wahnsystem gründen? Der Verdacht war nicht von der Hand zu weisen. Struktur und Klarheit im Denken und Handeln seien bei einem Paranoiker ebenso anzutreffen wie ein logischer Zusammenhang seiner Wahnideen. Dieser Satz beunruhigte W. noch mehr, denn er bewies eines klipp und klar: Kohl war wie ein Großteil der Deutschen auf keinen Fall paranoid. Dumpfbackigkeit schien dagegen immun zu machen.

W. verfiel in eine depressive Ratlosigkeit. Logisches Denken, wenn es zudem noch klar und strukturiert war, deutete also scharf auf eine anhaltende, wahnhafte Störung hin.

Das zwanghafte, tägliche Beglotzen von KEINSCHÖNER-FESTIMGROSSENHINTERLANDVONHANSISVOLKSMU-SIKAUSSTADELHEIMMITDSCHINGDERASSABUMMPLEM-PLEM dagegen ließ eher auf einen gesunden Geist in einer gesunden Seele schließen. Ebenso wie das besinnungslose Hinterherhecheln und KOSTEWASESWOLLE–Aufgreifen von Moden und Trends, die eine von chronischen Innovationskrämpfen geschüttelte Industrie ausspuckte.

War das schon immer so und W. bisher nur nicht aufgefallen? Nein, es fand SCHLEICHEND statt und blieb, außer von W., offensichtlich unbemerkt. Ihm fiel ein (worüber er sehr erleichtert war), dass die Anfänge der (wahnhaften?) Überhitzung der Wirtschaft in den 70er Jahren noch mit Begriffen wie KONSUMIDIOTEN und KONSUMTERROR attackiert worden waren. Alle, die damals BULLEN sagten, wenn sie Polizisten meinten, die, die die mittlerweile immer nebulöseren 68er Jahre geprägt hatten, zwängen sich heute, 30 Jahre später, mit stolz geschwelltem Bierbauch wie selbstverständlich in einen ARMANI-Anzug.

W. war verblüfft. Ein Zustand wie TERROR oder IDIOTIE musste einfach potenziert werden, um unversehens und schwuppdiwupp als NORMALITÄT wahrgenommen zu werden (wiederum mit Ausnahme von W., wie gesagt!).

Woran ließ sich ein gesellschaftlicher SINNES- und WERTEWANDEL (also ein INNERER) objektiv festmachen? Subjektiv galt nicht, da konnte ja jeder kommen! Das hatte W. bei Bruno Ganz gesehen, als der den FÜHRENDEN Paranoiker Deutschlands zum Besten gab. Der, als es ihm im Bunker eng wurde, der DEUTSCHEN GENERALITÄT Ehrlosigkeit und Feigheit vorwarf, um ihr dann zu wünschen, sie möge in ihrem eigenen Blut ersaufen. Das war schon bissel subjektiv. Objektiv konnte man das dieser ELITE DER NATION nicht plötzlich nachsagen. Die waren sich immer treu und dieselben geblieben. Die konnten schon deshalb nicht anders, weil ihnen nie in den Sinn gekommen wäre, warum sie das hätten wollen sollen. W. fiel die Variante eines Buchstabenkürzels ein, wie sie in seiner Gymnasialzeit benutzt wurden: Dbd, dhkP, sAv.

Vielleicht ließen sich WERTVERSCHIEBUNGEN einigermaßen objektiv anhand von Redensarten und Sprichwörtern überprüfen. Im Gegensatz zu dem von vielen Konservativen öffentlich beklagten WERTEVERFALL, der mit seiner semantisch negativen Besetzung schon eine Wertung vorausnimmt, schien W. die Bezeichnung Verschiebung neutral genug zu sein. Vielleicht sogar wissenschaftlich haltbar. Das Bewerten, das Be- und Verurteilen, das käme dann schon noch, und nicht zu knapp, da war ihm nicht bange. Insgeheim, im stillen Kämmerchen (auch etwas, das es kaum noch gab) zweifelte er keine Sekunde daran, dass es sich eindeutig um einen VERFALL handelte. Allerdings in einem anderen Sinne als es die meinten, die ihn anprangerten (obwohl sie ihn selbst zu verantworten hatten und bestens dabei lebten). Die WASSER predigten, aber selbst WEIN soffen. Das, dachte sich W., taten sie immer, die Wortführer der Bestensverdienenden, und sie werden es nöcher tun. Nur dass sie sich jetzt nicht mehr dafür schämen, wenn man sie dabei ertappt, sondern aufgebracht mit dem Vorwurf gegenhalten, das sei nichts als SOZIALNEID. Und anstatt ein schlechtes Gewissen zu haben, sind sie EMPÖRT, äußern es lauthals und man merkt, dass es ihnen stinkt. Während EIGENLOB – ebenfalls von Kohl aus dem Koben geholt – das schon lange nicht mehr tut, sondern jetzt zum guten Ton gehört.

Auch REDEN hat sich verwandelt, von SILBER in GOLD. Während SCHWEIGEN nichts mehr gilt und der Schweigende nur noch für einen Trottel gehalten wird. Und nicht wie einst für einen Philosophen. Dieser Berufsstand, das fiel W. bei seinen Überlegungen auf, hatte sich längst und gründlich aus der Öffentlichkeit verabschiedet. War eh' nur peripär aufgetaucht, zuletzt mit dem Amokformulierer Sloterdijk. Wenn der mit seinen feingedrechselten Sätzen in den Kultursendungen und Feuilletons alles kurz und klein häkselte, dann kam das W. mit seinem UNGEÜBTEREN GEHIRN vor ALS SEI DAS ALLES NUR INTELLEKTUELLE RÄKELEI AM NACHMITTAG EINES SICH SELBST BESPIEGELNDEN FAUNS. Nur dass der Faun (denkt man sich die Hörner dazu, ist diese Selbstbeschreibung/bespiegelung Sloterdijks perfekt) dabei in den Köpfen der Zuschauer/Leser ein vergleichbares Gemetzel anrichtete wie weiland Attila der Hunne in Europa. Den wollte auch keiner wiedersehen. Der Philosophie schien's in ihrer Selbstverliebtheit wurscht zu sein, wo sie sich räkelte, ob in Fakultätsräumen oder öffentlich. Vielleicht wollte sie's auch nur nicht riskieren, ausgepfiffen oder als Quotengift gehandelt zu werden.

Wer könnte das eher vermutete als wahrzunehmende Vakuum, das die Philosphen hinterließen, aufgefüllt haben? W. fand die Antwort auf der Stelle: die Börsenheinis und Finanzberater. ABER HALLO! Schossen wie die Pilze aus den Fußböden der Sendeanstalten. Quetschten sich in, vor und hinter die Nachrichten. Und philosophierten jetzt selbst und frei Schnauze: über die NATUR der BÖRSE und des KAPITALS. Über das WESEN des ANLEGERS und des GELDES. Da wird spekuliert, abgewägt, psychologisiert und tiefgegründelt wie nie zuvor. Endlich macht Nachdenken Sinn! W. erinnerte sich nur allzudeutlich, wie der DOW JONES fiel als bekannt wurde, dass BILL CLINTON von der flotten Monika einen geblasen bekommen hatte. Als dann BUSH jenes OFFICE übernahm und jedem klar war, dass dessen Wurmfortsatz definitiv ungelutscht bleiben würde, stiegen daraufhin die Kurse etwa? Mitnichten! DAS sind die MYSTERIEN unserer Zeit! Aber da kümmert sich kein RICHTIGER Philosoph drum!

Dabei war sich W. sicher: Würde man einmal pro Woche das OVAL zu einem ORAL OFFICE umfunktionieren, wo man dem Präsidenten und seinem Beraterstab fachgerechte BLOW JOBS zwangsverpassen würde, fänden SCHWEINE-REIEN wie der Irakkrieg so gut wie nicht mehr statt. Sie hatten das Rezept, die Amis, sie müssten sich nur darauf zurückbesinnen: MAKE LOVE NOT WAR.

Aber Fehlanzeige: Liebe ist mit WIEDERERWECKUNGS-CHRISTEN genausowenig zu machen wie mit nicht wiedererweckten (sind die sanft entschlafen und also tot oder nur scheintot?). Stattdessen reden sie lieber davon. Der alte Trick, die alte Schere: Je mehr einer redet (über Liebe, Wahrheit und gute Taten), desto weniger glaubt er, (entsprechend) handeln zu müssen. Er setzt ABSICHT und WORTE gleich mit TATEN, redet sich und seinesgleichen eifrig ein reines Gewissen ein und erspart sich die Kosten und den Aufwand des Tätigwerdens. Deshalb ist REDEN heute GOLD (und müsste konsequenterweise als geldwerter Vorteil versteuert werden).

Nicht mit ansehen und -hören konnte es W., wenn seine Landsleute dann tatsächlich mal tätig wurden, z.B. spendeten. Dann, das haben sie von den Imageberatern gelernt, müssen aber auch alle Glocken läuten. Dann muss das landauf landab hinausposaunt werden. Dann will der (r)echte Deutsche und Christenmensch sich feiern (lassen). Dann muss eine Selbstbeweihräucherungswoge aus den Tiefen der Sendeanstalten hinaus in die Wohnzimmer schwappen, bis aber auch jede Glotze in der Lobespisse schwimmt. Und dann fühlt er es wieder, dieses menschliche Rühren, und weiß, dass er eigentlich zu gut ist für diese Welt, der Kautschknautscher von KEINSCHÖNERLAND.

W. hingegen fühlte, und dieses Gefühl verdichtete sich zur Gewissheit, dass sein wissenschaftlicher An- und Vorsatz längst wieder den Bach seiner Emotionalität hinuntergerauscht war. Die nüchtern-distanzierte Betrachtung LAG IHM nicht. LAG ES an seinem überempfindlichen Gerechtigkeitssinn? An seiner cholerischen Ader? An seinem unausrottbaren Idealsimus? War es doch Paranoia? Nein, nicht schon wieder!
Oder war es die Hybris eines unverbesserlichen Weltverbesserers? Fühlte er sich als EINÄUGIGER unter BLINDEN? Der beleidigt war, weil sie ihn keineswegs als KÖNIG, sondern vielmehr als MIESEPETER betrachteten(!)? Als einen, der Gespenster sah und den Teufel auf ihre rosa Struktortapete malte?
Einmal mehr konfrontiert von derlei bohrenden und kaum zu beantwortenden Fragen fühlte sich W. wie... ... ein Emmentaler? Kann Käse fühlen? Mancher scheint immerhin zu leben und fängt irgendwann an zu laufen...? Aber das führte jetzt selbst ihm zu weit.

Hingegen waren die Fragen, für die sich seine Zeitgenossen interessierten, von gänzlich anderer Art. Wer wird Bundeskanzler? Wer Papst? Wer Millionär? Wer gewinnt den Grand Prix (welchen auch immer)? Wen heiratet Uschi Glas? Wer bekommt einen Oscar? Oder: Wird Stoiber Bundeskanzler?

Warum ging ihm, W., all das am Arsch vorbei? Weil man es ihm früher oder später sowieso mitteilen würde? Weil er diese Fragen für oberflächlich und zweitrangig hielt? Nur einer infantilen Neugier geschuldet? Oder weil er glaubte, dass sie ihn von anderen Fragen abhalten sollten? Von Fragen, die unangenehm waren und schwerer zu beantworten? Also beispielsweise: ÄÄ, WIE ÄÄ SCHWUL IST STOIBER GANZ ÄÄ TIEF DRINNEN?

Und wie kann man (vorausgesetzt, man wäre noch bei Trost) einen wie den in irgendein Amt wählen und das auch noch wieder und wieder?

W. erinnerte sich (wobei er ein ums andere Mal erschauderte):

Da ÄDMUND STOIBÄR hatte sich als GÄNÄralsÄkrÄtÄr (von dem Posten sind ihm die Äs geblieben) und Wadlbeisser vom STRAUSSÄ nicht nur vÄhÄmÄnt gegen die DURCHRASSUNG der Gesellschaft ausgeÄht (das, fand W., darf man sich nicht unter den Teppich kehren lassen, vielmehr muss man es bei Gelegenheit eines neuen drohenden Amtsantritts immer wieder erwÄhnen), sondern (als alte Klemmschwester!) auch für eine AUSDÜNNUNG der Münchner Schwulenszene. Sozusagen als Flucht nach vorn, denn die GÄfahr, als Aktenfresser und semmelblasses Handtuch von bayerischen Stammtischen selbst für ÄÄ, schawul gehalten zu werden, war Änorm, das hätte die CÄSU die absolute MÄhrheit kosten können.

W. versuchte, wenn er heiter gestimmt war, sich an ÄD-
MUND vorzustellen, wie er sich wie sein Ziehvater FJS
nachts in New York mit Nutten herumprügelte. Es wollte und wollte ihm, W., nicht gelingen. Da ÄDMUND wich
ständig aus oder zurück und war mit schräg nach hinten
geneigtem Kopf und seinem peinlich schiefen, krampfi-
gen Grinsen bemüht, die Angelegenheit verbal zu regeln.
Weil er auf gar keinsten Fall seine Frisur gefährden wollte,
die wie üblich zum Wolkenband toupiert, seine Kopfblöße
drapierte.

W. fiel dazu sofort ein (wirklich stattgefundenes) von
Windböen durchwehtes (Freiland)Interview ein. Erwischte
eine den Landesvater von vorn, hob sein Haarkonstrukt ab
und schwebte, nein: schwob gleitschirmgleich drei Zentimeter über der bis zum Hinterkopf ausfernden Stirnglat-
ze. ÄDMUNDs silberner Henkel. Wenn die Nutten ihn da
zu fassen kriegten...

W. stellte sich vor, wie da ÄDMUND jeden Morgen vor dem
Spiegel tuckenlang zu tun hatte, um dieses Truggebilde
auf seinem Schädel erst aufzutürmen und dann zu fixie-
ren. Bayerns Ministerpräsident, soviel war ihm klar, benö-
tigte dazu mehr Haarfestiger als eine Schwulen-WG. Kein
Wunder bei all dem falschen Leben im richtigen (bzw. AN-
DERSRUM), dass dem Mann ständig der Hoden krampfte.
Typische Symptome dafür sind ebendieses Ächzen und
dass es einem dabei den Kopf Äh in die Schräglage reißt.
Die Szene, die da ÄDMUND einst AUSDÜNNEN wollte,
ÄÄ, durchdingste die Gesellschaft zusehends. Outete sich
mittlerweile sogar auf den Politbühnen. Wenn's dumm
(oder ideal) liefe, müsste da ÄDMUND unter (?) Umständen (?) mit Westerwelle Umgang..., diesem ÄÄ, LEICHTMA-

TROSEN. Bekanntlich ist letzterer auf hoher See – in einer reinen (also entsprechend schmutzigen, weil permanent gefährdeten) Männergesellschaft – das Bückluder.

Ach, ÄDMUND! In W. kam Mitgefühl auf. Kannst nicht wie und ahnst kaum, was du magst. So ist das mit der LATENZ, der katholischsten von allen Schwestern der Falschheit. Sie – und mit ihr ES, das Uneingestandene – fühlen sich an wie zwei verschluckte Seeigel, die um den schönsten Platz, direkt unter deinem Herzen, wetteifern. Und du darfst dir nie und nie nichts anmerken lassen. Kein Stoff für eine griechische, aber doch für eine halbe Wolfratshausener Tragödie, immerhin.

Es klingelte an der Tür. Ehe W. sich über die Störung ärgern konnte, fiel ihm wieder ein, dass er ja den Abflussmann bestellt hatte. Das Wasser in der Küchenspüle lief kaum noch ab, obwohl er alles mögliche unternommen und sogar das Plastikrohrgewurstel im Unterschrank auseinandergenommen und gereinigt hatte. Die Verstopfung musste in der Zuleitung zum Hauptabwasserrohr liegen, die in der Wand verschwand. Er hatte zwar mit einem zurechtgebogenen Drahtkleiderbügel, wie man ihn in chemisch gereingten Kleidungsstücken vorfindet, in dem Loch herumgestochert, war aber weder weit genug hineingekommen, noch auf Widerstand gestoßen. Als er alles wieder zusammengeschraubt hatte, floss das Wasser zwar zunächst rasch ab, stockte aber nach ein, zwei Litern plötzlich und alles war wie zuvor. Nur dass jetzt noch ein fauliger Geruch in der Küche hing. Er riss das Fenster, das er immer gekippt hielt, ganz auf und rief die Hausverwaltung an.

Es war der Abflussmann, dem W. die Tür öffnete. Pünktlich wie die Feuerwehr, sagte W., wies Richtung Küche und schilderte ihm seine vergeblichen Bemühungen und seine Vermutung.

Ich hoffe für Sie, dass Sie Recht haben, sagte der Abflussmann, denn dann geht meine Rechnung an die Hausverwaltung. Bei Verstopfungen bis fünfzig Zentimeter in die Wand hinein zahlt der Mieter, ab dann der Vermieter.

Ich weiche schon mal den Zollstock ein, damit wir mit ihm um die Rohrbiegung kommen, sagte W. Der Abflussmann grinste, bat um Eimer und Putzlappen und machte sich an die Arbeit, mit knappen, zügigen und zielgerichteten Bewegungen. Verblüffend professionell. Ganz anders als so viele Handwerker, die W. schon erlebt hatte: umständlich, voller Aufhebens und Wichtigtuerei und selten ohne eine Menge Dreck zu hinterlassen. Menschen, die sich ihres Berufs wegen oft zu schämen schienen, dann aber beim Schreiben ihrer Rechnung ziemlich schamlos sein konnten.

Der Abflussmann hatte den Siphon und die mit ihm verbundenen Kunststoffrohre kurz überprüft und W. bestätigt, dass sie frei waren. Dann ließ er eine Art Bohrkopf in die Wandöffnung hineinlaufen, der sich durch die verstopfte   Leitung fräste, während er sie gleichzeitig freispülte.

Das ist wie Pudding, sagte er, da können Sie mit einem Draht lang herumstochern. Wenn Sie ihn herausziehen, schließt sich das Loch sofort wieder.

W. hätte um jeden Betrag wetten mögen, dass der Mann, der um die Vierzig war, mit zwanzig einen anderen Beruf angesteuert hatte. Wahrscheinlich einen ANSPRUCHS-VOLLEREN, womit man im Grunde genommen nur einen meinte, der mehr hermachte. Welcher auch immer es gewesen sein mochte (W. fand es ungehörig, danach zu fragen, obwohl es ihn juckte), er hätte ihn nicht gekonnter ausüben können.

Darauf und auf nichts anderes müsste es – unter vernunftbegabten Wesen – ankommen. Nicht was er tut, sollte einen Menschen adeln, sondern wie gut er es tut. Aber PUSTEKUCHEN! Unter HIRNAMPUTIERTEN ist es das ANSEHEN eines Berufs , also der SCHEIN, der zählt. Und sich auszahlt, in SCHEINEN, natürlich! Der wörtliche Zusammenhang zwischen ANschein und GELDschein war W. bisher noch nicht aufgegangen. Dazu dachte er wahrscheinlich zu kompliziert (oder überhaupt zuviel). Ein DOKTOR, selbst ein erwiesenermaßen schlechter, würde image- und einkommensmäßig immer weit über einem ABFLUSSMANN rangieren, und sei der noch so gut.

W. gab ihm 20 Euro Trinkgeld. Eigentlich konnte er sich diese Großzügigkeit nicht leisten. Andererseits musste er einfach hin und wieder der herrschenden UNGERECHTIG-KEIT etwas entgegensetzen, wenigstens symbolisch.

Als der Abflussmann gegangen war, lüftete W. kurz durch, um die letzten Fäden von Fäulnis zu vertreiben, die noch in der Luft lagen. Dann hängte er den Lappen zum Trocknen auf und verstaute den Eimer, mehr gab es nicht zu tun. Bei normalem Gebrauch würde das Abflussrohr jetzt wieder zehn, fünfzehn Jahre einwandfrei funktionieren, so der Abflussmann. Wenn das stimmte, und W. hatte keinen Grund, daran zu zweifeln, dann war das SAUBERE ARBEIT. Es schien ihm bezeichnend für diese Gesellschaft zu sein, dass man dieses Prädikat umso seltener verleihen konnte, je höher irgendwelche Tätigkeiten angesehen oder Leistungen honoriert waren. Und noch ein Zusammenhang war ihm seit langem klar: je weißer die Kragen, je edler die Krawatten und je großspuriger die Aussagen der Beauftragten und Beteiligten, desto weniger beherrschten sie ihren Job, desto unsinniger ihr Treiben und desto SCHMUTZIGER ihre GESCHÄFTE.

W. erinnerte sich, wie jeder noch so armselige Gesetzesfurz in den letzten zwanzig Jahren von den betreibenden Politikern und ihrem Anhang zur Jahrhundert-REFORM hochgelobt wurde (bei den Steuern, der Rente, bei Gesundheit, Finanzen etc.). Man hätte glauben können, ein neues Zeitalter der REFORMATION sei angebrochen. Binnen kürzester Zeit stellte sich das meiste davon als überholt und unzureichend heraus, als Flickschusterei oder Verschlimmbesserung. Obwohl von Legionen von KOMPETENZTEAMS und EXPERTEN ausgetüftelt, erwies es sich als so stümperhaft wie W.s Herumstochern per Kleiderbügel im Faulschlamm seines Abflussrohrs.

Wesentlich glimpflicher kam er W. als STEUERZAHLER davon, wenn sich Politiker für Jobs bezahlen ließen, die sie gar nicht ausübten (weil sie dann wenigstens keine Fehler machen konnten). Sie mussten dennoch zurücktreten (wohl deshalb, weil sie so dumm waren, sich erwischen zu lassen). Sobald jedoch nur ein Hauch von Gras über die Sache gewachsen war, durften sie sich unübersehbar unauffällig in die vorderen Reihen zurückrobben (in den Christlichen UNionen bekam jede UNperson UNaufhörlich zweite Chancen für weitere UNfähigkeitsnachweise).

Drolliger noch als SCHEINBESCHÄFTIGUNGEN fand W. die SCHEINBESTECHUNG: bei ihr fließen Millionen an

Schmiergeldern, ohne dass dafür Gegenleistungen erbracht werden müssen. Jedenfalls trauen deutsche Richter der heimischen Wirtschaft einen derart unsinnigen Einsatz von Geldmitteln zu (was Holger Pfahls, einer der Begünstigten, nie für möglich gehalten hätte, sonst wäre er nicht für Jahre außer Landes geflohen).

Unfassbar war jedoch für W., wie rasch sich seine Mitmenschen an Missstände gewöhnen konnten. Nach einer kurzen Erregungsphase verlieren sie an dem jeweiligen Thema (ähnlich wie Kleinkinder) überraschend schnell das Interesse und wenden sich anderen Dingen zu. Die sog. ÖFFENTLICHKEIT nimmt SKANDALE zur Kenntnis und hin wie FÜRSTENHOCHZEITEN. Als pure UNTERHALTUNG.

Selbst kritischere Zeitgenossen von W. schienen sich an vieles, was ihnen zunächst gewaltig stank, ähnlich rasch zu gewöhnen wie ihr Geruchssinn.

Wie um alles im Deutschen Bankenwesen, fragte sich W., kann man sich an einen Josef Ackermann gewöhnen? Der mit seiner Forderung nach einer 25% RENDITE für KAPITALGEBER (da wird dem Kleinsparer richtig schwummrig im Kopf) das Feisteste und Dreisteste war, das die Schweiz je hervorgebracht hat? Wie kann man zulassen, dass sich einer wie der weiter im (Speck-)Glanz der DEUTSCHEN BANK wälzt? Einen, der vor emotionaler Dummheit, sozialer Inkompetenz und ein stur auf Ökonomie beschränktes Denken nur so strotzt? Einen, der mit seinen Äußerungen und Federstrichen einen größeren gesellschaftlichen SCHADEN angerichtet und für mehr existenzielles ELEND gesorgt hat als die RAF in ihrer gesamten ÄRA? Nur, weil das Gemetzel, das er anrichtet, unblutig ist und in stille Verzweiflung mündet? Nur, weil die Öffentlichkeit einzelne Erschießungen und Explosionen aufregender findet als Massenentlassungen?

Josef SCHWEINCHEN SUPERSCHLAU Ackermann gehörte zu denen, angesichts dessen sich W. die Existenz einer zürnenden GOTTHEIT von Herzen gewünscht hätte. Um sie dann solange anzuflehen, bis sie sich erbarmen ließe, eine RAF entstehen zu lassen. Natürlich nicht die alte ROTE ARMEE FRAKTION, sondern eine den Zeitläuften angepasste neue, von W. z.B. in ROSA ARMEE FRAKTION umbenannte (vgl. dazu die Umwandlung der SED in PDS und NEUE LINKE!). Natürlich nicht, um Josef die SPECK-BACKE in die ewigen JAGDGRÜNDE zu bomben. Das hätte der Mann, dessen Grundgehalt irgendwie rund 1 MIO beträgt (DM?EURO? Jedenfalls PRO MONAT!!!), nicht verdient (schließlich macht er die DRECKSARBEIT nur, um SEINE VERSCHLANKUNGSVISION der DEUTSCHEN BANK umzusetzen: MITARBEITER FREISTELLEN. Bekam er wirklich für jeweils 1000 eine KOPFPRÄMIE von einer weiteren MIO/pa?).
Also: NICHT um ihn, J.A. zu liquidieren, sondern um ihm die Eier mittels eines Trüffelhobels zu entfernen (ohne Betäubung, versteht sich, weil bekanntlich nur die reichliche Ausschüttung von Adrenalin sie von ihrem Eberhaugout befreit) und sie dann, zusammen mit ihm, dem dann VON EIERN (nicht vom EISE!) BEFREITEN, bei KERNER am Freitagabend einfliegen zu lassen. Wo zunächst die feinen Scheibchen von befugter Hand (sic!) auf einem EICHEL-BLATTSALAT anzurichten, mit einer Orangenvinaigrette zu beträufeln und mit Pinienkernen geschmacklich und optisch abzurunden wären. Er, Ackermann, bekäme dann diese pikante Salatcreation kredenzt. SONDERGAST wäre,

ganz klar, Alfred BIOLEK, der natürlich ständig kosten und hinschmelzen würde und anschließend auch noch Ackermanns leeren Sack zunähen dürfte, vor laufender Kamera und ebenfalls ohne Narkose. W. stellte sich beider Mienenspiel dabei vor: Alfred, wie er bei jedem Stich und dem nachfolgenden Durchziehen des Fadens mitfühlend die Lipplein spitzte. Josef, einen Bratapfel im weit gespreizten Maul (um unziemliche Lautäußerungen zu vermeiden), dessen Doppelkinn trotz des Ausbleibens gröberer Schmerzen (Hinweis für Leserinnen: Sackhaut ist relativ unempfindlich im Ggs. zu dem, was sie normalerweise umschließt) im Gleichtakt mit der gesträhnten, sonst so kühnen Haartolle erzitterte.

DIE SPECKMADE Ackermann, könnte damit Geschichte schreiben, wie so viele andere Chefs der DEUTSCHEN BANK vor ihm. Doch warum er ihr (nach W.s Pi-mal-Daumen-Berechnungen) ca. 20 mal soviel wert war wie der GröBaZ (größte Banker aller Zeiten) Hermann, ebenfalls JOSEF, Abs, das konnte W. niemanden fragen. Es musste an der Zeitenwende liegen. Denn: damals: in der Vor-Kohl-Ära: stand HABGIER noch im Ruch einer TODSÜNDE. Sie zählte nicht wie heute zu den unternehmerischen Groß- bzw. Primärtugenden und wäre in der DEUTSCHEN NACHKRIEGSGESELLSCHAFT aus alter Gewohnheit und in bester Tradition noch als JÜDISCH gebrandmarkt worden – wenn auch hinter vorgehaltener Hand.

Vielleicht brachte ein Ackermann der DEUTSCHEN BANK wirklich zwanzigmal mehr als ein Abs? Dem war in seiner EINFÄLTIGKEIT (eines der Hauptmerkmale der Unternehmer vom alten Schrot und Korn) nichts anderes eingefallen, als Personal EINZUSTELLEN. Ackermann dagegen besaß den SCHWEINEMUT, es zu ENTLASSEN.

W. mochte sich die Stimmung nicht länger von diesem A-Mann versauen lassen. Während die Freigeister und Anarchisten vergangener Jahrhunderte (als deren versprengter Nachfahre er sich sah) noch richtige Majestäten hatten, die sie beleidigen konnten, musste er sich an Politikern, Promis und Unternehmern, also an trivialen und traurigen Gestalten schadlos halten. Der Adel von heute gab ein derart trost- und zahnloses Bild ab, dass selbst der eingefleischteste Zyniker nur noch Mitleid mit ihm empfinden wollte. W. dachte an PRINZ „SEGELOHR" CHARLES, der die langweiligste aller Kindergärtnerinnen (She's so booooring!) FREIEN und über Jahre hinweg BEGATTEN musste – und das unter dem Dauerbeschuss mit BLITZLICHT. Wo doch alle Welt dank einer klitzekleinen INDISKRETION wusste, dass er sein Leben viel lieber an einem der DUNKELSTEN ORTE auf diesem Planeten zugebracht hätte. Dass er, wäre es nur nach ihm gegangen, dort zurückgezogen und fein still im Verborgenen hätte wirken wollen. Weil seine Lieblingsrolle und wahre Bestimmung eine ganz andere gewesen wäre: die eines TAMPONS in einem ROTTWEILER namens Camilla. W. fand, dass das wie vieles aus dem BRITISH EMPIRE noch irgendwie GRÖSSE und TRAGIK ausstrahlte, wenn auch eine ins Groteske irrlichternde. Im Gegensatz zum dumpfdeutschen PRÜGEL–PRINZEN Ernst August, der als PISSER von und zu Hannover seinen STAMMBAUM markierte und krönte. W. fragte sich, WO und WIE sich in Dreiteufelsnamen da noch die PROLETEN AUSLEBEN und PROFILIEREN sollten? Hatten die denn gar kein Recht mehr auf ihre angestammte Lebensart und freie SELBSTVERWIRKLICHUNG?
Wen also beleidigen, wenn das die Majestäten selbst besorgten? So gesehen sprang – zu W.s Glück – eine Per-

sonengruppe ein, die sich ähnlich wie die ranghohen Politchargen für noch bedeutender, unersetzlicher und gottähnlicher hält als alle gekrönten Häupter zusammen: die UNTERNEHMER/MANAGER/GESCHÄFTSFÜHRER. Genauer gesagt die, die W. öffentlich als solche auftreten sah: die, die er die NEUEN Unternehmer nannte. Die den Wirtschaftsstandort Deutschland als persönliche Beleidigung empfanden und jegliche Erwartung an sie, dort auch nur einen einzigen eigenen Cent zu investieren, für unverschämt hielten.

Diese NEUEN Unternehmer waren im Gegensatz zu denen vom ALTEN SCHROT UND KORN, den GRUNDIGS/BORGWARDS/ROSENTHALSetc., in gemachten Betten aufgewachsen. Vielleicht fehlen ihnen deshalb jegliche eigenen IDEEN und VISIONEN, die sie flugs durch gestohlene ersetzen (was ihnen nichts ausmacht, weil ihnen auch jede SKRUPEL– und SCHAMLOSIGKEIT abgeht). Sie halten ihre durch nichts und niemanden zu bremsende RAFFGIER für unternehmerisches Talent und sich selbst für gesellschaftlich wertvoll.

Allen voran die TURBOFRATZE des KAPITALISMUS: Hans-Olaf Henkel: Kaum zappte W. von einem Kanal auf den nächsten, tauchte der auch dort auf. Er musste schon als Kind hässlich für zwei gewesen sein, darum nannte man ihn Hans UND Olaf. Die beiden verstanden sich untereinander, aber auch mit Henkel blind (wie Drillinge, die sich ein Ei teilen müssen) und waren deshalb nicht mehr darauf angewiesen, Freunde zu gewinnen. Was übrigens eine der besten Voraussetzungen ist, um Unternehmer zu werden. Bekannt wurden Hans, Olaf und Henkel dafür, dass sie als erste schlüssig beweisen konnten, dass es in Deutschland keine Armut gibt. Gäbe es sie, so ihre ERKENNTNIS, hätten wir hierzulande wieder Kinderarbeit. Wie in Indien. Solange der Sozialstaat dafür sogt, dass Kinder nicht arbeiten müssen, KANN ES KEINE ARMUT GEBEN.

W. fand, dass sich ein derartiger Gedankengang nur in aufgequirlter Hühnerkacke entwickelt haben konnte, bestimmt nicht in menschlicher Hirnmasse. Immerhin war er bahnbrechend genug, um die drei nach Art der DREIFALTIGKEIT zu vereinen – zu eben diesem einen und einzigen Hans-Olaf Henkel. Und ihn später ebenso schlüssig zum Präsidenten der LEIBNI(T)ZGEMEINSCHAFT zu machen. In aller Regel haben Präsidentenwahlen etwas mit WEICHEM KEKS zu tun. Bei dieser Gemeinschaft jedoch auch mit TROCKENEM, denn sie weiß bis heute nicht, ob sie nach dem Gebäck oder dem Mathematiker oder nach beiden benannt ist. Das zeigt sich daran, dass sie gespalten ist (wie Deutschland in alte und neue BULÄ): In solche, die LEIBNITZ mit T schreiben und andere, die es nicht tun.

Darf man so kleinlich sein und sich an einem T AUFHÄNGEN (übrigens keine von W. favorisierten Freitodvarianten)? Das frug oder frog er sich, selbstkritisch wie eh und je. Wenn es um so Bedeutendes wie Wischensaft und Forchung geht? Und ist das nicht dann gänzlich wurscht, wenn man von einem Hans-Olaf Henkel präsidiert wird? Der jeden Unternehmer für einen GUTMENSCHEN hält, der indischen Kindern Arbeit gibt, weil diese damit ihre Familien VOR DEM VERHUNGERN BEWAHREN können. Der selbst dieses Zeug zum Gutmenschen in sich spürt, dem jedoch die Hände gebunden sind, weil unser Sozialstaat den Kindern das Recht auf Arbeit verwehrt und sich damit als Unrechtsstaat entlarvt. Würde man sich von diesem Sozialballast endlich trennen, könnten die

109

Henkels morgen den Standort Deutschland und übermorgen die GANZE WELT neu erblühen lassen. Erst wenn die unternehmerische Freiheit grenzenlos ist, wird die Welt werden, was Leibniz zu beweisen versuchte: dass sie die BESTE ALLER MÖGLICHEN WELTEN ist.

W., beflügelt von dieser Vision, könnte sich dann ebenfalls als Unternehmer hervortun. Vielleicht mit einer Massenaufzucht von GOLDENEN KÄLBERN? Das EINZIGSTE (ja, so sagen heute bereits viele!), was zu tun wäre: Hans-Olaf machen lassen. Zwar hat er längst einen Stammplatz bei Sabine Christiansen, weil die sich neben ihm bildhübsch, blutjung und blitzgescheit vorkommt (Eigenschaften, die man ihr schon seit längerem nicht mehr nachsagt).
Aber solange da noch andere sitzen und ihr SOZIALISTISCHES Gedankengut verbreiten dürfen, wird das nichts. Hans-Olaf und Sabine, allein zu zweit (oder viert: die Drei-FALTIGkeit plus MUTTER GLOTZE), den ganzen Sonntagabend, auf allen Kanälen ... DAS würde die Republik durchRUCKeln... Hans-Olaf könnte ein ums andere Mal seinen Lieblingswitz erzählen: *Bevor er mit einem Juden im selben Aufzug fahre, warte er lieber auf den nächsten...* (wie gesagt: ein WITZ, der nicht etwa Henkels Göttlichen Antisemitismus beweist, sondern im Gegenteil seine NORMA-LITÄT im Umgang mit Juden). Und MARIASABINE würde ihr glockenhelles und silberreines Lachen nach draußen in die Wohnzimmer schicken...

Ja, sooo stellte sich W. den ANBEGINN einer neuen, güldenen Ära vor. Leibniz (ob mit oder ohne T) wäre übertroffen, die BESTESTE aller möglichen Welten würde entstehen, mitaufgebaut von fleißigen Kinderhänden ...

Apropos: Wer JA! sagt zur Kinderarbeit, der kann genausogut JA! zur Kinderprostitution sagen. Der Unterschied ist so marginal wie der zwischen einem KinderarbeitGEBER und einem LUDEN.

Ach, gäbe es ihn doch, den zürnenden und strafenden, den BIBLISCHEN GOTT! Er ließe Hans-Olaf die Kleidung ablegen, hieße ihn, Schwimmflügel anzulegen und jagte ihn in den ATLANTIK hinaus. Auf dass er sich einen neuen Seeweg nach Indien suche, ins GELOBTE LAND des UNTERNEHMERS. Dieweil ER, der HERR, die Kindlein um sich scharte, um sie zu fragen, was er zwischenzeitlich mit Sabine machen solle... Ihre Sendung absetzen, bis Hans-Olaf angelandet wäre? Stattdessen Wiederholungen laufen lassen? Und Wetten darauf annehmen, dass es keiner bemerken würde?

Wie konnte es kommen, dass ein felsenfester Agnostiker wie W. sich immer wieder wünschte, es gäbe ihn doch, diesen Alttestamentarischen Zausel? GEWISS nicht, weil er (im Ungewissen doch) hoffte, dass sein Leben, das er BEWUSST beenden wollte, nach dem Tode bis zur ewigen Bewusstlosigkeit weitergehen solle! NEIN: mit dem ENDE sollte und würde für ihn GOTTSEIDANK endlich SCHLUSS sein! AUS DIE MAUS! Nur durch seine Beendigung konnte der IRRSINN des LEBENS einen SINN bekommen!

Den BÄRTIGEN und ANGENAGELTEN wünschte sich W. für die anderen: auf dass er mit der ihm eigenen HUMORLOSIGKEIT über sie käme, die RAFFZÄHNE dieser Welt...

Nein, Hans-Olaf würde ungeschoren davonkommen, weil das Wünschen schon lange nichts mehr half. Seit wann eigentlich? Und weil die RAF ihre Nachwuchsarbeit grob vernachläßigt hatte, was ihr W. umso weniger verzeihen konnte, je öfter er mitansehen musste, wie ungeniert und unbehelligt die Henkels und Ackermänner ihr RECHT DES (wirtschaftlich) STÄRKEREN auslebten. Die ZIVILISIERTE (humane) GESELLSCHAFT ist mit diesen RAUBTIER-KAPI-TALISTEN wieder auf DSCHUNGEL-NIVEAU abgesunken: die Schwächeren werden ohne (BEISS)HEMMUNG ange-gangen und ohne SCHAM erpresst. Z.B. mit Arbeitslosig-keit, deren deprimierende Folgen in einer ÜBERFLUSSGE-SELLSCHAFT als HÖCHSTSTRAFE empfunden werden.

Wenn Jäger ihre Überlegenheit so roh und rücksichtslos einsetzen, was, fragte sich W., spielt es dann für eine Rol-le, ob diese Überlegenheit auf Körperkraft oder gesell-schaftlicher Macht beruht?

Dennoch: Wie sich auch an ADOLF noch das eine oder an-dere gute Hundehaar finden ließ (siehe unter AUTOBAH-NEN), so auch an OLAF. Stichwort: KLOBÜRSTE. Immer wenn W. die Anschaffung einer NEUEN erwog, vergegen-wärtigte er sich kurzerhand Henkels GESICHT. Prompt kam ihm daraufhin seine ALTE so grundappetitlich vor, dass er zufrieden beschloss, sie noch für ein Weilchen zu behalten. Ein Haushaltstipp, dessen Einsparmöglichkei-ten schier grenzenlos zu sein schienen.

Natürlich war W. klar, dass er sich mit dieser auf Kon-sumverzögerung hinauslaufenden Einstellung in einer AMBIVALENTEN Gesellschaft wie der seinen als Erzfeind der Wirtschaft outete, als Hauptverursacher ihres Nieder-gangs. Wie jeder, der sich in Kaufzurückhaltung übte.

Und an der waren nicht etwa die NEUEN Unternehmer mit ihren INNOVATIONEN im Sekundentakt schuld, sondern eben der Kunde. Der hat zwar summasummarum immer weniger Geld zur Verfügung, soll aber – das erfordert eben die Ambivalenz – immer mehr ausgeben und einfach je-

den Scheiß kaufen. Sonst suchen sich die GLOBALEN UN-
TERNEHMEN eines Tages nach den Wirtschaftsstandorten
auch noch neue Märkte. Dann ginge es dem Geburtsland
des WIRTSCHAFTSWUNDERS wirklich dreckig und die KA-
PITALISMUSKRITIKER würden bekommen, was sie verdie-
nen: KEINE Arbeit, KEIN Geld und NICHTS zu konsumieren.
Die Deutschen müßten ihre Kinder zur Prostitution an die
tschechische Grenze bringen (und wieder abholen – wie
früher zum Klavier– und Ballettunterricht). Sabine Christiansen lüde Sonntagabend dieselben Gäste wie eh und
je zu ihrer Sendung ein. Doch ihre Themen lauteten jetzt
„Entwicklungsland Deutschland", „Wieviele Freier am Tag
dürfen wir unseren Kindern zumuten?" und „Warum hat
keiner auf Hans-Olaf Henkel gehört?".

Vermutlich war W. doch (oder auch) ein SOZIALNEIDHAM-
MEL. Denn die Frage, wie es zu einem Wertgefälle von
Ackermann zu Abs im Verhältnis von 1/20 kommen konnte, ließ ihm einfach keine Ruhe. Lag die Erklärung darin,
dass Abs einen SKRUPELQUOTIENTEN von 20 hatte – auf
einer Skala von 1 (keine) – 100 (normal)? Der ihn beileibe
nicht daran hinderte, bei der Enteignung der Juden unter den Nazis (vornehm ARISIERUNG genannt) tatkräftig
zum Wohle des Bankhauses mitzuwirken. Wohingegen
bei Ackermann Skrupel – in welcher Form auch immer
– nie auftraten? Und er deshalb zum DREIBAZ mutieren
konnte? Zum dreistesten Banker aller Zeiten? Verdient der
Mann sein Monatsgehalt von 1 MIO. (Mark?EURO?) doch
zu Recht? Krepieren zu Recht jeden Monat rund 100.000
Einwohner dieses Planeten an Unterernährung? Läßt sich
Ackermann jede Fettzelle, die in ihm arbeitet, von der
DEUTSCHEN BANK bezahlen? Gibt es einen Zusammen-

hang zwischen diesen Fragen? Oder geht es gar nicht darum, ob Ackermann sein Gehalt wert ist? Sondern um einen SOLIDITÄTSNACHWEIS, den die DEUTSCHE BANK dadurch erbringt, dass sie selbst den geldgierigsten aller Schweizer aus der PEANUTS-Kasse bezahlen kann? Wohingegen es dann leider für ein paar Arbeitsplätze mehr als bei vergleichbaren Konkurrenzunternehmen nicht mehr reichen sollte?

W. hätte schon eine politisch-wirtschaftliche Gesamtlösung gewusst:

Ackermann wird wegen bankschädigenden Verhaltens (Imageverlust infolge sozialer Inkompetenz, die DB gilt mittlerweile als die HAUSBANK der UNMENSCHEN) fristlos entlassen und arisiert (enteignet). Er bekommt dafür ein Ausreisevisum in die Schweiz (ohne seine Eier, die vorher noch wie beschrieben bei Kerner von berufenem Munde verspachtelt werden).

Köhlers Jahresgehalt wird verfünffacht (auf 1 MIO., dem 4-5fachen von Abs). Dafür übernimmt er Ackermanns Posten (für den er endlich wieder qualifiziert wäre!). Die 10 Mio., die die DEUTSCHE BANK jetzt Jahr für Jahr übrig hat, steckt sie je zur Hälfte in die ERHALTUNG von Arbeitsplätzen und in die ERNÄHRUNG Unterernährter.

Das, und da war sich W. sicher, müsste eine der Ideen sein, wie sie Köhler beim Amtsantritt eingefordert hatte. Die DEUTSCHE BANK und ihr Chef würden weltweit ein, nein: DREI! ZEICHEN setzen – für HUMANES HANDELN, für SOZIALE VERANTWORTUNG, für GLOBALE INTEGRITÄT. Andere müssten nachziehen, um nicht als AUSBEUTER und GIERHÄLSE abzustinken...

Bliebe nur noch eine Frage offen: die des nachfolgenden BuPrä. Seine Besetzung dürfte man nicht mehr der Kindergartenvorsitzenden Angela (oder anderen Trantüten) überlassen. Sie würde jenes unsäg- und peinliche Gezerre mit irgendeinem Zwangsspielkameraden um eine KOMPROMISSLÖSUNG wiederholen. Um dem HOHEN AMT einen Rest von Würde zu bewahren, müsste Schluss sein mit dem Postengeschachere. Das beim letzten Mal dazu geführt hatte, dass anstelle eines Rollstuhlfahrers (der wenigstens die Behindertenquote erfüllt hätte) nach endlosem Hickhack ein Sparkassenfilialleiter aus dem Hut (oder war es ein Eimer? Eine Kotztüte?) gezogen wurde. Vielleicht würde ANGIE als nächstes den Kassenwart der SCHLACHTERINNUNG wählen lassen?

Rein rational müsste man dabei vorgehen, forderte W., und sich dem Anforderungsprofil des Amts vorurteilsfrei nähern. Mit welchen Tätigkeiten bekam er es denn zu tun, der dtsch. BuPrä? Da wären also:

Repräsentieren, Gedenken, Mahnen, Belobigen.

Beisitzen, Fronten abschreiten, Hände schütteln, Dokumente unterschreiben.

Bei den immergleichen Gelegenheiten die immergleichen Reden halten und die immergleichen erstarrten und längst inhaltsleeren Rituale so ausführen, als wohnte ihnen noch eine Bedeutung inne.

Als angemessen gilt dabei hüftsteifes Auftreten.

Allein deshalb wäre jeder dieser neuen japanischen Roboter dafür weit überqualifiziert. Ein simpler Pappkamerad aus deutscher Fertigung – mit einem in den rechten Arm eingebauten Schreib-, Handschüttel- und Gedenkschleifenherumzupfautomaten – könnte das einwandfrei erledigen. Auch die besondere köhlersche Note, intensives Starren bzw. heftiges Augenrollen aus Glupschaugen, ließe sich hinbekommen...

Selbst in einem Rollstuhl würde ein AUTOMAT die Rest-würde des bundespräsidialen Amtes besser wahren als jeder andere (da er auf GELD/SPENDEN/NEBENEINNAH-MEN u. dergl. nicht programmiert wäre). Doch damit, das wusste W., war er zuweit gegangen. Wegen Merkels Roll-stuhlphobie nämlich, von der nur wenige wissen:

Eines Tages hatte sie in den weitläufigen Fluren des Kon-rad Adenauer-Hauses Schäubles Ersatzrollstuhl entdeckt, fühlte sich unbeobachtet und nutzte die Gunst des Au-genblicks, um einmal darin probezusitzen. Ihr Pech: sie verkeilte sich darin derart (neben Kohls Schmallippigkeit hatte sie ja auch seine Breitärschigkeit geerbt), dass sie aus eigener Kraft nicht mehr freikam. Dazu musste der Hausmeister den Stuhl zerlegen, was erst möglich war, als man ihn entlastet, d.h. sie auf Knie und Hände gestellt hatte, sodass also das Gerät – mit himmelwärts zeigen-den und frei drehenden Rädern – nun auf Angela saß. Ihre Befreiung zog sich, und Schäuble, der auf den Ersatzstuhl wechseln wollte, weil sein anderer vor lauter Gschaftlhu-berei einmal mehr heißgelaufen war, verpasste eine Sit-zung (und möglicherweise wieder einen Posten) und war stinksauer. Seitdem meidet Merkel ihn und Rollstühle und geht beiden weiträumig aus dem Weg.

W. beneidete jeden, dessen psychische Verfassung stabil genug war, beim Anblick dieser Frau keinen depressiven Schub zu erleiden. Er fand die Aussicht, ihr nach ihrer Wahl zum Kanzler oder zur Kanzlerin in jeder Nachrichten-sendung zu begegnen, so unerträglich, dass er beschloss, seinen Freitod ein wenig vorzuziehen. Diesen seit Kohl verlängterten geistig-moralischen TIEFSTSTAND, nein!, NULLPUNKT der Nation nicht länger mitanzusehen und als Bürger/Steuerzahler (wenn auch ein durch Zeugung und Geburt dazu gezwungener) nicht weiter mitzutragen. Er beschloss es nicht etwa, weil A.M. eine Frau war (denn das war sie ebenfalls nur erzwungenermaßen). Und nicht etwa, weil sie zu den sog. OSSIS gehörte (also zu einem Menschenschlag, der bis zum Fall der Mauer zwar SEINE BRÜDER UND SCHWESTERN VON DRÜBEN genannt wurde, aber ihm fremder war als jeder Schweizer, Österreicher oder Italiener).

Sondern weil sie – OBWOHL eine FRAU mit einer grundsätzlich anderen VORGESCHICHTE – den absolut IDENTISCHEN IRRSINN dieses NACH- und NEO-NAZIDEUTSCHLANDS fortsetzen würde, den ausschließlich MÄNNLICHE WESSIS etabliert und, wie es schien, für die nächsten 1000 Jahre festgezurrt hatten.

Wenn nicht eine FRAU, wenn nicht jemand mit einem völlig anderen VORLEBEN und HINTERGRUND, wenn nicht ein NICHT-BRDler, ja, wer denn dann sollte etwas ändern wollen und können?

Merkel jedoch würde den STATUS QUO, der sie nach oben gespült hatte, weiter zementieren, auch, um dank seiner dort zu verbleiben. Ein UMDENKEN oder etwas wie LÄUTERUNG, geschweige denn gesellschaftliche Veränderungen waren eher von einer Küchenschabe zu erwarten als von ihr.

Nach W.s eigener Grobeinschätzung gingen bei einem Alphapolitiker rund 80% seiner Zeit und Energie dafür drauf, sich als unentbehrlich darzustellen und seinen Rang in der Partei zu sichern (und sich damit die Pfründe). Dann musste er ja auch noch was essen. Oder auch Wagner-Opern durchschwitzen. Deshalb bleibt für die Umsetzung politischer Visionen und Ziele (die ihnen, sofern je vorhanden, längst abhanden gekommen sind) einfach keine Zeit mehr.

Angie würde 100% ihrer Stutenbissigkeit aufbieten müssen, um die NEIDER und BESSERKÖNNER aus der eigenen Partei im Zaum zu halten und einzubremsen. So einfach wie das krampfende Bayerische Weißbrot, das es kaum noch schafft, zwischen seinen ÄÄs mehr als zwei Fremdsilben unterzubringen, wird es ihr kein MERZ machen.

Aber das wollte W. alles nicht mehr erleben. Ihm reichte, was er sich bisher an Furzblasen hatte anhören müssen: ICH WILL DEUTSCHLAND DIENEN.

Wow, was für ein Programm! Und so fein und bescheiden formuliert, verglichen mit Schröders proletenhaftem ICH WILL DA REIN! Andererseits: Wer wollte Deutschland nicht als KANZLER dienen? Bis dato nämlich, aber das konnte Ossi-Angie nicht wissen, DIENTE man im Westen DEUTSCHLAND beim BUND (nein, nicht NATURSCHUTZ!). Und wer das WOLLTE, wenn er es nicht musste, hatte schon von Haus aus einen an der WAFFEL. Der Dienst an der WAFFE wäre für Angela nicht in Frage gekommen, aber DIENEN hätte sie schon können. Als MOTTENKUGEL? MATRATZENSCHONER? URINALSTEIN?

Die UNKORRIGIERBARKEIT der Zustände, die W. umgaben, entsprach seinem Unvermögen und mehr noch seinem UNWILLEN, sich noch einmal am eigenen Schopf aus dem Treibsand der Resignation zu ziehen. Zumal ihn die geballte INTELLIGENZ und der komplett aufmarschierte PROMMI-ADEL des Landes (einschließlich – und das war für ihn der Hammer! – Harald Schmidt) neuerdings duzte und ihm unisono einzuquatschen versuchte, ER SEI DEUTSCHLAND! Er solle nicht fragen, was sein Land für ihn tun könne, sondern sein Bestes für sein Land geben. Eine Phrase, die sie (die selbst nie genug vom BESTEN, na, was schon: SCHOTTER! kriegen konnten) von Kennedy gestohlen hatten. Was W. nur müde mit der Gegenphrase abwinken ließ: ER könne nicht auch noch Deutschland sein! Denn er, der laut Personalausweis Münchner war, SEI außerdem schon EIN BERLINER und damit SCHLUSS! Warum wollte ihn die ELITE des Landes (alleiniger Maßstab: der Kontostand) in eine Persönlichkeitsstörung treiben und geistig verwirren? Warum forderte sie ausgerechnet die UNTERSCHICHTEN zum VERZICHT auf Forderungen auf (gemeint waren vermutlich Sozialhilfe, Wohngeld etc.)? Und verlangte stattdessen deren bisschen Bestes (siehe oben)? Damit ihr die REICHENSTEUER vielleicht doch erspart bliebe? Damit sie nicht auch steuerflüchtig werden müsste wie so viele geschätzten Kollegen? Damit das Land aus der Krise kam, in die sie es mit ihrer elitären Maßlosigkeit und Raffgier gebracht hatte? Sie, die doch nur nahm, was sie kriegen konnte und ERGO auch wert sein musste? Wer hätte das nicht genommen? Im Lande Karl Mays? UNTER GEIERN?

Dass der Freitod die einzige, für ihn in Frage kommende Art des Ablebens sein würde, dämmerte ihm schon in der Pubertät. Dass er ihn nicht bereits mit 22 vollzogen hatte, nach der Lektion, die ihm das Schicksal in Gestalt von A., DER UNERWIDERTEN LIEBE SEINES LEBENS, erteilt hatte, war vermutlich seiner Feigheit geschuldet, die er damit kaschierte, eine ihm angemessene Aus- und Durchführung noch nicht gefunden zu haben.

W. war es irgendwie gelungen, die kurze und doch so lange Geschichte mit A. (SEINE VERGANGENHEIT) auszublenden. Sie mit neuen Erfahrungen und Frauen zu über-lagern.

BEWÄLTIGT hatte er sie nicht. Das Nichtbewältigen von Vergangenem hat in diesem Lande Tradition wie nichts sonst, da war er keine Ausnahme.

W. fand, dass man es dem (r)echten Deutschen bei seiner DEMOKRATISIERUNG arg einfach gemacht hatte: allein die Teilnahme an freien Wahlen, also das Kreuzchenmachen (1949 war das in der BRD erstmalig möglich) bei einer der Parteien, die sich im Nachkriegsdeutschland etablieren konnten, verwandelte ihn – RATZFATZ! – in einen Demokraten. Und mit jedem Kreuz, das er im Laufe der Jahre ablieferte, attestierte man ihm mehr politische Reife und eine gefestigte demokratische Gesinnung.

Jetzt brauchte er nur den Mund zu halten (um sich nicht selbst zu verraten). Weil er es von Adolf her gewohnt war, klappte es zunächst so gut, dass sich jener Begriff der SCHWEIGENDEN MEHRHEIT bilden konnte. Die Politiker, die für sie sprachen, verbrannten sich ihr Maul oft genug. Waren sie hinreichend eloquent, gerissen und/oder beliebt, schadete das ihrer Politkarriere kaum: als Franz Josef Strauß ANDERSDENKENDE & INTELLEKTUELLE mit RATTEN und SCHMEISSFLIEGEN verglich, hielt man das in Bayern für hochdemokratisch und IN TREUE FEST zu ihm. Dito bei Stoibers Hetze gegen Ausländer und Schwule.

Und wenn es dem zwangsdemokratisierten Deutschen im Übereifer der vaterländischen Pflichterfüllung beim Wählen die Hand verriss und er sein Kreuzerl bei der NPD oder den REPUBLIKANERN (dem fundamentalistischen CSU-Ableger) machte, blieb er natürlich Demokrat, wenn auch ein vorübergehend fehlgeleiteter. Er galt als Protestwähler und musste HEIMGEHOLT werden. Dazu rückten

120

einfach die Parteien der sog. MITTE wieder ein BISSERL weiter nach rechts. Kehrte der VERIRRTE/VERFÜHRTE daraufhin zurück, war ALLES sofort wieder GUT.

W. konnte nur staunen, wie selbstverständlich sich das schwarze MÄNTELCHEN christlicher Parteipolitik auch über die allergrößten BRAUNEN HAUFEN breitete. Und schon war er wieder bei seinem Lieblingsfeind, dem ALTKANZLER gelandet.

Nie hätte er sich nach KOHL noch eine STEIGERUNG von ihm vorstellen können. Dennoch fiel sie ihm mit: KÖHLER urplötzlich ein und es ihm wie Schuppen von den Augen.

Zunächst hatte er sich letztere nur ungläubig gerieben, als dessen Frau sich ihrerseits an DIE MENSCHEN IM LANDE wenden zu müssen glaubte mit der Empfehlung: MEHR ZU BETEN. War die Lage derart ernst? Hatte sie die Nation schon abgeschrieben? Traute sie den Ideen nicht, die zu entwickeln ihr Mann aufgerufen hatte? Oder wollte sie damit selbst eine beisteuern, frei nach dem Motto: wenn's schon nicht hilft, dann schadet es auch niemanden? Kurz darauf aber waren sie – die Augen – ihm, W., dann aber richtig aufgegangen: anläßlich der 1. Pflichtwanderung, die den BUPRÄ, begleitet vom üblichen Medienpulk, den Großen Arber erklimmen ließ, wobei er seine Idee, wie Deutschland zu retten wäre, einer neben ihm einherschreitenden (und dergestalt das Volk vertretenden) Wandrerin mit auf den Weg gab: BRINGT'S MEHR KINDER AUF DIE WELT!

Allein mit Sauerstoffmangel im Kopfe und der dabei einhergehenden Geilheit, wie sie auftreten kann, wenn Ungeübte kraxeln, konnte sich W. diesen UNGEISTESBLITZ nicht erklären. Auch nicht mit einer ultraerzkonservativen Ausrichtung (VÖGELN FÜR VOLK UND VATERLAND).

Welche Probleme dieser Welt wären denn zu lösen, gäbe es mehr Kinder? Die dieser Kinder eher nicht. Aber vielleicht die des Herrn Köhler? Wurde ihm wieder einmal bewusst, dass seine Rente gefährdet ist? Kam er auf die grandios neue Idee, dass das Rentenproblem am einfachsten (für ihn jedenfalls) mit MEHR KINDERN zu beheben wäre? Für W. schien es eine (r)echte deutsche Eigenart zu sein, Kinder in erster Linie deshalb in die Welt zu setzen, um mit ihnen eine Schieflage zu korrigieren, in die man sich selbst gebracht hatte. Aber drückt sich nicht WAHRE KINDERLIEBE genau darin aus, dass man alles Vertrauen in den Nachwuchs setzt? Dass letzterer sich dessen nicht immer würdig zeigt, ließ sich am ZWEITEN WELTKRIEG beobachten. Um ihn zu gewinnen, wurde gezeugt, was das Zeug hielt. Die Kinder haben's dann 44/45 endgültig vermasselt. Dennoch: der unverBESSERliche Deutsche, z.B. Köhler (Ist er nicht der BESTE aller möglichen BUPRÄs?) gibt ihnen erneut eine Chance. Und er weiß: Je MEHR es sind, desto leichter fällt es ihnen, den GENERATIONENVERTRAG zu erfüllen. Einen Vertrag voller Für- und Vorsorge: Er erspart den künftigen Generationen nicht nur die Unterschrift, sondern auch die Mühe, ihn oder das KLEINGEDRUCKTE zu lesen. Und er ist so vorteilhaft für die NACHKOMMEN, dass auf die Möglichkeit, ihn abzulehnen, verzichtet werden konnte. Schließlich gibt er ihnen ihrerseits das Recht, ALLE ALTLASTEN der ihr folgenden Generation aufzuhalsen.

W. fand, dass man diesen Vetrag besser GENERATIONS-FREIBRIEF genannt hätte. Weil sich mit ihm PRASSEN und AASEN läßt, was das Zeug hält. Und zwar auf Kosten anderer – wie es immer schon GUTE CHRISTLICH-DEMOKRATISCHE TRADITION war (die SOZIALE nicht zu vergessen!).

Sie hochzuhalten, marschierten GRINSEKÖHLER und seine Parteigenossen

FRÖHLICH & FRECH SINGEND VORNEWECH.

Schamloser und ausbeuterischer konnte man mit diesem Globus und dessen Zukunft nicht umgehen.

W. fand, dass jeder, der als Kind solcher Eltern auf die Welt käme, zwei Morde frei haben sollte. Allerdings unter der Maßgabe, dass sie sich auf die eigene Familie beschränkten. Sonst, das war ihm klar, müssten wieder irgendwelche Ausländer oder ethnischen Minderheiten herhalten.

MEHR Kinder! Möglicherweise hielt man das für DIE LÖSUNG der Massenarbeitslosigkeit? Frauen, die IM MUTTERSCHUTZ sind, galten nicht als arbeitslos und konnten ab sieben oder acht Sprösslingen (je nach dem individuellen Anspruch an die Lebensqualität) vom Kindergeld leben. War Deutschland eben noch ein RAUM OHNE VOLK, so könnte das innerhalb einer Generation wieder umgekehrt sein. An die Folgen, die das zeitigen kann, wird sich eh wieder keiner erinnern.

Achja: Kohl, Köhler, am ...? W. wollte und brauchte sich diesen Superlativ nicht auszumalen, der GNADE SEINES FRÜHEN TODES sei Dank!

MEHR Kinder! Als das der Filialleiter aller Filialleiter seiner Mitwanderin kurz vor dem Gipfel ans Herz legte, wehrte die ab mit dem Hinweis, damit sei Schluss bei ihr und sie schon in Rente. An Köhlers Stelle wäre jeder andere vor Scham in Grund & Berg versunken. Spätestens da hätte ihm aufgehen müssen, dass dieser Posten essentiell mehr erfordert als der einer Führungskraft in einer Bank. Und er hätte gemerkt, dass es hinten und vorne nicht reicht, vom Kopf her nicht und nicht vom Gefühl (SOZIALE KOMPETENZ heißt das in den Personalsuchanzeigen).

Aber W. hatte die Beobachtung gemacht: Dummheit kennt keine Selbstzweifel. Naivität hakt ab und geht zur Tagesordnung über. Heißt: Einer wie Köhler macht weiter als sei nichts gewesen.

Jetzt gab W. Frau Köhler recht: da hilft nur noch beten. Viel, viel beten. Und zwischendrin: MEHR Kinder auf die Welt bringen! Also: Beten, Bumsen, Beten, Bumsen, Beten, Bumsen! Was für ein Zukunftsprogramm! Vielleicht... Jetzt meldeten sich bei W. mit Wucht die Zweifel, die er seinem BUPRÄ abgesprochen hatte. Tat er ihm mit seiner Kritik unrecht? Waren seine Vorwürfe voreilig und nicht durchdacht? Hatte Köhler erkannt, dass es mit dem EINEN RUCK zur RETTUNG DEUTSCHLANDS (zu dem sein Vorvorgänger aufgerufen hatte) nicht getan war? Dass VIEL!MEHR! jetzt auf Teufelkommraus GERUCKELT werden musste, um die (STAATS)KARRE aus dem Dreck zu ziehen? Wollte er dabei wirklich alle miteinbeziehen und Ausreden (Bin schon in Rente!) nicht mehr gelten lassen?

So gesehen schien Köhlers Plan zwingend. Der mangelnden Standfestigkeit bei Senioren wäre mit Viagra abzuhelfen. Und – einer ausgereiften Fortpflanzungs- und Transplantationsmedizin sei dank – könnten unsere Rentnerinnen ihrer Republik als Leihmütter dienen. Die Geburtenrate ließe sich steigern ohne dass Mutterschutz und Produktionsausfall die Arbeitgeber und Sozialkassen über Gebühr belasteten. Alles könnte einfach so weitergehen wie bisher... Die Welt bliebe auf ihr rein ökonomisches Denken fixiert, das das KAPITAL zum Selbstzweck erhebt, dem sich alles und alle (die es nicht in Händen halten) unterzuordnen haben. Auf ein Denken, mit dem einer von der intellektuellen Kapazität Köhlers kein Problem hat, weil es nur ein Ziel kennt:

die VerMEHRung ebendieses Kapitals.

Dessen Parole jedem einging: MEHR!

Ein VERWEILEN, selbst auf HÖCHSTEM NIVEAU gilt als KRANK. Ein winziges Bisschen WENIGER bedeutet den NIEDERGANG, zweimal hintereinander ein kleines MINUS wäre der SICHERE TOD.

Die dümmsten ebenso wie die (angeblich) klügsten Köpfe schienen darüber einer Meinung zu sein:

Nur MEHR bringt's.

Ausschließlich MEHR MACHT SINN.

Und: NOCH MEHR macht NOCH MEHR SINN.

MEHR – das leuchtet MEHR und MEHR ein.

Einfach nur MEHR, egal, warum, auf wessen Kosten und wie lange.

MEHR! – so lautete denn auch der gemeinsame Nenner, auf den sich die Eliten nahezu aller Gesellschaften heimlich, still und schleichend geeinigt hatten. Denn auf ihm können sie sich (und einen ihrer niedersten Instinkte) ganz legal ausleben: ihre GIER. Und nur dann lassen sich ihre unersättlichen EGOS weiter und weiter füttern.

Ein Nenner, der in W.s Augen ebendiese Gesellschaften zivilisatorisch weit zurückgeworfen hatte. Auf das Niveau des URWALDS, in dem (wieder) das RECHT DES STÄRKEREN galt. Nur halt das des WIRTSCHAFTLICH Stärkeren. Verglichen damit empfand er das Recht des PHYSISCH ÜBERLEGENEN als das menschlichere. Denn brachiale Gewalt ist nicht beliebig abrufbar, sie erlahmt früher oder später und muss sich regenerieren. Der, der sich ihrer bedient, kann nur solange fressen bis er satt ist. MEHR geht kaum und täte ihm auf Dauer nicht gut.

Die RAFFSUCHT hingegen, der IMPETUS der Alphamänn-
chen und Ackermänner des GLOBALKAPITALISMUS, ist
unstillbar und braucht keine Pausen.

Und obwohl zutiefst ASOZIAL, versteht sie es, sich perfekt
zu tarnen – als ÖKONOMIE. Sie (die nach W.s Auffassung
wie die Theologie den Ideologien unterzuordnen ist und
nicht den Wissenschaften) stellt mit ihren alles – auch das
Gegenteil – erklärenden Theorien und Gesetzmäßigkeiten
einen Riesenfundus an FEIGENBLÄTTERN, DECKMÄNTEL-
CHEN und WEISSEN WESTEN bereit und kann praktisch
jede Schandtat und Fehlleistung von WIRTSCHAFTSFÜH-
RERN als wirtschaftlich notwendig begründen. Obwohl
von ihrer Gesamtzahl her eine der dünnsten BEVÖLKE-
RUNGSSCHICHTEN, ließen sich unter den Unternehmern
ausgemachte HOHL- und HOLZKÖPFE zuhauf finden (ein
Wunder war's nicht, wenn er an die Dumpfbacken aus seiner Abiturklasse dachte, die anschließend BWL und VWL
studierten).

Auch W.s Heimatstadt hatte unter ihnen reichlich zu leiden, per exemplum einem PISCHETSRIEDER BERND. Der
konnte sich bei BMW zum Vorstandsvorsitzenden respektive mit der Übernahme von ROVER hochprofilieren. Eine
kapitale Fehlentscheidung, die den Konzern 5 Milliarden
Euro kostete. Den Konzern? Nein, der durfte diesen wie
auch alle anderen durch den BERND verursachte Schä-
den von der Gewerbesteuer abschreiben. Wohl auch den
McLaren F1 (einen 600 PS Boliden), den der begnadete
(UNTERNEHMENS)LENKER im Voralpenland auf einer ÖF-
FENTLICHEN STRASSE zu Schrott gefahren hatte (WER'S
NED KO, DER KO'S NED!). Sicher aber die millionenfette
Abfindung, mit der sich BMW dann schleunigst von dem
Mann trennte.

All das ging letztlich zu Lasten der Stadt München, heißt: deren Bürger (in der Folge mussten öffentliche Einrichtungen wie Büchereien geschlossen werden). Der BERND bekam dafür den Ehrendoktorhut der TU München. W. fand, man sollte auf dem Marienplatz einen Kanalisationsdeckel nach ihm benennen. Und eine Büste von ihm an der vermoosten Rückseite der Ruhmeshalle – an einer neu einzurichtenden SCHANDWAND aufstellen.

Dass eine derart ausgewiesene Pfeife (statt sie samt Führerschein für immer aus dem Verkehr zu ziehen) drei Jahre später den Vorstandssessel von VW unter den Arsch geschoben bekam, das war für W. UNFASSLICH, im Hirn nicht und nicht in Äonen. Es gehörte für ihn zu den MYSTERIEN DER DEUTSCHEN INDUSTRIE.

Pischetsrieder ließ auf seinem neuen Posten bald wieder aufhorchen, als er sich GEGEN den Einsatz und die Förderung des Rußpartikelfilters stark machte, die Entwicklung dieses (Zitat:) *DÄMLICHEN FILTERCHENS* hinauszögerte und so sein Gutteil zum FEINSTAUBAUFKOMMEN im Lande beitrug (ebenso wie zu einer Absatzflaute seines Konzerns).

Vielleicht hatte der FAMILIENMENSCH (diese Standardformulierung fand W. in jedem 2. Artikel über den BERND) erkannt, dass es kein Partikelfilter in puncto Effizienz mit einer Kinderlunge aufnehmen konnte. Man müsste also nur die Kinder öfter zum Spielen auf die Straße schicken bzw. sie vermehrt in diesen filigranen, idealerweise exakt auf Auspuffhöhe liegenden Fahrradanhängern durch die Stadt ziehen, um die Feinstaubbelastung der Luft auf ein verträgliches Maß zu verringern. Warum also die Autoindustrie damit behelligen, die sich wahrlich um Wichtigeres (i.e. die Wünsche des Autofahrers) kümmern muss?

W. war gespannt, welche Ehrungen Pischetsrieder dereinst durch die Stadt Wolfsburg zuteil würden. Ginge es
nach ihm, würde er den BERND ab sofort dazu verpflichten, seine Dienstfahrten in einem Kinderanhänger zu ab-
solvieren (sein Chauffeur müsste natürlich auf Pedaleur
umgeschult werden). Und jeden Abend vor dem Zu-Bett-
chen-gehen bekäme er auf Lebenszeit gratis eine Extra-
Portion Feinstaub zu inhalieren, serviert auf einem goldenen Löffelchen (bestimmt ließen sich dazu Freiwillige
aus dem Heer derer finden, die unter seiner Ägide FREI-
GESTELLT wurden).

Und wieder keimte in W. ein Verdacht hoch, um sich flugs
zur These zu verdichten: Nutzte die DEUTSCHE INDUS-
TRIE etwa ihre Bosse zu verdeckten Härtetests für ihre
Unternehmen? Denn das war doch klar: Ein KONZERN
ÜBERLEBT einen Pischetsrieder oder Schrempp nur dann,
wenn er KERNGESUND ist und HOCHPRODUKTIV arbeitet.
Wenn seine Mitarbeiter AUFOPFERUNGSWILLIG und EX-
TREM BELASTBAR sind und sein STANDORT außerordent-
liche Vorteile bietet (z.B. den der ERPRESSBARKEIT).
Einer ganzen Serie von BELASTUNGSTESTS musste sich
DAIMLER unterziehen: erst einem Umbau (und Niedergang) zum Gemischtwarenladen (mit integrierter Tech-
nologie!) durch den EDZARD, einer Krämerseele, die der
prominente väterliche Namen zu Höhenflügen trieb, denen sie geistig nicht gewachsen war. REUTER behauptete,
die DEUTSCHE AUTOMOBILINDUSTRIE könne ihren Vor-
sprung (welchen und vor wem?) nur behalten, wenn auf
den hiesigen Autobahnen kein TEMPOLIMIT eingeführt
werde. Kann sich DEUTSCHER INGENIEURSGEIST nur bei
Vollgas frei entfalten? Ähnlich wie sich der DEUTSCHE AU-

TOFAHRER erst ab 200 km/h WIRKLICH FREI fühlt? Lautet der Paragraph 1 des GRUNDGESETZES deshalb: FREIE FAHRT FÜR FREIE BÜRGER?

Nach EDZARD kam auf Daimler das zu, was W. nur als den ULTIMATIVEN HÄRTETEST bezeichnen konnte: der JÜRGEN. Ein Mann mit dem Aussehen, der Intelligenz und dem Charisma eines SCHRAUBSTOCKS, wie geschaffen, um Deutschlands Renommierkonzern auf alle Zähne zu fühlen. Dafür hatte er sich als Vorstandsvorsitzender der Daimlertochter DASA wärmstens empfohlen, wo er 16.000 Angestellte entließ und bei der Übernahme und dem Verkauf von FOKKER 5,5 Milliarden Mark VERLUST ERWIRTSCHAFTETE.

Der JÜRGEN nannte den Wert des Unternehmens künftig nur noch SHAREHOLDER VALUE (was alle Wirtschaftsexperten ehrfürchtig erschaudern ließ) und verkündete großspurig, aus Daimler eine WELT AG zu machen. Er verbrannte dafür zig Milliarden und schaffte es sogar, das für unsinkbar gehaltene Marken-Flaggschiff Mercedes-Benz in die Nähe der roten Zahlen zu steuern und dabei dessen Qualitätsimage NACHHALTIG (sein Beitrag zum Umweltschutz!) zu lädieren. Alles, was er in die Hand nahm, platzte wie ein zu oft benutzter PRÄSER.

Die Frage, die sich W. früher immer wieder gestellt hatte, hieß: Warum durfte der Mann zehn Jahre lang wie die AXT IM PORZELLANLADEN wüten ohne dass ihm jemand in den Arm gefallen wäre? Weil genau DAS von ihm VERLANGT worden war! Weil nur SO nachgewiesen werden konnte, dass der Konzern eine derart grundsolide Substanz hat, dass er selbst durch langjähriges, konsequentes MISSMANAGEMENT nicht kaputtzukriegen war. Eine andere Erklärung gab es für W. nicht. Warum sonst sollte man Leute wie Schrempp und Pischetsrieder, die unglaubliche volkswirtschaftliche Schäden verursacht hatten, erneut in höchste Positionen berufen? So bescheuert oder untereinander verpflichtet kann keine WIRTSCHAFTSELITE sein, dass sie dafür das Staats- und Gemeinwohl aufs Spiel setzen würde! So ahnungs- oder skrupellos kann keine REGIERUNG sein, dass sie solch WIDERSINNIGEM HANDELN nichts entgegensetzen würde! So gutwillig oder stumpfsinnig und abhängig dürften Arbeitnehmer nie sein oder werden, dass sie so etwas mit sich machen ließen! AUSSER...

... die Führungsschichten und privilegierten Teile einer Gesellschaft sind primär GIERGESTEUERT und stimmten stillschweigend darin überein, dass die SELBSTBEREICHERUNG das HAUPTMOTIV (oder KANTIGALL, ICK HÖR DIR TRAPSEN: die MAXIME) ihres HANDELNS wäre.

W. jedenfalls war davon zutiefst überzeugt. Und nicht weniger angewidert.

Nach dem SCHREMPP-TEST mussten nur ein paar tausend Mitarbeiter entlassen werden und Daimler stand kaum schlechter da als vorher. Entsprechend enthusiastisch reagierte die BÖRSE. SCHREMPPS AUFOPFERUNGSVOLLES WIRKEN wurde mit insgesamt etwa 80 Millionen Euro nur UNZULÄNGLICH HONORIERT. Aber der Mann steht ja noch im vollen Saft und der Deutschen Wirtschaft für weitere HERAUSFORDERUNGEN zur Verfügung.

W. hielt nichts von Verallgemeinerungen und KLISCHEES. Kaum hatte er sie gedacht oder ausgesprochen, war er versucht, sie einzuschränken oder zurückzunehmen. Sie beschrieben ihm die Wirklichkeit zu grob, so dass sie bestenfalls zur Vorurteilspflege taugten. Doch er fand auch Ausnahmen. Eine davon: Der DEUTSCHE AUTOFAHRER. Ihn gab es wirklich. Dieses Klischee lebte und begegnete W. ständig. Es traf auf vielleicht ein DRITTEL aller Autobesitzer zu, aber genau dieses hatte sich die HEIMISCHE AUTOINDUSTRIE zur Kernzielgruppe auserkoren, nach ihm richtete sich die gesamte PKW-Entwicklung und -Produktion.

Der DEUTSCHE AUTOFAHRER nutzt sein Auto natürlich auch, um von A nach B zu gelangen, aber das nur in zweiter, nein, letzter Linie. In erster braucht er es zur Selbstdarstellung. Um mit ihm anzudeuten, was er alles drauf hat, an POWER und DYNAMIK. Und um mit ihm zu zeigen, wie SPORTLICH und ERFOLGREICH er ist. Glaubt, damit seine BEDEUTUNG, seinen RANG und sein PRESTIGE rüberzubringen. Und macht doch nur deutlich, was ihm alles FEHLT. Er tritt das ganze Jahr über auf wie der PLATZHIRSCH IM HERBST, röhrt sinnlos herum und merkt nicht, dass er nur eine DUMME, weil leicht zu melkende KUH ist. Für eine Autoindustrie, die in den letzten 30 Jahren mit Ausnahme der geteilten Rücksitzbank nichts WELTBEWEGENDES auf die Räder gestellt hatte. Nur halt das übliche MEHR. Mehr PS/KW. Mehr HUBRAUM. Mehr SPITZE. Mehr KOMFORT. Mehr KNÖPFCHEN. Und HEBELCHEN. Und SCHALTERCHEN. Und LICHTLEIN. Mehr LACK. Mehr BLECH. Mehr Gewicht. Mehr AUTO.

Von Kindesbeinchen an ist er das von seinem Lieblingsspielzeug – AUTOAUTOAUTO! – gewohnt, der DEUTSCHE AUTOFAHRER und auf – BRUMMBRUMM! – dem GEISTIGEN und EMOTIONALEN NIVEAU von damals stehengeblieben. Da haben die Autohersteller leichtes Spiel und können ihm immer MEHR UNFUG als INNOVATION und immer MEHR LEISTUNG als FORTSCHRITT unterjubeln und ihn dafür richtig bluten lassen. Dass MEHR mehr kostet und mehr verbraucht, das schnallt ein Dreijähriger nicht (auch nicht Jahrzehnte später). Er ist zufrieden, wenn es hübsch blinkt und piepst oder summtund brummt. Und wie's der BUBI von seinem TAMAGOTCHI und GAMEBOY gewöhnt war, musste es viel zum DRÜCKEN geben.

Und ganz, ganz wichtig: die POPOHEIZUNG. W. mutmaßte, dass sie ihn, den DEUTSCHEN AUTOFAHRER an die wohlige Wärme seiner vollen Windeln erinnerte. Sie musste ebenfalls volle Pulle heizen, wenn er es mit Zweihundert über die Autobahnen tat. Vorbei am noch DEUTSCHEREN WALD, der gerade sein 25jähriges STERBEN feierte. Drinnen kocht das Arschwasser, draußen VERLICHTEN sich die BAUMKRONEN. Und die VOLKSMUSI spielt dazu.

Natürlich hatte die AUTOINDUSTRIE schon immer jeden Vorwurf abgestritten, an den Waldschäden mitverantwortlich zu sein. Sie würde, da war sich W. sicher, auch jede Teilschuld an der zunehmenden INFERTILITÄT des DEUTSCHEN MANNES weit von sich weisen. Offensichtlich wusste in den Autoentwicklungsabteilungen keiner, dass bereits die geringfügige ERWÄRMUNG der HODEN zu einer temporären Sterilisierung der Spermien führt und deshalb zu den ältesten VERHÜTUNGSMETHODEN gehört. In Japan zog man sich kleine Beutel aus Glaswolle über den Sack, während man sich in der Südsee einfach ein paar Stunden in den heißen Sand setzte.

W. hätte zu gern gewusst, wie sich die Geburtenrate in Deutschland seit Einführung der PKW-Arschheizung entwickelt hatte? Ob es einen speziellen Geburtenknick vor der Rückrufaktion bei BMW gab, als unlängst bei 75.000

Fahrzeugen die Gefahr der Überhitzung der Anlage drohte? Wie wohl SEINE HEILIGKEIT, die personifizierte Gnade, PAPPA RATZINGER zu dieser Form der EMPFÄNGNISVERHÜTUNG stand (der musste nach seiner Wahl nicht nur einen ganzen KREIDEFELSEN, sondern sein ALTER EGO, den Großinquisitor gleich mitgefressen haben)? Welcher Hersteller wohl als erster einen EIERKÜHLER anbieten würde? Und unter welcher Bezeichnung?

W. tummelte sich in jüngeren Jahren u.a. auch bei BMW als freier Mitarbeiter im Bereich ÖFFENTLICHKEITSARBEIT. Er wusste deshalb, wie genau man es in diesem Hause AUCH mit der Terminologie nahm und welche Bedeutung man ihr für die VERMARKTUNG beimaß. Einmal hatte er bei einer Besprechung das Wort ARMATURENBRETT benutzt. Die Reaktion war etwa so, als hätte jemand aus dem Kardinalskollegium den oben genannten vormaligen Josef Ratzinger mit FOTZENSEPP angesprochen. Hoch empört und hell entrüstet hatten ihn die BMWler zurecht- und auf die korrekte Bezeichnung hingewiesen: INSTRUMENTENTTRÄGER. AUTOAUTOAUTO! BRUMMBRUMM!
Fotzensepp wäre als Bezeichnung (auch im engsten Kreis und sozusagen von Kuttenbrunzer zu Kuttenbrunzer) eindeutig unangemessen gewesen. Aber W. wagte es auch nicht, sich dahingehend festzulegen, ob ALTER ARSCHHOBEL als freundschaftliche Anrede unter Kardinälen eher hingenommen werden würde. Immerhin brachte ihn dieser potentielle Spitzname zu seinem gedanklichen Ausgangspunkt zurück, dem Arschwasserkocher mit integriertem BALLS FREEZER.
Und da hätte ihn noch brennend interessiert, wie der in Detailfragen durchaus findige DEUTSCHE AUTOINGENI-

EUR das Problem der TEMPERATURMESSUNG lösen würde? AUTSCH! Jetzt hatte er, W., einen dicken Schnitzer und
ein absolutes NONO! begangen, weil schlicht vergessen,
dass man in DEUTSCHEN UNTERNEHMEN (respektive
der Autoindustrie) keine PROBLEME kennt. Im schlimms-
ten Fall sieht man sich dort mit HERAUSFORDERUNGEN
konfrontiert! Vielleicht war das das eigentliche Problem
der Deutschen Autobauer? Dass man sie nicht (er)kennt,
die Probleme? Denn dann kann man sie auch nicht lösen!
Und dann tun das eben die JAPANER! Oder die Franzosen,
wie mit diesem DÄMLICHEN FILTERCHEN! Aber hier und
jetzt könnte man das RUDER HERUMREISSEN: indem
man dem DEUTSCHEN AUTOFAHRER (wenigstens!) seine VOLLE ZEUGUNGSFÄHIGKEIT zurückgibt (am liebsten
auf Knopfdruck!). Und zwar ohne das GESAMTKLIMA im
Auto zu stören, das sich in einem empfindlichen GLEICH-
GEWICHT befindet und für den MANN AM STEUER unverzichtbar geworden ist.

Der fährt nämlich gern mit KÜHLEM KOPF (also auf der Voll-
laststufe der Klimaanlage). Er könnte sonst all das IMPO-
NIERGEHABE und die DROHGEBÄRDEN, die er sich selbst
abverlangt und die ihm von überallher entgegenschlagen,
mental wie geistig gar nicht aushalten. Andererseits hatte
er von SCHUHMACHER gelernt: man fährt (und gewinnt)
mit dem Hintern. Deshalb musste der Sitz glühen! Dass
er das ausgerechnet auf Kosten der MÄNNLICHKEIT tat,
war ein TREPPENWITZ der AUTOMOBILGESCHICHTE. W.
fand, dies sei DIE Gelegenheit für den DEUTSCHEN INGE-
NIEURSGEIST, wieder einmal zu brillieren!

Um die ideale SCROTALTEMPERATUR von konstant 35
Grad zu gewährleisten, müsste fortlaufend gemessen
werden. Wie würde man das lösen? Via Schrittfühler?

Via Hodensonde? Wie läßt sich definitiv verhindern, dass weibliche Autoinsassen nicht ebenfalls partiell gekühlt werden und dabei eine Blasenentzündung davontragen? Die häufig chronisch wird, was die betroffenen Frauen künftig als Beifahrerinnen disqualifiziert, weil der Fahrer dann gezwungen ist, einfach jeden Rastplatz anzusteuern. W. beneidete die Autoentwickler und -konstrukteure nicht ob der Überfülle an Aufgaben, die ihnen bevorstand. Der einfache Mann von der Straße (von seiner Frau gar nicht zu reden) hatte nicht die geringste Vorstellung von der KOMPLEXITÄT und dem INNENLEBEN eines... sagen wir 7er BMWs, der ihn auf den Bürgersteig zurückscheuchte. Ganz zu schweigen von dem TECHNOLOGICAL OVERFLOW und der BRAIN POWER, die in so einem Auto steckten. Nicht umsonst hat es einen höheren IQ als sein (DEUT-SCHER) Fahrer. Im Gegensatz zu diesem regelt es freiwillig bei 250 km/h ab. Nicht, weil ihm höhere Geschwindigkeiten Probleme bereiten würden, iwo! Sondern weil die Fremdbedingungen es nicht erlaubten: die erbärmlichen Zustände der Straßen (belagsmäßig) und der Piloten (mental wie physisch).

So sah's nämlich aus im Lande. Aber das an- oder auszusprechen, wagte wegen des schon ewig schwächelnden Binnenmarktes keiner, schon gar kein PKW-Hersteller. In puncto Humorlosigkeit und Flexibilität nahm es der DEUT-SCHE AUTOFAHRER mit jeder Leitplanke auf (insofern deckte er sich mit Schrempp und Piech).

Lernen würde er es nie mehr, das Autofahren (wie Pischetsrieder). Gradaus ging's grad noch. Kurven, vor allem unbekannte, waren bereits Glückssache. Je nach Naturell (sturdynamisch oder stur-phlegmatisch) wurden sie entweder mithilfe von ESP bewältigt oder im Kriechgang. Spurwechsel? Blinker gesetzt, Kopf runter und rübergezogen. Und wenn's hupte, Vogel zeigen. Jede Fahrbahnverengung (von 2 auf 1 Spur) überfordert den DEUTSCHEN AUTOFAHRER restlos. Reißverschlussprinzip? Äääh... dings,... Zu kompliziert, der Begriff, für einen, der mit Müh' und Not gelernt hatte, DRANZUBLEIBEN, am Auspuff des Vordermannes. Dem der SPORTLICH-DYNAMISCHE ANSPRUCH seiner (und beinahe schon jeder) Automarke im dicklich-weichen Genick saß. Der sein ÜBERMOTORISIERTES SOFA vorführen und wie einen HEISSEN STUHL bewegen musste. Wie gesagt, kein Problem, auf der Geraden. Da schießt man voll sportlich auf die nächste rote Ampel zu und bremst kurz davor dynamisch ab. Nie was gehört von KINETISCHER ENERGIE (und deren sinnloses Verpulvern)? Doch, selbstverständlich, hatte man es längst zuhause, dieses chinesische Dings: TSCHENG PFUI?

Aber wie war das mit dem Kreisverkehr? Schon wenn der auf ihn, den NEUGERMANISCHEN FAHRZEUGFÜHRER zukam, war ihm anzusehen, wie die paar Synapsen, die er sein eigen annte, völlig überfordert waren. Wer durfte vor wem und musste wann blinken? HALLO, AUTOINDUSTRIE! AUFGEWACHT! Wo bleibt die Kreisverkehrhilfe? Und die Linksabbiegehilfe (wenn ein Gleichgesinnter entgegenkommt)? Fährt man vor dem rum oder dahinter? HE, PKW-HERSTELLER, ihr müsst den Säcken am Steuer helfen, die schnallen das nicht! Eine Lenkhilfe, eine Bremshilfe, eine Anfahrhilfe und eine Parkhilfe genügen nicht!
Die Beobachtung fand W. an jeder Straßenecke bestätigt: Je SACKIGER und SACKGESICHTIGER der Fahrer, umso DYNAMISCHER sein Untersatz und umso SPORTLICHER sein Fahrstil. Betritt derselbe Typ hingegen eine Rolltreppe,

bleibt er sofort wie angetackert stehen, so breitbeinig, dass auch hier keiner an ihm vorbeikommt.

War es die SCHULD des Deutschen Autofahrers, dass er zum KNÖPFCHENDRÜCKER mutierte? Dass er sich das Umdrehen eines Schlüssels in einem Autotürschloss genauso abnehmen ließ wie fast jede andere noch so kleine und seltene körperliche Betätigung? Dass er sich das Hoch- und Runterkurbeln der Fenster ERSPARTE und dafür schwer löhnte bzw. Kredite aufnahm? Ebenso wie für das Einstellen der Außenspiegel und Sitze? Das Verstauen des Cabrioverdecks (damit er sich die Wurstfinger nicht quetschte)? Das Hochklappen des Windschotts (damit seine Frisur nicht leidete und er sich nicht verkühlte)? Musste der Fahrer nicht zwangsläufig zum Bewegungskrüppel verkommen, indem man bis zu 100 – in Worten: hundert – Servomotoren um ihn herum einbaute? Allein im Vordersitz eines 7er BMWs steckten mehrere Dutzend davon (eine INFLATION von INNOVATIONEN, hirnri- und überflüssig, aber in puncto RESSOURCENVERNICHTUNG SPITZE!). Ein Auto in den 70er Jahren hatte insgesamt kaum mehr als 5 Elektromotoren – vom Anlasser bis zum Scheibenwischer.

Andersherum ließ sich die Haupt-Zielgruppe der Deutschen Industrie in W.s Augen nur wie folgt definieren: faul, statusgeil, PS-gierig, infantil und stur. Wobei die vielen neuen PORSCHE(Boxster)FAHRER offensichtlich als besonders deppert galten (verbreitetster Phänotyp: WINDELKING o.s.ä.): damit sie nur ja nichts anrichteten, versteckte man den Motor (vorn ein Kofferräumchen, hinten eins, ja wo is' er denn?).

Für W. passten sie (Autohersteller und -käufer) zueinander wie Humpty zu Dumpty, wie Talg in die Drüse, wie ein Sprung in die Schüssel. Da hatten sich die Richtigen gefunden, um einfach auch in Zukunft nichts anderes zu wollen oder zu bauen wie in den letzten dreißig Jahren. Nur IMMER MEHR BRUMMBRUMM!

Im Kopf und unter der Haube...

W. verwarf die Befürchtung, einer Verschwörungstheorie aufzusitzen und fand den Verdacht mehr als begründet, einem Kartell des Schwachsinns auf die Spur gekommen zu sein, wenn er bedachte, dass die 1. Ölkrise (und der letzte autofreie Sonntag) schon über dreißig Jahre zurücklagen – damals war der Preis von 66 auf 86 Pfennig/l gestiegen (und der zackige Helmut Finanzminister).

Der Mensch mag aus seinen Fehlern lernen, der MACHT-MENSCH zieht – so sie offenkundig werden – bestenfalls daraus Lehren, windet sich bestmöglich in die neue Situation hinein und MACHT UNGEBROCHEN weiter. BESTES BEISPIEL: Helmut Schmidt. 1918 geboren, wuchs er in den Goldenen 20er Jahren auf, allerdings in einer Lehrerfamilie, weshalb er von dem wilden Treiben nichts mitbekam. Genausowenig von der anschließenden Weltwirtschaftskrise, dem gewaltsamen Aufstieg der Nazis und noch weniger von der Judenverfolgung. Nur so konnte aus ihm ein glühender PATRIOT werden und einer von Hitlers SCHNEI-DIGSTEN Unteroffizieren. Zum Glück bei der Flak, also weit genug weg vom Feind, wo das Schneidigsein nicht so schnell das Leben kostete. Nach einem knappen halben Jahr an der Ostfront erhielt er das Eiserne Kreuz 2. (!) Klasse (es wurde im WKII rund 3 Millionen mal verliehen) und brachte es 1942 zum Referenten ins REICHSLUFTFAHRTMI-NISTERIUM und sich vorerst in Sicherheit.

Eine der Legenden über ihn besagt, er habe noch 1944 so zackig HEIL HITLER gebrüllt, dass schließlich sein Vorgesetzter *Schnauze, Schmidt!* zurückgebrüllt habe, woraufhin es zu seinem Spitznamen SCHMIDT SCHNAUZE gekommen wäre.

Obwohl man ihm zu der Zeit mehrfach eine TADELFREIE NATIONALSOZIALISTISCHE HALTUNG attestiert hatte, behauptete er später, damals schon eine GEGNERSCHAFT gegenüber dem NS-Regime eingenommen zu haben, allerdings nur eine INNERE. Naturgemäß konnte das niemand bestätigen. Im Gegensatz dazu brach er OFFENKUNDIG seine Freundschaft zu Tim und Cato Bontjes van Beek und deren Familie ab, als er hörte, dass sie in den Widerstand gegangen waren.

Anfang 1945 aber, also nach 50 Millionen Toten und immerhin 3 Monate VOR der Kapitulation Deutschlands (von seinen visionären Zeitgenossen, etwa 80% der Bevölkerung, seit mind. 2 Jahren erwartet) äußerte auch Helmut Schmidt KRITIK an Reichsmarschall Göring und der NS-Führung. Statt vor einem Kriegsgericht landete er im April in einem belgischen Gefangenenlager. Statt erschossen oder gehenkt zu werden, musste er sich im Juni einen Vortrag von Hans Bohnenkamp mit dem Titel *Verführtes Volk* anhören, der ihm die letzten ILLUSIONEN über den Nationalsozialismus RAUBTE. Am 31. August (immer noch des Jahres 45) wurde er als geHEILt entlassen, als jetzt (wiederum 100%iger) DEMOKRAT. Da konnte W. nur den Hut ziehen: Zu Beginn den BLITZKRIEG hingekriegt und am Ende eine BLITZENTNAZIFIZIERUNG (PRAKTISCH innerhalb von 2 Monaten). Weniger wendige Kriegskameraden (oder solche, die die OPFERROLLE erst noch üben mussten) durften noch 4 Jahre in einem Bergwerk schuften.

Widerständler im Wortsinne wollte Schmidt wohlweislich nicht gewesen sein, denn dazu hätte er 1. UMDENKEN und damit einen IRRTUM eingestehen müssen, von dem keine Rede sein konnte. Er war GETÄUSCHT worden, was, wie er fand, den Sachverhalt besser beschrieb als VER-FÜHRT. Außerdem hätte er 2. den EID brechen müssen, der ihn bedingungslos an den Führer BAND. Genauso UNDENKBAR für einen Wehrmachtsoffizier wie BEFEHLS-VERWEIGERUNG, denn das hätte bedeutet, ein Befehls-habender könne unrecht haben. Schmidt war VOR 45 im RECHT (schließlich galt da das NS-Recht) und NACH 46 auch wieder (von da an in der SPD). Schon 12 Jahre dar-auf, man hatte gerade eine jungfräuliche und unbefleckte Bundeswehr aus den Ruinen gezogen, nahm Schmidt als Hauptmann der Reserve wieder an einer Wehrübung teil. Die SPD, zunächst gegen die Wiederbewaffnung, entlarvte ihn sogleich als MILITARISTEN und entfernte ihn aus dem Vorstand der SPD-Bundestagsfraktion. Um ihn eine De-kade später – die 180-Grad-Kehrtwende gehört seit jeher zum Markenkern dieser Partei – zum Bundesminister der VERTEIDIGUNG zu machen. Denn sie ahnte, nein, wusste, dass in Deutschland ein Mann mit der Argumentations-kraft eines Stahlmantelgeschoßes und dem Lächeln einer Handgranate immer wieder eine CHANCE bekommen und letztlich HÖCHSTES ANSEHEN genießen würde.

Nachdem der Titel des EISERNEN KANZLERS schon ver-geben war, wurde Helmut Schmidt bald und weithin als EISERNE LUNGE bekannt. Am Tage seiner Einschulung in die Lichtwarkschule, einem der vielen zum Scheitern verurteilten reformpädagogischen Projekte der Weimarer Zeit, hatte er entschlossen zur Zigarette gegriffen. Man sagt, er habe der Schule, an der es drunter und drüber ging, allein durch sein gelassen-kontinuierliches Rauchen Struktur und Halt gegeben. Während man seit den 80er

Jahren gewöhnliche Kettenraucher als NIKOTINJUNKIES verachtete, legte man bei ihm dieses Laster als TUGEND aus. Denn er führte für alle sicht- und riechbar den Beweis, dass sich mit WILLENSKRAFT und DURCHHALTEVERMÖGEN die negativen Folgen des Rauchens DEFINITIV AUSSCHALTEN lassen.

Eine weitere Legende weiß zu berichten, wie Helmut Schmidt als Senator 1962 seine Heimatstadt bei einer Sturmflut vor dem sicheren Untergang bewahrte. Ohne dazu legitimiert zu sein, hatte er einer Hubschrauberstaffel befohlen, aufzusteigen (obwohl ihr das ab Windstärke 2 untersagt war), sich in Schräglage zu begeben und sich mit der Kraft ihrer Rotoren der wütenden Naturgewalt entgegenzustemmen. Hamburg wäre komplett ABGESOFFEN, hätte er den Dienstweg eingehalten und sein Vorgehen mit irgendwelchen *Bedenkenträgern ausdiskutieren müssen.*

Zum Dank dafür durfte er die Atomkraft einführen, den Kalten Krieg anheizen (mit NATO-Doppelbeschluss, Overkill-Theorie etc.) und Deutschland ins Wettrüsten hineintreiben (zum Entzücken der Industrie). Dabei konnte er der Nation die DEUTSCHEN PRIMÄRTUGENDEN vorleben: Uneinsichtigkeit, Selbstüberschätzung und Arroganz. Wäre er kein ROTER gewesen, hätte er damit bis ans Lebensende Kanzler bleiben und den nächsten HELMUT verhindern können. Denn dass er ihre Politik machte, kam den SCHWARZEN zwar entgegen, stank ihnen letztlich aber doch gewaltig. Also erzwangen sie seinen Abgang mit einem KONSTRUKTIVEN (!) Misstrauensvotum.

W. fragte sich, was von dem Mann, der sein politisches Handeln für durch und durch verantwortungsvoll hielt, WIRKLICH bleiben würde, als Erbe für die Nachkommenden? Mal abgesehen von dem ZUCKERGUSS aus Lobhu-deleien, Würdigungsgesülze und Beweihräucherungen, der standardmäßig über alle Politpromis gekippt wurde? Was würde nach dem Austrocknen des ganzen GLORIFI-ZIERUNGSSCHLEIMS zutage treten? Was außer enormen Staatsschulden, einem nicht entsorgten Atommüllberg, jeder Menge Rüstungsschrott und einer siechen Zigaret-tenindustrie?

(Anm. d. Hrsg.: Immerhin der Air Port Helmut Schmidt in Hamburg, in dem es zwar auch ein Rauchverbot gibt, des-sen Übertretung aber nicht geahndet werden soll, wenn man sich dabei auf den Namensgeber beruft.)

W. hatte häufig beobachtet, dass Menschen, die an einen SCHÖPFER glauben, mit der SCHÖPFUNG und ihren GE-SCHÖPFEN rüde und rücksichtslos umgehen. Möglicher-weise in dem GLAUBEN, dass das, was innerhalb von nur 6 Tagen auf die Beine gestellt wurde, so außergewöhnlich nicht sein konnte, als dass man es sorgsam behandeln müsste. Vielleicht nahmen sie auch an, dass es der HERR – nach ein paar inbrünstigen Gebeten – schon wieder rich-ten würde, wenn man zu weit gegangen war.

W. empfand diese Haltung als zutiefst zynisch. Sah sich aber mit seiner Empfindung wieder einmal allein gelas-sen. Er, der oft als Zyniker gescholten wurde, hätte nie so konsequent lebensfeindlich und menschenverach-tend denken oder handeln können wie mancher tief (und streng) gläubige Katholik. Um die Welt vor diesen rigid-religiösen (und deshalb als moralisch unantastbar gel-tenden) Fundamentalisten zu retten, musste schließlich eigens der Umwelt- und Artenschutz ins LEBEN gerufen werden. Dennoch empörte sich niemand über sie. Umso mehr über W., wenn er solche Gedanken äußerte.

ZYNISCHER ALS DER ZYNIKER SIND DIE ZUSTÄNDE, DIE ERSTEREN DAZU WERDEN LASSEN (BZW. SEINEN ZYNISMUS AKTIVIEREN).

Dass er sich nach wie vor über gesellschaftliche Schieflagen einen Kopf machte, kam ihm mit einem Mal seltsam vor. Es erinnerte ihn an einen, der auf einem Galgen neben der Schlinge steht und sich um die Reinhaltung der Luft sorgt. Nicht dass Hängen für ihn in Frage gekommen wäre, trotz der beim Tod durch Ersticken angeblich auftretenden sexuellen Erregung. Nein, gerade wegen ihr. Die Vorstellung von einer derartigen Gefühlsdurchmischung behagte ihm nicht. Sex war das eine, sein Abgang etwas anderes. Er wollte seinen Tod bewusst erleben, als die einmalige und sehr persönliche Angelegenheit, die er nun einmal war, allerdings ohne allzulange auf ihn warten zu müssen. Er hatte mit siebzehn QUO VADIS gelesen und war fasziniert von Petronius und seinem darin beschriebenen Freitod. Da stimmten Leben und Sterben überein, bildeten die andernorts so oft beschworene Einheit. Vorausgesetzt, das Öffnen der Pulsadern in einer mit heißem Wasser gefüllten Badewanne hatte tatsächlich dieses sanfte Wegdämmern zur Folge. Der Haken dabei: man musste wie Petronius den Anblick von Blut gewohnt sein. W. sympathisierte zwar mit den Römern der Antike, aber er konnte kein Blut sehen ohne dass ihm schlecht und schwindlig wurde. Er müsste das Badewasser schon vorher tiefrot einfärben. Was dann noch zu klären wäre und worin Petronius ebenfalls mehr praktische Erfahrung besaß: die SCHNITTMENGE.

Letztgenannten Begriff hatten die Spitzen-Politiker NACH Schröders ABGANG (Wollte er da RAUS und endlich richtig Schotter machen?) im VORFELD der Koalitionsverhandlungen neu entdeckt und ständig hinausposaunt, als wäre das das Ei der Weisen und nicht wieder nur der kleinste gemeinsame Nenner (auf dem nichts anderes als Mist gedeiht). Sie waren immer so stolz auf sich, wenn sie etwas dazugelernt hatten. Aber mehr als ein Wort pro Monat war nicht drin. Das des Vormonats hieß: SICH-NEU-ERFINDEN. Und wurde als Sine-qua-non-Forderung an die anderen Parteien gerichtet, bevor man überhaupt mit sich reden lasse.

Alles albernes und hochgradig zynisches Geplänkel. Denn W. wusste, sobald sich eine genügend große SEILSCHAFT mit Aussicht auf eine GUT DOTIERTE ZUKUNFT gefunden hätte, würde es heißen, jetzt müsse man sich endlich dem WÄHLERAUFTRAG stellen und könne ihm GERECHT werden.

Es fanden sich ausreichend viele, die dafür sogar die Aussicht auf den dienenden Merkelschen Breitwandhintern in Kauf nahmen. Aber vielleicht war der sogar leichter zu ertragen als die Depressionswüste, die sie als Gesicht herumtrug. Mit ihm einen WIRTSCHAFTLICHEN AUFSCHWUNG HERBEIREDEN und den MENSCHEN MUT MACHEN zu wollen und es als BESSER FÜR DEUTSCHLAND anzupreisen, das war für W. ZYNISMUS PUR. Ihm allerdings kam dieses Gesicht sehr zupass, es würde ihn in seinem Vorhaben bestärken, ja geradezu nötigen.

Zurück zu Petronius und den Pulsadern. Der wusste, welche EINSCHNITTE!!! nötig...

DIE würde es auch für Deutschland geben, ausgekartet vom SAUERTOPF (aus der Uckermark) und dem SAUERLÄNDER (aus der SPD). Auf der Grundlage einer LUG UND BETRUGSRECHNUNG (Merkel hatte zwei Prozent Mehrwertsteueranhebung angekündigt, Münte KEINE versprochen):

2 minus O macht 3 Prozent! Und hielten dabei triumphierend frech die Fressen ins Fernsehen – Kohls Tochter(geschwulst) und Brandts (Schnürs)Enkel. Und fanden nichts als Zustimmung und Rückhalt bei ihren Parteien. Da konnte selbst der abgefuckteste Zyniker nur noch staunen wie ein Maikäfer. Demnächst würde zwar wieder die POLITIKVERDROSSENHEIT THEMATISIERT werden, aber die ZUSABBERUNG des Landes käme weiter voran und keiner würde es merken.

Querschnitte oder vielmehr Schnitte quer zum Handgelenk, selbst mehrere, soviel hatte W. irgendwann aufgeschnappt, brächten nicht das gewünschte Ergebnis. Zu geringer Blutverlust, die Gefahr zu groß, noch gefunden und zurückgeholt zu werden. Längs müsse man schneiden. W. schob den Ärmel hoch, betrachtete und befühlte die Innenseite seines linken Unterarms. Wo und womit würde er ansetzen müssen? Wie tief müsste er schneiden? Würde ein Teppichmesser genügen? Wie er sich kannte, würde er die Klinge vorher noch gründlich mit Alkohol reinigen? Nicht, um eine Infektion zu vermeiden, zu der würde es ja wohl nicht mehr kommen. Einfach deshalb, weil er immer auf sauberes Arbeitsgerät Wert gelegt hatte. Und weil er fand, dass genug gestümpert und dilettiert wurde. Und dass ihm das, zumal in dieser nicht alltäglichen Angelegenheit, nicht passieren dürfe.

Wäre ein Teppichmesser angemessen? Etwas in ihm sträubte sich dagegen. Ihm fiel ein, wie befremdlich ihm dieses an sich sehr nützliche, leicht zu handhabende und durchaus respektable (ja, hier fand er das Adjektiv angemessen) Werkzeug vorgekommen war, als er vor Jahren erstmals sah, wie die Tochter seines Metzgers damit die Schwarte einer Schweineschulter einritzte. In der nach allen Regeln des Fleischerhandwerks betriebenen, professionell ausgestatteten Metzgerei stach ihm das Teppichmesser mit seinem orange leuchtenden Plastikgriff und der billigen Klinge sofort ins Auge. Wirkte deplatziert wie ein ausgeleierter Stützstrumpf auf einem Traualtar. Es erledigte zwar diesen speziellen Job besser als jedes andere Fleischermesser, war aber eindeutig nicht für die Lebensmittelbearbeitung bestimmt. Petronius und ein Teppichmesser? Er hätte eine andere Todesart gewählt.

Der Umgang mit Dolchen wollte gelernt sein. Und es war lange her, dass W. einen besessen hatte. Was ihm ebenfalls wenig behagte, war die Vorstellung von sich als Wasserleiche. Die sah ja wohl sehr unterschiedlich aus, je nach Dauer des letzten Bades...

Dass ein Fisch immer vom Kopf her stinkt, bezweifelte W. Dass aber eine Gesellschaft von oben her verroht und verrottet, das stand für ihn fest. Eliten/Oberschichten haben VORBILDFUNKTION und setzen MASSSTÄBE. Wenn sie Scham und Scheu vermissen lassen, werden sich weniger Privilegierte erst recht keinen Zwang antun. Handeln DIE DA OBEN unmoralisch und unkorrekt, wecken und entfesseln sie die schlummernden kriminellen Energien derer, die zu ihnen aufschauen (i.e.: BEGLOTZEN & BENEIDEN). Wenn der MATERIELLE ERFOLG zum einzigen (oder wie man in Depperldeutschland jetzt zu sagen pflegt – EINZIGSTEN) Maßstab wird, an dem Menschen gemessen werden, darf sich niemand darüber wundern, dass das Resultat eine ELLENBOGENGESELLSCHAFT ist.

Das Kuriosum dabei: den damit einhergehenden WERTE-

VERLUST beklagten vor allem die, die ihn mitverursach-
ten: die CHRISTLICH-KONSERVATIVEN. Die vor lauter Raffsucht und Erfolgsgier die einschlägige Bibelgeschichte
glatt vergessen und verdrängt hatten, nämlich die vom
TANZ ums GOLDENE KALB. Das wurde damals von MOSES
(und seinen Getreuen) kurz und klein geschlagen, außerdem die Gesetzestafeln und vorsichtshalber gleich auch
noch 3000 Tänzer. Genützt hatte es wenig: aus jedem
Scherben wuchs ein GOLDENER OCHSE heran. Und weil
es dann unmöglich war, diese Riesenherde zu umtanzen,
wird sie jetzt umfahren, auf einem achtspurigen KREIS-
VERKEHR, in Pkws mit zwölf Zylindern.
Der GUTE Moses müsste – ins Deutschland der Gegenwart
versetzt – die komplette WIRTSCHAFTSELITE meucheln.
Also das IM GROSSEN und MIT DEM SEGEN des HERRN
VOLLBRINGEN, was die RAF einst mit unzulänglichen
Mitteln und ohne göttliche Rückendeckung begonnen
hatte. Natürlich würde auch er in STAMMHEIM landen.
Und vielleicht würde DER BENE (der erfolgreichere der
Ratzinger-Buben) einen seiner vielen landsmännischen
Großinquisitoren auf ihn ansetzen dürfen, beispielsweise
den MEISSNER JO(chen/sef/hann, das wusste selbst der
Papst nicht immer genau). Jedenfalls ebendiesen Furien-
kardinal (PARDON!), der gütiglächelnd Frauen, die abge-
trieben haben, mit den Massenmördern der Weltgeschichte gleichsetzt (HITLER, STALIN etc.), weil er ihnen den
KICK und das VERGNÜGEN, die eine Abtreibung mit sich
bringt (ungeniertes Hantieren an einer offenen Vagina!!!)
UMS VERRECKEN nicht gönnen will. Die BLUTRÄUSCHE
der HEILIGEN RÖMISCHEN KIRCHE sind ihm dagegen
keiner Erwähnung wert: sie haben mehr (GEBORENES!!!)
LEBEN gekostet, als je an ungeborenem abgetrieben wer-

den könnte. Aber W. nahm an (genau wie Meissner), dass die IM NAMEN GOTTES verübten Massenmorde längst gebeichtet und vergeben waren und man sie deshalb auch vergessen dürfe. GENAU DAS verleiht dem christlich geprägten Menschen die Kraft und die Zuversicht, derer es bedarf, um immer wieder bei NULL anzufangen und sich zu NEUEN Schandtaten und Schweinereien aufzumachen. Und immer aufs Neue darf er sich wie Meissner in SELBSTGERECHTIGKEIT SUHLEN, im Glauben, dereinst ZUR RECHTEN DES HERRN zu sitzen... ...wo ja schon der SCHWULENHASSER DYBA sitzt, zusammen mit tausend anderen Lichtgestalten.

Dann doch lieber ZUR HÖLLE FAHREN, dachte sich W. Und prompt ging ihm ein Lichtlein der Erkenntnis auf, das ihm die Nebelbank seines Unbehagens für einen Moment vertrieb: indem ihm ein Zusammenhang klar wurde, der sich derart augenfällig durch seinen Erfahrungshorizont schlängelte, dass er sich wunderte, ihn nicht schon früher bemerkt zu haben: das überhäufige EINHERGEHEN (auf Klugdeutsch: die hohe Korrelation) von FRÖMMIGKEIT (also einer erhöhten Betfrequenz) und VERSCHLAGENHEIT (mit der ihr innewohnenden Gewaltbereitschaft). Der Druck, den GOTTESFURCHT erzeugt, entlädt sich nicht selten in MENSCHENVERACHTUNG (das alte NACH–OBEN–BUCKELN–NACH–UNTEN–TRETEN–MUSTER). Je öfter ein BUSH betet, desto brennt's irgendwo auf der Welt und umso mehr wird geblutet. Religionen, jedenfalls die monotheistischen, pervertieren in der Hand von Machthabern flugs und widerstandslos zu Unterdrückungs- und Rechtfertigungsinstrumenten. Für W. Beweis genug, dass sie genau dazu erfunden und entwickelt worden waren.

Auf der Basis von Zuckerbrot und Peitsche. Und unter Ausnutzung der Urangst aller mit einem Bewusstsein Lebenden – der vor dem Tode. Also wurden Märchen ersonnen, Mythen abgekupfert und das Blaue vom Himmel herunterversprochen, was das Zeug hielt. Es entbrannte ein Wettstreit der Religionen, die damit – Ironie der Weltgeschichte – dem Evolutionsprinzip ebenso unterworfen waren wie alles Leben, das diesen Globus bevölkert.

W. entsann sich früher sozialer Konflikte, die er im Zusammenhang mit Religion erlebt hatte. Fräulein Rudl, seine erste Volksschullehrerin (Anm. d. Hrsg.: an erwähnter Canisiusschule), im Gegensatz zu ihrer Anrede eine gestandene, gutmütige und eher mütterlich wirkende Frau, hatte ihre 42 Knaben ohne den damals üblichen Rohrstockeinsatz im Griff. Im 2. Halbjahr der 1. Klasse kam Religionsunterricht dazu, von dem W. und drei weitere Schüler, alle evangelisch, ausgeschlossen und dem Hausmeister übergeben wurden, den sie begleiteten und dem sie etwa bei den Vorbereitungen für die Milchausgabe, die in der Pause stattfand, zur Hand gingen.
Immer wenn die vier Ausgeschlossenen dann wieder auf ihre Mitschüler trafen, bekamen sie deutlich zu spüren, dass sie ihren Status als gleichwertige Klassenmitglieder verloren und jetzt den einer MINDERheit innehatten. Je nach Temperament des jeweiligen MEHRHEITSVERTRETERS wurden sie AUSGELACHT/GEHÄNSELT/VERSPOTTET/ANGEGANGEN. Es kam mehrmals zu Rauferein. W., in der glücklichen Lage, wegen eines gebrochenen Beins später eingeschult worden und deshalb ein Jahr älter als die meisten zu sein, überstand sie glimpflich. Allerdings dämmerte ihm, dass das LIEBE Jesulein mit seinem Aufruf

zur NÄCHSTENLIEBE bei manchen seiner Anhänger eher das Gegenteil bewirkte.

Älter und an diesbezüglichen Erfahrungen reicher geworden, war W. klar, dass RELIGIONEN PER SE die Menschen SPALTEN. Weil sie scharfe Grenzen ziehen zwischen den GLÄUBIGEN (die sich auch noch aufteilen in mehr oder weniger WAHRHAFTE siehe evang./kath.), und den ANDERS- oder UNGLÄUBIGEN. Zwischen den AUSERWÄHLTEN und dem REST, der ja dann – seien wir mal ehrlich! – nur MINDERWERTIG sein kann. Religionen treiben Keile in die GESELLSCHAFTEN und schaffen dort (Glaubens-)KLASSEN, die sich durch die Jahrhunderte bis aufs Blut bekämpft haben und es weiter tun. Schuld daran hat ein/unser geschöntes GESCHICHTSBILD. Sowohl im Schulunterricht als auch bei öffentlichen Anlässen wie JUBILÄEN werden die GEMETZEL und sonstigen, unter dem Deckmantel des Christentums begangenen VERBRECHEN wenn überhaupt nur angedeutet, dann aber – ge- und beflissentlich, also aus Opportunität – mit ALLER MACHT totgeschwiegen. Hätte man auch nur EIN PROMILLE, also 1 Tausendstel der Missbrauchsfälle, die unter katholischer OBHUT stattfanden, den Scientologen, Zeugen Jehovas oder einer anderen Glaubensgemeinschaft nachweisen können, sie wäre SOFORT VERBOTEN und aus dieser Gesellschaft ENTFERNT worden – und das völlig zu Recht. Aber: Kein Politiker/Historiker/Medienmensch/Philosoph will sich mit den Kirchen, die nach wie vor in fast allen Institutionen tief wurzeln und ÜBERALL MITBESTIMMEN, anlegen. Keiner will enden wie Karlheinz Deschner: ARM & VERACHTET, und das, obwohl er EHRLICH & FLEISSIG war wie keine fünf anderen Historiker hierzulande. Der mit seiner un-, nämlich 10-bändigen KRIMINALGESCHICHTE DES

CHRISTENTUMS W. einen Blick auf die letzten 2000 Jahre werfen ließ, der nichts mit dem gemein hatte, was ihm beigebracht worden war, abgesehen von den Namen und Daten. Deschner hatte die OFFIZIELLEN, wohlfeilen, weil herrschafts- und kirchenhörigen QUELLEN rechts liegen lassen und UNTER DEM TEPPICH recherchiert, wohin man unerwünschte Zeitzeugnisse zu kehren pflegt. So viel wie dieser unermüdliche und findige BELEGSAMMLER in diesem WERK der UNTERDRÜCKTEN WAHRHEITEN zusammentrug, muss er ein ganzes TeppichLAGER auf den Kopf gestellt haben. 4000 Seiten, prallvoll mit Schandtaten, die sich nahtlos durch die Geschichte des Abendlandes ziehen, begangen im Namen Christi, in bestem Deutsch beschrieben und sorgfältigst belegt. Obwohl ein Heer kirchentreuer Söldner sich daran versucht hat, konnte man Deschner keine Fehler nachweisen. Also maulte man was von EINSEITIGKEIT (als ob in eine Kriminalgeschichte auch gute Taten gehörten, wie z.B. in einem anderen Fall die Autobahnen). Und nachdem man ihn, jetzt wieder Deschner, in diesen unseligen Zeiten nicht mehr verbrennen konnte, verfuhr man wie gehabt: schwieg ihn tot, um ihn dann unter einen Teppich zu kehren. Auf ihm (also dem Teppich und darunter Deschner) schreiten dreist und (meist) feist unsere Kirchenfürsten einher und gerieren sich umso ungenierter als FRIEDENSSTIFTER und VERSÖHNER.

Prompt fiel W. wieder Tra ein, sein Heimleiter. Der Mann, dessen Hände, mit denen er im Gottesdienst seine Gemeinde segnete, sich an den Oberarmen seiner Zöglinge in Schraubstöcke verwandeln konnten, wenn es galt, Unbotmäßigkeiten vorzubeugen. Und der so gern in die Gesichter schlug, wenn sich ein Anlass dazu bot. Tra hatte noch eine andere SPEZIALITÄT, die er jedem Heiminsassen angedeihen ließ, der 14 Jahre alt geworden war: eine private AUFKLÄRUNGSSTUNDE (Anm. d. Hrsg.: Das Fach Sexualkunde wurde 1969 an den Schulen eingeführt, während die beschriebene Episode wohl 1962 stattfand). Das, was dabei vor sich ging, schien TABUbehaftet zu sein, darüber wurde unter den Schülern nicht gesprochen. W. wusste also nicht, WAS auf ihn zukommen würde, nur DASS und WANN: wenn alle schliefen. Er war noch nicht lange 14, da weckte der bekannte Schmerz am Oberarm auch ihn und Tra, sich über ihn beugend, befahl ihm, mitzukommen. W. schlüpfte schlaftrunken in seine Hausschuhe und folgte dem rhythmischen Knirschen von Tras Prothese, das die mitternächtliche Stille des nur von blauen Notlichtern beleuchteten Heims bedrohlich durchschnitt. Es ging einen langen Gang entlang, die hallende Haupttreppe in den dritten Stock hoch, wo eine kleine Tür den Schülerbereich mit dem Trakt der Privatwohnung des Heimleiters verband. Eine hölzerne, dem Knirschen ein Knarren hinzufügende, stockdunkle Wendeltreppe führte wieder ein Stockwerk tiefer, wo schwaches Licht aus einem geöffneten Zimmer in den Flur fiel. W. wurde angewiesen, einzutreten und auf einer Bank hinter einem Besprechungstisch Platz zu nehmen. Vor ihm lag, als einziges von einer Tischlampe gut beleuchtet, ein großformatiges, gebundenes Buch, das geschlossen war, der Rest des Raums war abgedunkelt. Tra setzte sich neben ihn und zog beim Einatmen die Luft zwischen den Zähnen durch, was dieses wässrige Zischen verursachte, das für ihn typisch war. W., den die Spannung im Raum erstarren ließ, blickte schuldbewusst – das war ohne Zweifel das GEBOT der späten Stunde – vor sich auf den Tisch. *Hat man dich schon aufgeklärt?* W. duckte sich noch ein bisschen mehr, wusste nicht, was die RICHTIGE Antwort wäre und stotterte herum, seine Mutter hätte schon das eine oder andere Mal mit ihm ÜBER DAS gesprochen. W. bekam nicht mit, was Tra daraufhin sagte, denn der hatte die harrende Schwarte herangeholt, an einer eingemerkten Stelle geöffnet und dann die rechte Seite aufgeklappt (wie W. das später beim PLAYBOY kennenlernen sollte). *Dann wollen wir mal ins Detail gehen.* Was ihm da in die Augen sprang – ÜBERLEBENSGROSS – war die WURZEL ALLEN ÜBELS, eben jenes corpus delicti, das der stets geforderten Keuschheit ständig entgegenstand, der größte STÄNDER seines kleinen Lebens, horizontal und seitenübergreifend ausgebreitet, genauer gesagt eine anatomische Zeichnung von IHM. Zum Teil so freigelegt, dass man sogar die Oberschurken, also die für so manche Peinlichkeit verantwortlichen SCHWELLKÖRPER praktisch NACKT sah. Und alles penibel in Deutsch und Latein beschriftet. Es zischte wieder neben ihm und prompt drang die gefürchtetste aller Frage auf ihn ein: Die nach der SELBSTBEFLECKUNG. W. war längst auf Kleinkindgröße zusammengeschrumpft. Er wusste, dass er auf KEINEN FALL die Wahrheit sagen durfte (2-3mal/tägl.), aber auch, dass Tra ihn für einen Lügner halten würde, stritte er es ab. Also druckste er herum, dass er schon mal... gelegentlich... lange her... Das sei SÜNDHAFTES TREIBEN, das sei ihm doch klar? Und mache außerdem KRANK. W. war bis auf Tischhöhe in sich zusammengesackt. Ob er denn nicht wisse, dass Onanie zu BLINDHEIT und SCHWACHSINN führe? Nein, sagte W., das habe er nicht gewusst und machte dabei eine Schreckensmiene, die selbst den LEIBHAFTIGEN zufriedengestellt hätte. Zum Glück und wider Erwarten auch Tra. Er ließ sich von W. hoch & heilig versprechen, DAS nie wieder zu tun, und entließ ihn, zurück über die Wendeltreppe, in sein ausgekühltes Bett.

Nein, UNSITTLICH BERÜHRT, im Sinne von KÖRPERLICH, hatte Tra ihn nicht, PERVERS war die ganze Prozedur in hohem Maße. Und natürlich BEWUSST VERLOGEN. Zugleich wusste W., dass dieser Mann zu den HONORATIOREN vor Ort gehörte, also hochgeachtet und von untadeligem Ruf war. Und durfte miterleben, wie Tra wenige Jahre später bei seiner Pensionierung entsprechend geehrt wurde, um dann als VORBILD in die Annalen der Lechstadt einzugehen. (Anm. d. Hrsg.: Tra, der Pädagoge und Jugendseelsorger Josef H., leitete das städtische Schülerheim in Landsberg am Lech, von 1953 bis 1963 und erhielt für seine Lebensleistung den Goldenen Ehrenring der Stadt. Und weil er mit einem Jugendchor einst vor Adenauer aufsingen durfte, auch das Bundesverdienstkreuz.)

An ihm erfuhr W. exemplarisch und zu einem frühen Zeitpunkt, wie weit seine und die offizielle Wahrnehmung auseinanderklaffen konnten. Er sah einen UNMENSCHEN, alle anderen einen EHRENMANN. Und er musste erfahren, dass ihn dieses Missverhältnis stets ins Unrecht und auf die Bank der Ausgegrenzten setzte. Später lernte er dann noch die GLATTBÜGLER und RELATIVIERER kennen, die die Wahrheit immer in der Mitte liegen sehen (zwischen einem perversen Prügler und einer Respektsperson?) und mit der Erkenntnis auftrumpfen, der Mensch sei eben so. Ist er nämlich KEINESWEGS. Und auch die Zeit war NICHT so. Denn Tras Nachfolger als Heimleiter, ein Baron von Kutzschenbach, hielt Gewaltanwendung jeglicher Art für eine erzieherische Fehlleistung. Stattdessen ließ er seine Zöglinge bei Verfehlungen Gedichte von Hofmannsthal und Trakl auswendig lernen (was, zugegeben, die Hinwendung zu gehobener Lyrik nicht erleichterte) und schickte sie bei anhaltender Uneinsichtigkeit nach Hause. W. kam gut aus mit dem Baron, empfand ihn nach der sechsjährigen, katholischen BRACHIALERZIEHUNG als WAHRE, geradezu wohltuende AUTORITÄT und erinnerte sich gern an ihn, speziell an die Einstudierung des Theaterstücks der Handwerker im Sommernachtstraum, bei der ihm der pfeifenrauchende Pädagoge die Sinne für die Bildgewalt und Ausdrucksvielfalt der Shakespearschen Sprache öffnete.

Tras AUFKLÄRUNG hatte sich wie jede, die unter dem JOCH des christlichen Glaubens stattfand, prompt in ihr Gegenteil (? Ja, da heißt's nachdenken!) verwandelt und endete in einem VERBOT. Das bei W. allerdings nichts ausrichtete, weil sein herzhaftes Misstrauen gegenüber AUTORITÄREN AUTORITÄTEN ihn davor schützte. Er glaubte ihnen schon lange kein Wort mehr. Denn wenn das stimmte, mit den Wixfolgen, hätte es in diesem Heim vor blinden Idioten nur so wimmeln müssen.

Hart ist der Zahn der Bisamratte,
doch härter ist die Morgenlatte

war eines der geflügelten Worte unter den Internierten. Zum Wegbeten blieb keine Zeit, davon abgesehen, dass das kaum einen befriedigte, also legte beinahe jeder bei jeder sich bietenden Gelegenheit Hand an.

Erwachsenwerden, so hatte W. es erlebt, bedeutete, die Geschichten, die man als Kleinkind erzählt bekommen und geglaubt hat, zu durchschauen und als erfunden oder realistisch einzustufen. Bei ihm war es wohl mit dem Nikolaus losgegangen, als er in ihm Herrn Mittermaier, einen ihrer Nachbarn erkannt hatte. An den Storch hatte er nicht geglaubt, weil ihm seinen Mutter von Anfang an gesagt hatte, dass Kinder GEBOREN werden und aus dem Bauch der Frauen kämen (was es mit dem BO(H)RER auf sich hatte, erfuhr er erst später). Dann stellte sich der Osterhase als erfunden heraus und über kurz oder lang gehörte für ihn auch der Inhalt der BIBEL auf den MÜLL-BERG der Märchen, BUCH DER BÜCHER hin oder her. Den Unfug von der Erschaffung der Welt und des Menschen bis zur Menschwerdung eines Gottes über eine Jungfrau, die nur von einem Geist, also infolge der Dreieinigkeit nur von ihm selbst hatte begattet werden können, weil nämlich ein Geburtskanal, in dem sich vorher schon ein Sterbli-cher vergnügt hatte, als irdische Landebahn für diesen Je-sus niemals infrage gekommen wäre... ...diesen UNFUG musste man mit FUG und RECHT einfach loswerden. Wenn man sich denn zu den selbständig denkenden, aufgeklär-ten Wesen zählen wollte.

Viele legten zu W.s Verblüffung offensichtlich darauf kei-nen Wert. Und hielten es, was für ihn noch erstaunlicher war, im Kopf aus. Wie schafften die das? Es für möglich zu halten, dass einer Wasser in Wein verwandeln, Tote erwecken und seinen Anhängern ein EWIGES LEBEN ver-schaffen kann? Muss man da nicht GAGA werden oder wenigstens schizophren? Was würden diese Gläubigen denken/sagen, ließe W. sie wissen, er sei überzeugt, dass Wölfe deutsch sprechen und in Damenkleider schlüpfen könnten? Und dass sie das nur deshalb unterließen, weil sie in unseren Breitengraden schon genug unter Verfol-gung zu leiden hätten. Wer sie hingegen achte, sei nicht nur ein besserer Mensch, sondern würde dereinst auch im Großen Wolfsrudel Aufnahme finden und in die Ewigen Jagdgründe EINGEHEN...

Würden seine Mitmenschen ihn, W., wenn er das nachdrücklich genug vertäte, noch ERNST nehmen oder ihn irgendwann, wenn schon nicht wegsperren, so doch in die Ecke stellen, in der er jetzt schon stand, zu den AUSSENSEITERN und IRREN.

W. war es nicht entgangen, dass der AUFGEKLÄRTE CHRIST (ein WANDELNDER WIDERSPRUCH) ja nicht mehr an den Himmel des Dienstmannes Aloisius glaubte, in dem den ganzen Tag über frohlockt, Hosianna gesungen und zwischendurch Manna gegessen/getrunken werde, sondern dass man ihn sich NATÜRLICH entdinglicht, also spirituell-kontemplativ resp. mystisch vorstellen müsse, mit einem Wort: NEBULÖS. Dem allerdings widersprach Hans Küng in einem längeren Interwiew in der SZ, und zwar deutlich, indem er sagte, er wolle sich im Jenseits mit Mozart unterhalten und freue sich darauf...
Da empfand W. seine ENDLICHKEIT als überaus tröstlich. Er würde nach seinem irdischen Auftritt all diese aufgeblasenen SCHARLATANE, diese selbstgefälligen DILETTANTEN und tiefgläubigen RICHTUNGSGEBER lossein und wieder dieselbe HIMMLISCHE Ruhe genießen können wie vor seiner Zeugung.
Ob er an (einen) Gott glaube? Die Frage wurde W. häufig gestellt. Weil ihm ein simples NEIN immer erklärungsbedürftig vorgekommen war, antwortete er schließlich, er wolle sich nicht festlegen. Der Mensch hätte weit über 3000 Götter der unterschiedlichsten Machart er- resp. vorgefunden und angebetet, er fürchte, wenn er einen bevorzuge könnten die anderen stinksauer sein. Allerdings sei es sehr unwahrscheinlich, dass es einen weiteren Gott mit einer derart ausgeprägten EGOMANIE gäbe wie den

jüdisch-christlichen. Man müsse sich ja nur dessen Gebote ansehen:

Im 1. dreht sich alles nur um IHN und nichts als IHN.

Im 2. dito.

Im 3. schon wieder.

Man halte fest: Diesem HERRN geht's vor allem um eins: sich selbst. Das ist ein EGOZENTRIKER PAR EXCELLENCE. Der hat eine HEIDENANGST, zu kurz zu kommen und scheint nichts mehr zu fürchten als KONKURRENZ. Ist das ein GLAUBWÜRDIGES AUFTRETEN für einen SCHÖPFER DES HIMMELS UND DER ERDEN? Würde der nicht wissen, wer er sei und könnte deutlich SOUVERÄNER daherkommen? Und sich denken: *Na, ihr werdet ja sehen.* Hätte der das nötig, die ersten 3 von 10 Geboten für sich zu reservieren? Entspricht solch ein krampfhaftes Verweisen auf sich und sich und sich nicht eher einem HOCHSTAPLER? Und auf ein krankes EGO? Wenn das keins sei, dann gäbe es für ihn, W., keines. Er fände es peinlich für eine Religion, die ständig das Wort NÄCHSTENLIEBE im Munde führe, dass das für die Menschheit und ihr friedliches Zusammenleben wichtigste Gebot – DU SOLLST NICHT TÖTEN – erst auf Platz 5 käme, praktisch unter FERNER LIEFEN.

W. wußte, dass er mit derlei Einlassungen nicht auf Verständnis stoßen, sondern nur Irritationen auslösen würde. Seine Mitmenschen schienen von Egomanen fasziniert zu sein, während sie bei ihm vor allem Misstrauen auslösten.

Aber dass – nach der AUFKLÄRUNG und einem dreihundertjährigen WISSENSCHAFTSBETRIEB zum Trotz (und Hohn) – die Mehrheit des HOMO SAPIENS (korrekt beschrieben als: homo stupidus stupidus) dem Religionskokolores immer noch und wieder auf den Leim geht und das damit verbundene Brimborium so dringend braucht wie die Luft zum Atmen, das gehörte für W. zu den GRÖSSTEN RÄTSELN DER MENSCHHEIT. Auch dass sich z.b. CDU-Wähler wider alle Vernunft und entgegen jedem Augenschein einreden konnten, dass Angela Merkel nach dem Ebenbild Gottes und aus der Rippe eines Mannes geschaffen wurde. Wo doch unübersehbar war, dass sie irgendwie von den Unken abstammte (das Märchen vom Froschkönig kam sicher nicht von ungefähr). Die Vorstellung, dass Angie aus einem Froschschenkel (Schienbein/ Wadenbein?) entstanden sein könnte, erschien W. folgerichtig und stimmte ihn milder.

Die Badewanne als suizidaler Tatort war für W. endgültig GESTORBEN. Nicht nur der unansehnlichen Überreste wegen. Wieso nannte man sie eigentlich sterblich, wenn schon alles Leben aus ihnen gewichen war?

Der ideale Abgang wäre ein rückstandsfreier. Dann gäbe es nichts zu bestatten und niemand würde sich bemüßigt fühlen, noch ein paar Floskeln hinterherzukarren. W. empfand auch Beerdigungen als zutiefst zynisch. Plötzlich wird den Verblichenen ein Maß an Aufmerksamkeit, Zuwendung und Wertschätzung zuteil, das ihnen, als ihr Solariumsbraun noch makellos war, keiner gegönnt hatte und in der Regel auch unverdient gewesen wäre. Mit einem und meist zum ersten Mal SIND SIE der SUPERSTAR und stehen dort, wo sie sich immer hingeträumt hatten: im Mittelpunkt. Aber, LEIDER!, zu einem Zeitpunkt, an dem sie's nicht mehr mitbekommen (auch die Tragik lacht manchmal Tränen).

Es geht bei Beerdigungen nur am Rande um die Verstorbenen. Fast alle Grab- und Trauerreden, die W. verfolgt hatte, waren so verbindlich und individuell wie Horoskope. Schnell zusammengeschustert aus Standardformulierungen, die zu siebzig Prozent auch auf einen Kanarienvogel zugetroffen hätten.

Beerdigungen finden für die WEITERLEBENDEN statt. Müssen pflichtgemäß erledigt und geleistet werden, daher die korrekte Bezeichnung TrauerARBEIT. Ein Todes-FALL will nach der Checkliste aus dem Leistungskatalog der Konventionen durchgegangen und abgehakt sein, nur so läßt sich das schlechte Gewissen beruhigen (das man höchstens noch deshalb bekommt, weil man es nicht mehr spürt, und das von der Bestattungsindustrie umso gründlicher gemolken wird) und der Tote kann endlich AD ACTA gelegt werden:

BETROFFENHEIT SIGNALISIEREN.

VERLUST ZUM AUSDRUCK BRINGEN.

DANKBARKEIT DEMONSTRIEREN.

VERBUNDENHEIT BEKUNDEN.

ERBSCHAFT ANTRETEN.

Es waren GRAUSLICHE ZEITEN, in denen W. (noch) lebte, in denen immer weniger Zeit zum Leben (wie zum Ableben) blieb. Alles war durch und durch rationalisiert, optimiert und auf Maximalrendite getrimmt. Bestattungen? Ein Geschäft wie jedes andere. Filmemachen? Bücher verlegen? Ein Geschäft WIE BESTATTUNGEN! Es gab kaum etwas, was sich dem Würgegriff der GESCHÄFTEMACHER auf Dauer hätte entziehen können. Und nichts, was die dann nicht sofort auf seinen kommerziellen Wert reduzieren konnten. Um es anschließend zu nivellieren und mainstreamfähig zu machen. Eine Wirtschaftswelt voller SADIMs. Was immer sie in die Hand nahmen, verwandelte sich (anders als bei MIDAS) in DRECK. Dass das so sein MUSSTE (wegen der Arbeitsplätze, die immer weniger wurden), bestätigten den Geschäftemachern die GSCHAFTLHUBER aus Politik und Wirtschaftsredaktionen (sonst wären auch sie schon arbeitslos).

W. fand, dass er es sich schuldig sei, dem landesüblichen Bestattungszynismus zu entkommen. Etwa mit der Säurebad-Nummer, von der er allerdings überzeugt war, dass sie nie funktioniert hatte. Selbst wenn er kein Beschaffungsproblem hätte (nähme man Salz- oder Schwefelsäure?), es blieben eine Brücke und Zahnkronen übrig, die dann vermutlich statt seiner beigesetzt und entsprechend kostenpflichtig würden. Den Bestattungsgeiern entginge nichts (wie den echten). Nur dass sie anstelle des Kreislaufs der Natur den künstlichen Strom des Geldes in Bewegung hielten.

Dann lieber noch als Löwenhäppchen enden. Das wäre ein Abgang unter Strom und angeblich weitgehend schmerzfrei, was zunächst kaum glaublich schien. Aber W. entsann sich eines Tatsachenberichts aus einem Safaripark, den ein Ehepaar mit dem Auto durchquerte. Der Mann, natürlich am Steuer, hatte angehalten, um ein in der Nähe ruhendes Löwenrudel zu fotografieren. Möglich, dass ihm die Großkatzen im Sucher allzu possierlich vorkamen oder er einfach nur sein Tele zuhause vergessen hatte, er stieg, was strengstens verboten war, aus und ging, die Kamera am Auge, auf die Tierchen zu. Möglich, dass ihm seine Frau noch nachgerufen hatte, DANIEL(!), NICHT SO WEIT! Natürlich hörte er nicht auf sie. Jedenfalls waren die Löwen so scharf auf ein Dessert, dass sie ihn, bevor er nachsehen konnte, wieviele Bilder noch auf dem Film waren, schon IN DER REISS'N HATTEN, wie man in Bayern so schön sagt. Er habe das erlebt, wie im Kino auf einem

Rasierplatz: mittendrin, aber nicht so, als hätte es etwas mit ihm zu tun. Er empfand weder Angst, noch Schmerz, obwohl überall an ihm herumgekaut und -gezerrt wurde.

Dass er das überlebt hatte und später so schildern konnte, verdankte er natürlich seiner Frau. Die war in der ihrem Geschlecht eigenen Geistesgegenwart und Zielstrebigkeit auf den Fahrersitz rübergerutscht, mit dem Auto in das Gewühl gerast, über ihrem Mann zu stehen gekommen und nicht mehr von der Hupe gegangen, bis Hilfe kam.

Ob sie mit dem angebissenen und schwer lädierten Gatten glücklich wurde (wenn sie es denn vorher war) oder ob sie es irgendwann bereute, ihn im allerletzten Augenblick den Löwen wieder abgejagt zu haben, entzog sich W.s Kenntnis. Ihrem Mann jedenfalls wurde erst bewusst, was mit ihm geschehen war, nachdem der Schock und die Wirkung des Adrenalins/Noradrenalins nachgelassen hatten, dann allerdings umso schmerzlicher.

Die Standardfloskel des Standardjournalisten bei Katastrophen jedweden Ausmaßes, dass nämlich nichts mehr so sein würde wie es vorher war (obwohl definitiv immer alles beim Alten blieb), sie traf auf das Weiterleben dieses Mannes zu. Im Gegensatz zu Millionen anderer Männer hatte er was zu erzählen. Nicht nur: Mein AVENSIS hat 177 PS. Mein SLR verbraucht im Schnitt 12,9 Liter Super. Mein 7er ließ mich auf der A 9 mit einer Elektronikpanne im Stich. Sondern: ICH WAR LÖWENFUTTER. Wie oft würde er seine Geschichte zum Besten geben? Baute er sie aus und z.B. in einen Dia-Vortrag ein? Konnte er weiterhin Tiergärten (mit Löwengehege) aufsuchen? Auch während der Fütterungszeiten? Sah er seine Frau künftig mit anderen Augen? Nannte er sie vielleicht JANE? Kam er mit dem Vorfall psychisch klar?

Frauen hätten in der Regel (und auch außerhalb) kein Problem damit, von Tarzan gerettet zu werden. Abgesehen von den ganz fuchsigen Feministinnen. Die würden seinen Part entweder als unerheblich verschweigen oder klein reden und behaupten: FRAUEN HANDELTEN IM BEDARFS-FALL GENAUSO! Und sie hätten recht!

W. war sich nicht sicher, ob er an Stelle der Frau wie sie gehandelt hätte, obwohl ihm das im Nachhinein als das das einzig Richtige erschienen war. Als alternativlos. Aber vielleicht hätte er versucht, einzelne Löwen anzufahren, um sie zu verscheuchen. Dann hätten die anderen den Mann zwischenzeitlich zerlegt und unter sich aufgeteilt. Und Stunden später wären die Ranger aufgebrochen, begleitet von Mitarbeitern eines Beerdigungsunternehmen, um die Knochen einzusammeln...

Die Löwen-Lösung brachte es auch nicht. Zuviel Essensreste. Es sollte nichts übrig bleiben oder gefunden werden. Verschollen in den Weiten des Universums, das wär's, war aber, wenn überhaupt, erst wenigen beschieden. Beim Wiedereintritt in die Erdatmosphäre verglüht hingegen auch, vielleicht einem Dutzend Astronauten und leider unfreiwillig. Ein Normalsterblicher oder gar Lebensmüder würde dazu keine Gelegenheit bekommen. Dass es für Suizidwillige keine saubere Lösung gab, lag dem weitverbreitenden abendländischen ABERGLAUBEN zugrunde, (ein) GOTT schenke einem das Leben. In W.s Fall tat er das gegen den Willen seiner Eltern, also quasi durch die Hintertür: über deren Fahrlässigkeit beim Verkehr bzw. ihr mangelhaftes Wissen, Verhütungsmethoden betreffend. Na, dann HERZLICHEN DANK! dachte sich W. und konnte sich nicht erinnern, gefragt worden zu sein, ob er dieses

Geschenk überhaupt haben wolle. Und aufgezwungen wie es ihm wurde, sollte er nicht nach Belieben damit verfahren dürfen? Er, ein mündiger Bürger? Mit einem freien Willen? Bei klarem Bewusstsein? Dürfte ein sog. SELBSTBESTIMMTES Leben nur leben, nicht jedoch beenden? Weil sich eben hierzulande in den ELITÄREN SPHÄREN von Politik und Geisteswissenschaften doch und immer noch alles nach diesem HERRN richtete?

Was da alles an Nullsummenjongleuren, Phrasenschustern und sonstigen Salbaderern Gelegenheit bekam, sich aufzuplustern, und zwar zu Allem und Jedem, das übertraf jeden Ententeich.

W. konnte sie schon längst nicht mehr mitanhören: die Sonntagsreden und Festansprachen, die Ankündigungen, Beteuerungen und Bekundungen, die Ermahnungen und Aufrufe, die Lippenbekenntnisse, die Absichts- und Ehrenerklärungen. Er hatte gelernt, dass all das OFFIZIÖSE GESCHWALLE nicht den Sauerstoff wert ist, der dabei verbraucht wird. Dass es der Verschleierung dient, indem es VORTÄUSCHT, man habe sich der Probleme angenommen und Lösungen parat. Dass es stattdessen die nötigen Handlungen/Korrekturen ERSETZT, den SCHWALLERN einen Zeitgewinn verschafft und gleichzeitig einen dicken Vorhang bildet, hinter dem sie sich durchmogeln und möglichst lang weitermachen und -mauscheln können. Wer hohe Positionen oder öffentliche Posten BESETZT (und behalten will), muss genau DAS mit den aktuellen THEMEN und BEGRIFFEN tun. Denn: damit besetzt man die Köpfe der MASSE Mensch (wie ein Scheißhaus) und bekommt so Macht über sie. Um die MASSE zu beeindrucken, sind keine TATEN nötig. Es genügen WORTE, also VERSPRECHUNGEN. Zwar ist es hilfreich, über das

Talent der Demagogie oder Schönrednerei zu verfügen, aber ein fettes EGO, das scham- und skrupellos genug ist, sich als KOMPETENT auszugeben, beeindruckt die BESCH(W)ALLTEN nicht minder.

Als Krankenschwester oder Maurer fliegt man sehr schnell auf, wenn man keinen Verband anlegen kann oder der Putz von der Wand fällt. Zwei, drei Hierarchieebenen darüber sieht es ganz anders aus, dort, wo sich die soge- und selbsternannten LEISTUNGSTRÄGER wichtig machen. Zu diesen gehört, wer genügend Untergebene hat, um sich von deren Leistung tragen zu lassen (es sind also eigentlich GETRAGENE, denen es für derlei Unterscheidungen an Sinn und Zeit gebricht). Der Leistungsträger muss seine KOMPETENZ nicht mehr unter Beweis stellen, denn seine GEHOBENE STELLUNG spricht für ihn. Seine Entscheidungen sind grundsätzlich richtig, werden leider oft falsch interpretiert oder prallen auf eine Wirklichkeit, die dafür noch nicht reif ist.

W. hatte erkannt: Wer SCHÖN REDETE, der blieb hoch angesehen im Lande der Schwaller und Schwätzer, auch wenn er SCHEISSE BAUT.

Da hatte sich einer anheischig gemacht, ein Straßennetz zu sanieren und auszubauen. Er wird angeheuert und bekommt dafür vier Jahre Zeit. Er kündigt groß an, macht noch größere Pläne, und beginnt schließlich mit der Umsetzung, kommt aber so langsam voran, dass der Verfall des Netzes nach vier Jahren weiter vorangeschritten ist als zu Beginn. Daraufhin fordert er einfach vier weitere Jahre und bekommt sie (einschließlich der damit verbundenen Mehrkosten).

Kohl hatte die Messlatte, die an einen Deutschen Bundeskanzler gelegt wird, so in Grund und Boden gesessen, dass sie selbst von Hundehaufen überragt wird, in die schon jemand getreten ist. Deshalb genügte Gerhard Schröder seinerzeit eine Aussage wie ICH WILL DA REIN! ((Anm. d. Hrsg.: ins Kanzleramt), um als VISIONÄR mit zukunftsweisendem Programm durchzugehen. Sie war kurz genug, dass der depperte Durchschnittswähler sie gerade noch verstand. Und sie klang so entschlossen, dass man Schröder für einen MACHER hielt. Wie sich rasch herausstellte, bekam das Land mit ihm einen BUNDESKASPER, der begeistert in jedes neue Auto stieg, dessen Fahrertür man ihm aufhielt. Weil er sich darin – die Hand am Lenkrad und strahlend wie ein Vierjähriger – so gern ablichten ließ, nannte man ihn auch den AUTOKANZLER. Und weil er es in dieser Pose aushielt, bis selbst der hinterletzte Fotograf und Kameramann eine Aufnahme im Kasten hatte, galt er auch als MEDIENKANZLER.

Der deutsche Wähler dachte sich, als er ihn in seinen Medien sah: WAS FÜR MEIN AUTO GUT GENUG IST, IST ES AUCH FÜR MICH und irrte sich genauso gründlich wie Schröder: Autos brauchen keinen Kanzler, sondern Käufer. Sie brauchen noch nicht mal jemanden, der sie zusammenschraubt, denn das machen Automaten längst besser und billiger. Deshalb STIEG die ARBEITSLOSENZAHL weiter und ließ das Antritts-Versprechen des nassforschen Gerd – sie zu HALBIEREN! – gründlichst in die Hose gehen. Man sah ihr das nicht an, denn sie war von BRIONI und hatte STIL. Also machte der MACHTMENSCH Schröder unbeirrt weiter und sich Namen um Namen. So hieß man ihn auch den KANZLER DES KAPITALS, weil er diesem gleich zu Beginn seiner KASPERSCHAFT einen fetten Brocken hingeworfen hatte (die Liberalisierung der Finanzmärkte). Als ob Kapital käuflich wäre! Statt damit Wohlwollen auszulösen, entfesselte er dessen Gier vollends. Hatte man früher Massenentlassungen mit Rückgängen, Einbrüchen und Verlusten begründet, dachte man sich unter Schröder nichts mehr dabei, auch MILLIARDENGEWINNE als KÜNDIGUNGSGRUND anzuführen. Das brachte ihm den Spitznamen GENOSSE DER BOSSE ein. Er setzte durch, was sich kein CDU-Kanzler getraut hätte: Hartz IV. Und immer wenn sich einer in der SPD verduzt die Augen rieb, drohte RUMPELSTILZ damit, hinzuwerfen.

Als er zur Wahl um seine zweite Legislaturperiode antrat, tönte er wieder (nicht die HAARE!), man solle den ERFOLG seiner REGIERUNG an der BEKÄMPFUNG der Arbeitslosigkeit messen. Das hat die Dummheit mit den Termiten gemeinsam: wo die sich einmal reingefressen haben...

Und weiter trieb's der EGOTRIPPER mit dem Aderlass an den Arbeitslosen und ARMEN HUNDEN. Dieweil Doris Köpfchen bewies und den eigenen (einen Border-Terrier) für eine Hunde-Zubehör-Linie einspannte (umsonst ist das Leben in einem Kanzlerhaushalt nicht, jedenfalls nicht in einem ROTEN). Darüber hätte W. gern mehr gewusst. Aber nicht um den Preis, BILD zu lesen. Da mutmaßte er lieber selber. Lautete der Slogan für die Produkt-Linie: LEBEN WIE EIN HUND IM KANZLERAMT? Gab es auch eine TÖNUNGSSERIE für den IN TREUE FEST ergrauten Vierbeiner? Wurden vorher Verträglichkeitstests gemacht? An Menschen? An SPD-Mitgliedern? Auf freiwilliger Basis? Gehörten etwa Müntefering, Struck und Thierse dazu?

W. konnte miterleben, wie dem AUTOKANZLER (als er zunächst fortfahren durfte) erst die Überschwemmungen und Kriege ausgingen und dann der Sprit (nicht die HAARE, bzw. deren kräftige FARBE!). Er konnte die Spur nicht mehr halten und bekam mit Münte einen Beifahrer, der ihm schon mal ins Lenkrad griff.

Schröder versank über das ihm entgegengebrachte Unverständnis und MISSVERTRAUEN immer öfter in BRÜLLENDES Selbstmitleid (oder sollte die Haartönung, die er NIE benutzte, so schmerzhaft gewesen sein?). Er versuchte, wenn schon nicht wie Kohl mit dem Arsch zu denken, sich wenigsten REKTAL zu orientieren. Und gab kryptische Äußerungen von sich wie: *Hinten ist die Ente fett*. W. rätselte lang herum, was er damit meinte. Es konnte nur A. Merkel sein, die Frau, die ihm beharrlich das Wasser abgrub. Statt sich zu sagen: GUT SO, BRINGT SIE MEINE SCHÄFCHEN INS TROCKENE! brach TORSCHUSSPANIK bei ihm aus (leider vor dem eigenen Tor). Und wollte plötzlich wiedergewählt werden obwohl er es doch noch war!

W. fragte sich, ob Schröder nicht doch zu einem Haarpflegeprodukt hätte greifen sollen. Natürlich NICHT zur Farbvertiefung! Aber vielleicht hätten die damit verbundenen Kopfmassagen noch den einen oder anderen nachvollziehbaren Gedanken aus ihm herausgekitzelt?

Das Ultimatum, vor das er den DEUTSCHEN WÄHLER (und Autofahrer!) stellen wollte: ER oder MERKEL, war nicht ohne Kalkül. Der männliche Kreuzchenmacher sollte sich VORSTELLEN, wie sich auf den kommenden AUTOMOBILMESSEN eine FRAU HINTERS STEUER der NEUERSCHEINUNGEN klemmt (oder eine ENTE?!) und sie dabei allesamt sofort und breitflächig ENT-WEIHT!

Ums Haar (natürlich ein ungetöntes!) hätte es geklappt. Zu und zu dumm, dass der niedersächsischen Miniaturausgabe des SAMSON praktisch auf der Ziellinie noch eine alte Männerfeindschaft dazwischenkam. In Gestalt des AUS(derSPD)GEWIESENEN DICKSCHÄDELS (und

Philisters!), eines saarländischen Sturkopfs mit Problem-
behaarung (diesmal der Erhardschen Prägung). Der mit
einer neuformierten LINKEN (in der SPD wusste man gerade noch, was Oben und Unten war) der rotgrünen Koalition genau die Stimmen entsteißte, die sie zum Aussitzen einer weiteren Amtszeit gebraucht hätte. Zu und zu
ärgerlich, dass der NICHTGETÖNTE vorher im- und immer
wieder getönt hatte, mit dem ABTRÜNNIGEN würde er nie
und nimmer... (wie er auch eine GROSSE KOALITION kate-
gorisch ausschloss!).

Am Wahlabend dämmerte es KLEIN SAMSON, vielleicht
fiel es ihm wie SCHUPPEN von den Augen (nicht Haaren!).
Und er fühlte sich vorgeführt im Medienrund, wie ein
ELEFANT, der von einer ENTE (nicht Lippens!) getunnelt
worden war. Und die Drogen in ihm (kein Tönungsmittel,
aber vielleicht Alkohol?) taten das ihre. Und er verfiel in
BLIND(!)wütige Raserei und beging (wie sein alttestamen-
tarisches Vorbild) in aller Öffentlichkeit SELBSTMORD,
wenn auch (und leider) nur politischen.

Riss er dabei samsonlike neben einem konsternierten Fi-
scher noch 2999 andere mit sich? W. und die daran des-
interessierte Welt würden es nie erfahren. Letztere wollte
jetzt nur noch wissen: WER WIRD WAS? Als ob das – außer
für die Beteiligten und ihr Gehaltskonto – nicht sowas von
WURSCHT gewesen wäre!

Während W. immer noch seinem rückstandsfreien Abgang
hinterhersann, amüsierte ihn der so-als-sei-nichts-ge-
schehen amtierende und hartnäckig auf seiner Kanzler-
schaft beharrende Schröder wie nie zuvor. Wie mag ihn
Doris damals genannt haben? Mein Trotzköpfchen? Kam
sie im Kreise der Familie angelegentlich auf das Thema
LOSLASSEN KÖNNEN zu sprechen? Litt der Hund (der ja

bekanntlich feinste Stimmungs- und Rangordnungsänderungen registriert)? Als er im TV mitansehen musste, wie der Vasall Münte sich mit der Unerbittlichkeit einer Endmoräne an seinem Herrn vorbeischob? Wie sich sein Alphatier wehrte, wand und bäumte, gegen seine neue Rolle als AUSLAUFMODELL? War es ihm peinlich, schlußendlich mitanhören zu müssen, wie Herrchen in seiner vor Selbstmitleid triefenden Abschiedsrede von SIEBEN GUTEN JAHREN sprach? Merkte außer W. wenigstens der Hund, wie SIBYLLINISCH (und SYPHILITISCH im letzten Stadium!) das klang? GUT im Sinne von MAGER (wie Quark)? Weil sich da der Gürtel praktisch von selbst enger schnallt? Oder GUT im Sinne von FETT? Wie hinten die Ente? GUT für ihn, die Autos und Doris? Den Hund? Die Heuschrecken? Und wenn sie so GUT waren, warum wurden es nicht ACHT? Damit er es wenigstens nicht nur vom Gewicht und der Größe, sondern auch von der Regierungszeit her auf einen HALBEN KOHL gebracht hätte?

Wandte sich auch der Hund (wie alle anderen) mit Grausen, als Schröder mit MILITÄRISCHEM GESCHEPPER und angeblich EHRENHAFT verabschiedet und in ein bürgerliches Leben als Gebrauchtwagenhändler oder Winkeladvokat entlassen wurde (mit eingeklemmtem Schwanz)? Während er schon die Ente mit freudig winkendem Fettpürzel heranwatscheln hörte, den knarrenden Münte im Windschatten?

Während es W. dank seiner zurückgezogenen Lebensweise gelegentlich gelang, einer Tröpfcheninfektion durch Grippeviren zu entkommen, war das beim Rotz der neu aufflammenden Phrasenpest unmöglich. WIR SIND DEUTSCHLAND. Zu seinem Einstand als Oberpfeife des Deutschen Bundestags ins Land hinausgeschleudert von

Norbert B. Lämmert (natürlich war das nicht auf seinem Mist gewachsen, er hatte einfach den Slogan DU BIST DEUTSCHLAND variiert, einer zeitgleich grassierenden Medienkampagne).

Was W. alles (gewesen) sein sollte: Vorgestern das VOLK, gestern noch Papst und schließlich wieder mal DEUTSCH-LAND (da sollte einer keine Identitätskrise kriegen!). Und hoffentlich bald WELTMEISTER (wenn nicht im MÄNNER-Fußball dann wenigstens im Erstellen von Schnittmengen). Immer wenn es hieß: WIR SIND DEUTSCHLAND, kam GROSSES auf W. bzw. seine Landsleute zu und sie mussten tapfer sein, die Zähne zusammenbeißen und durften die, die ihnen das zuriefen, nicht enttäuschen. W. mutmaßte, dass es neben der Erhöhung der Mehrwert-steuer die Streichung der Pendlerpauschale oder der Ei-genheimzulage sein könnte, die auf SIE, DEUTSCHLAND, zukämen. Eindeutig besser als ein Russlandfeldzug, aber auch eine Plage. Jedenfalls für die von IHNEN (bzw. von Deutschland), die's traf. Norbert B. Lämmert traf's nicht, der hatte vermutlich schon genug Eigenheime und konn-te die Mehrwertsteuer (egal wie hoch sie wäre) absetzen. Auch den Wegfall der Pendlerpauschale musste nicht er verschmerzen, eher sein Chauffeur. Nur der und er, W., würden (zum wievielten Mal?) den GÜRTEL ENGER SCHNALLEN müssen, nicht NOBBIE ZWO. Der würde frag-los alles tun, was in seinen bescheidenen Kräften stünde und sich mit den beiden solidarisieren (in einem platoni-schen Sinn, keinem materiellen, versteht sich!). Er würde WIR sagen im Brustton der Überzeugung und um den zu treffen, würde er vorher SEINEN Gürtel etwas gelockert haben, der Gute (CHRIST/DEMOKRAT und FEINGEIST!).

Glücklich das LAND, das solche BUNDESTAGS-PRÄSIDEN-

TEN hatte. Selig die LEUTE, die sich von solchen Phrasen in Stimmung bringen lassen konnten.

Wenn er, W., sich in ein WIR eingereiht hätte, dann nur in ein WIR SIND B. LÄMMERT!

Gesetzt den Fall, und der würde für W. so sicher kommen wie der Klingelbeutel im Gottesdienst, Nobbie Zwo müsste sich und dem Rest von WIR noch weitere HÄRTEN zumuten, wie könnte er DEUTSCHLAND toppen? Ließe es sich steigern? Mit EUROPA? Oder nicht besser gleich mit WELT? Klang irgendwie bekannt: WIR SIND DIE WELT! Vor allem, weil sie ihnen doch dann GEHÖRTE? Vielleicht schon MORGEN?

DRAN GLAUBEN durfte man ja? Ob und wer es dann letztlich MUSSTE, würde sich erst später zeigen...

Wem GEHÖRT eigentlich DEUTSCHLAND? Es gab Fragen, die taten sogar W. weh (AUWEIA!). Obwohl er einiges gewohnt war (erst als Kind und später als... Paranoiker?). IHM HEUTE gehörte es bestimmt nicht. Manchmal half AUSSCHLIESSEN weiter, das hatte W. bei WER WIRD MILLIONÄR? abgeschaut (einer Frage, die ihn unendlich langweilte, weil sie so leicht zu beantworten war: auf jeden Fall und sowieso jährlich unser aller Besserwisser, Mr. Altklug persönlich, der Oberlehrer der Fernsehnation, Sohn von Herrn Burschikos und Frau Schnippisch, ein Mensch von einer derart flachschürfend-quirligen Impertinenz, der musste in dieser Medienseiche zwangsläufig ganz oben schwimmen und abkassieren...).

Rhetorische Zusatzfrage: IST DEUTSCHLAND EINE INSEL? Eher nein (außer für die SELIGEN). Ist die WELT eine? Eher ja (auch für alle UNSELIGEN).

W. stellte sich – einer mirnichtsdirnichts daherflatternden Eingebung stracks folgend – die Welt oder Deutschland (egal) als unbewohnte Insel vor, also überschaubar und wie es sich gehört meerumschwappt sowie etwa fußballfeldgroß. An sie ließ er nun ein Rettungsboot mit zehn Schiffbrüchigen treiben. Der erste, der einen Fuß auf festen Boden setzte, ein Vordrängler/Wortführer/Egomane/Unternehmer (Unzutreffendes bitte streichen), teilte gestisch und mit ein paar Steinen die Insel sogleich in zwei Hälften, um die eine für sich allein zu beanspruchen, die andere dafür generös an seine neun Mitgestrandeten abzutreten. Und zwar mit dem Hinweis, dass sich LEISTUNG (z.B. die des Erstbetreters!) auch hier oder immer noch oder wieder LOHNEN MÜSSE.

Da die anderen entweder zu erschöpft waren, um Einspruch zu erheben oder nur froh, überlebt zu haben, ließ man ihn zunächst gewähren. (Und schon herrschten – zu W.s grimmigem Vergnügen – auf dieser Insel Besitzverhältnisse wie in (UNS!) Deutschland: 10% der EINWOHNER verfügten über 50% EIGENTUM).

Am nächsten Tag stellten die neun fest, dass ein Zaun ihre Hälfte von der anderen abtrennte. Der LEISTUNGSTRÄGER hatte ihn über Nacht errichtet. Noch bevor sie sich dazu äußern konnten, schlug er vor, die Insel KLEINDEUTSCHLAND zu nennen, in Erinnerung an das Land, aus dem sie kamen. Das könne ihnen allen Halt und Orientierung geben, vielleicht auch ein Gefühl von Heimat vermitteln. Und es würde sicher dabei helfen, die alten Werte und Traditionen hochzuhalten, Recht und Ordnung einzuführen und ein ZIVILISIERTES System aufzubauen. Ohne REGELN und INSTITUTIONEN, die über ihre Einhaltung wachten, seien

CHAOS und ANARCHIE Tür und Tor geöffnet, das könne doch niemand ernsthaft wollen. Er würde für ein demokratisches Modell plädieren, das sich seiner christlich-abendländischen Wurzeln immer bewusst sein müsse. Damit sei man auch früher bestens gefahren. Er wolle und könne sich dabei aber nicht einmischen, da ihn der wirtschaftliche Aufbau Kleindeutschlands mehr als auslaste. Mit diesen Worten zog er sich in den hinteren Teil seiner Inselhälfte zurück.

Der wendigste unter den neun nutzte die allgemeine Verblüffung und Ratlosigkeit, ergriff das Wort und meinte, unter den gegebenen Umständen sei das sicher das Vernünftigste, was man tun könne. Er wolle gern die POLITISCHE VERANTWORTUNG dafür übernehmen, brauche aber zur Einführung demokratischer Strukturen personelle Unterstützung und eine materielle Grundausstattung. Er schlug vor, dem Stärksten unter den acht die Polizeigewalt zu übertragen und den, den er für den pedantischsten hielt, mit richterlichen Befugnissen auszustatten.

Die Abstimmung, die daraufhin stattfand, bestätigte die drei Kandidaten, wohl auch, weil keiner wusste, wer sonst noch dafür in Frage gekommen wäre.

Einer, der sich bis dahin zurückgehalten und immer nur fein gelächelt hatte, sagte, er sei sich sicher, dass auf diesem Neubeginn Gottes Segen läge und er alles dafür tun würde, dass das auch in Zukunft so bleibe. Da ging ein Aufatmen durch die acht anderen, weil sie sich nun auch in der Obhut der höchsten moralischen Instanz wussten, ohne die es im Leben keine Gewissheit und keinen Sinn gibt.

Die allgemeine Freude war noch nicht abgeklungen, als der Politiker die flehentlichen Blicke seines Freundes bemerkte, eines Menschen, den er zwar für etwas schwerfällig und langweilig hielt, ihn aber aufgrund seiner Zuverlässigkeit schätzte. Und es fiel ihm ein, dass auch das kleinste Gemeinwesen nicht ohne Verwaltung würde funktionieren können. Er brachte das zur Sprache und fand erneut Zustimmung.

Weil alles wie geschmiert gelaufen war und er auch die vier übrig gebliebenen miteinbinden wollte, suchte er nach einem Motto, das alle zu Solidarität und Einigkeit verpflichten sollte, vor allem im Hinblick auf die Zukunft, von der er noch nicht den blassesten Schimmer hatte. Und siehe da, er fand sein Motto. Und stellte es ans Ende einer Rede, in der er seiner Zufriedenheit über das bereits Geleistete Ausdruck verlieh: WIR SIND KLEINDEUTSCHLAND.

Da ging ein Leuchten durch die Augen seiner Zuhörer. Sie skandierten die Parole viele Male laut im Chor und waren sehr zufrieden und schon ein bisschen STOLZ auf IHRE Insel. Nur der, der sich das alles aus der Entfernung mitanhörte, haderte mit sich, dass er sich mit der Hälfte zufriedengegeben hatte.

Tags darauf machte der Politiker seinen Mitbürgern klar, dass ihre Demokratie eine wehrhafte sein müsse. Nur so könne sie allen Schutz gewähren und würde Bestand haben. Er forderte für den Staat und seine Organe den Löwenanteil der Inselhälfte und stellte den vier Unbestallten eine Fläche von der Größe des TORRAUMS in Aussicht (der STRAFRAUM kam schon wegen des negativ besetzten Namens nicht in Frage). Zum ersten Mal wurde gemurrt und es gab Einsprüche, dennoch fand sich bei der Abstimmung zur Verblüffung mancher eine 5 zu 4 Mehrheit für den Antrag. Alle, die dafür gestimmt hatten, sahen darin eine erste Bewährungsprobe, waren froh, dass man sie bestanden hatte und priesen die junge Demokratie als stabil und intakt. Genau das würde sie für immer bleiben (allen Unkenrufern und Miesmachern zum Trotz, die unter Demokratie etwas anderes verstehen wollten als reine Arithmetik).

Sie blieb es selbst dann, als der Unternehmer, der sich als einziger einen Hubschrauber leisten und Kleindeutschland verlassen konnte, dies tat, um seine Steuern dort zu entrichten, wo es für ihn vorteilhafter war.

W. war dieser Insel oder vielmehr dem, was sich darauf abspielte, gründlich überdrüssig geworden. Von Spiel konnte sowieso keine Rede sein, nicht einmal von einem so unglaublich plumpen und missverstandenen wie MONOPOLY (erfunden, um die Praktiken amerikanischer Immobilienhaie anzuprangern, pervertierte es im Handumdrehenundaufhalten zum Inbegriff des AMERICAN DREAM). Und da W. sah, dass nicht gut war, was er erschaffen hatte, löste er ein Seebeben aus, das alles Leben auf der Insel auslöschte (bis auf den Unternehmer, der sich dringender Transaktionen wegen in der Schweiz aufhielt).

Sei's drum, W. kam über das Seebeben auf den Trichter (oder genauer Krater): FLÜSSIGE LAVA! Ein Hecht, ein Bauchplatscher oder eine Arschbombe dort hinein und man, nein, ER wäre RESTLOS und auf NIMMERWIEDERSEHEN verschluckt und verschwunden. Ein sofortiger Übergang in Energie und (reine?) Materie. Ohne den Umweg über die Würmer, keine Fäulnis, keine Verwesung, kein Modder. Es bliebe nichts von ihm, was noch zu Grabe getragen und von Floskeln flankiert werden müsste. Nichts, mit dem noch Schindluder getrieben werden könnte.

Selbst Schwarze Löcher könnten nicht sauberer arbeiten...

Ätna und Vesuv – von den Höllenschlünden, die den alles egalisierenden Auswurf zu bieten hatten, würden sie wohl die nächstgelegenen sein. W. glaubte, sich zu erinnern, dass der bei Neapel als der unberechenbarere galt, war sich aber nicht sicher, ob der gefrässige Brei dort derzeit zutage trat. Aber das würde sich leicht feststellen lassen. Was ihm behagte, war die Vorstellung, einem weiteren Winter seines Missvergnügens durch Überhitzung auszukommen, besser gleich auch noch der Inthronisierung der ersten DEUTSCHEN KANZLERIN (eines weiteren HYSTERISCHEN und nicht historischen DATUMS, denn es würde nichts bedeuten, geschweige denn bewegen).
W. litt seit Schröders ICH WILL DA RAUS-Eingebung unter einer Überdosis Merkel. Und unter ihren wochenlangen Sondierungsgesprächen mit der SPD (W. schüttelte sich bei dem Gedanken, von dieser Frau wie auch immer sondiert zu werden oder sie oder an oder bei oder mit ihr irgendetwas zu sondieren),... Also hörte er sie mit ihrer Leidensmiene sprechen, aus einem Gesicht wie Vorhaut, die in einem Reißverschluss eingeklemmt ist:
Wir kucken, wo gibt's Gemeinsamkeiten, die gibt es, und wo gibt es Unterschiede, die gibt es auch, und... (jetzt löste sich der Reißverschluss!) *...wie können wir das in den nächsten Tagen ausgleichen.* Und lächelte dazu. W. hätte zu gern gewusst, worüber?
Darüber, dass es ihr gelungen war, etwas abzusondern, das wie ein Satz klang? Darüber, dass sie glaubte, die Komplexität von Koalitionsverhandlungen in Worte gekleidet zu haben, die sogar ihre Wähler (das zum x-ten

Mal ausgeschlachtete, gesamtdeutsche STIMMVIEH) verstehen würden?

Darüber, dass dank der systematischen VERKOHLUNG der Republik jedes VERBAL-EJAKULAT eines Mandatsträgers von Fernsehkameras aufgefangen wurde (zum AUSFÜLLEN von SENDEZEIT) und sei es sprachlich und gedanklich (hängt das eigentlich zusammen???) noch so wider-, un- und schwachsinnig?

Darüber, dass (wenn sie nur durchhielte) endlich auch eine Frau mit der WEITERVERARSCHE Deutschlands betraut werden würde?

Oder lächelte Angela immer noch darüber, dass der SEICHTMATROSE seinen Schwanz (der vermutlich von seinem Nabel nicht zu unterscheiden ist) einge- und sich wieder nach Bayern verzogen hatte? Obwohl man für ihn ein eigens geschaffenes Superministerium als SUPER-PENISVERLÄNGERUNG herausgehandelt hatte, die seine POTENZ (vor allem seine politische) um Längen übertraf? (Anm. d. Hrsg.: Gemeint ist Edmund Stoiber, der einst Westerwelle und Merkel Leichtmatrosen genannt hatte).

Das Tröstliche an Angela Merkel: er, W., würde nicht mehr mitbekommen, wie sie weitermachte – als wievielter Machtpolitiker in Folge? Nach SchmidtKohlSchröder Nummer Vier und das als erste Ente und Frau?

Bald hätte es ein Ende mit all den Fragen, die sich außer ihm niemandem stellten. Die wohl auch besser ungestellt blieben. Z.B. was an Machtpolitikern so beeindruckend oder faszinierend sein sollte, dass man ihnen mit Bewunderung und Hochachtung begegnete? Wer bewunderte denn an einem Rinderkadaver den größten Geier und die fetteste Made? Wer rühmte ihren Willen und ihr Durchsetzungsvermögen? Wer pries ihren Instinkt und ihre Zielstrebigkeit?

Oder trat hier eine Art Monstrositäteneffekt auf? Der einem ehrfürchtige Schauder vor denen über den Rücken jagte, die sich trauten, mit solch unverhohlener Raffsucht höchste Ämter anzustreben, obwohl sie dafür so offenkundig unqualifiziert waren? Der einen Staunen machte, wie jemand, der des Deutschen kaum mächtig ist, es schaffen konnte, Macht in und über Deutschland zu bekommen? Um sich dann solange wie möglich darin zu verbeißen, also den STATUS QUO, der ihn/sie an die FLEISCHTÖPFE DES STAATES gebracht hatte, solange wie möglich zu erhalten?

Wieviele NULLEN verkraftet eine NATION? In der politischen Führung? Bei der Staatsverschuldung? Unerheblich, denn für W. hingen diese Fragen ursächlich zusammen:

Unter dem Prahler und Prasser KOHL hatten sich die STAATSSCHULDEN (fast analog zu seiner Gefräßigkeit und seinem Gewicht) VERDREIFACHT und waren auf über eine BILLION angewachsen. Wohlgemerkt zu Zeiten, als Industrie und Wirtschaft in Deutschland einigermaßen brummten (und Steuern zahlten), weil die Unternehmer es ihrem Kanzler erst noch abschauen mussten, dass man mit GIER als alleiniger Führungsqualität genauso durchkommt.

Als dann mal auf die Schnelle ein paar Politiker nach der Schuldenhöhe gefragt wurden, tippten Dr. Margit Spielmann, SPD, auf 31 Mrd. und Dr. Wolfgang Götzer, CSU, auf 300 Mrd.; keine Angaben dazu konnten Klaus Haupt, FDP, Horst Schmidbauer, SPD und Dr. Werner Hoyer, FDP machen.

Auf die Nachfrage, wieviele NULLEN denn eine Billion hätte, kamen Tanja Gönner, CDU, auf 8, Prof. Dr. Rolf Bietmann, CDU, und Dr. Günter Rexrodt, FDP, auf je 9 und Norbert Schindler, CDU, auf lockere 18.

Uta Zapf, SPD, glaubte (vermutlich zu Recht), es seien so viele, dass sie sie nicht mehr zählen könne. Und Hans-Ulrich Klose, ebenfalls SPD, antwortete (wohl in der Hoffnung, man würde ihm Ironie unterstellen), er wisse es nicht, die Frage sei ihm zu intelligent.

Hätte es sich auch nur um eine einzige, in die falsche Richtung verschobene Null auf ihrem Kontoauszug gehandelt, wäre jedem der Befragten der Spaß (am Herumraten) sofort vergangen. Dass sie um mindestens 3 Stellen danebenlagen, fanden sie vermutlich lustig. Die kleine Befragung mochte statistisch nicht repräsentativ sein, aber sie spiegelte die Einstellung, den Kenntnisstand und den Zynismus des durchschnittlichen, deutschen Volksvertreters trefflich wieder. Andere waren W., der die Tagespolitik stets mehr oder weniger intensiv, aber meist angewidert verfolgt hatte, mit Ausnahme der GRÜNEN nicht untergekommen. Aber auch die ließen sich binnen weniger Jahre in den Mainstream einrühren, verloren Sprache, Ideale und Eigenständigkeit und gingen im POLITBETRIEB auf (bzw. unter). Opferten sich selbst auf dem Altar der REALPOLITIK.

Wofür? Um ein bisschen an der Atomkraftschraube zu drehen? Um ein paar Windräder in die Landschaften zu stellen, die Benzinsteuer zu erhöhen und in Ökosteuer umzubenennen? Um Joschkas Geltungsdrang zu befriedigen, der wie jeder andere Außenminister vor ihm um den Globus düsen und allüberall sein Gesicht in Sorgenfalten legen durfte?

W. war dieser Partei gram, weil sie nur falsche Hoffnungen geschürt und damit das Strohhälmchen abgefackelt hatten, an das er sich klammern wollte.

Sieben Jahre GRÜNE REALPOLITIK und der Wahnsinn auf den Straßen tobt ungebremst und wie gehabt weiter.

Keiner außer W. hatte es bemerkt, als im September 2004 DEUTSCHLAND wieder einmal WELTMEISTER wurde: IM HEUCHELN VON MITGEFÜHL. Der Austragungsort: Beslan in Nordossetien, wovon bis dahin noch nie jemand was gehört hatte. Dort kamen bei einer Geiselnahme durch Terroristen 335 Menschen ums Leben, darunter viele Kinder.

Die Deutschen LITTEN wie IRRE MIT und waren über EINE WOCHE LANG komplett aus dem Häuschen.

Genau die Deutschen, die JEDEN MONAT aus FREUDE AM (ungebremsten) FAHREN (übermotorisierter Autos) 500 TOTE IN KAUF NEHMEN, völlig ungerührt (trotz der vielen Kinder darunter, jedenfalls solange es die der anderen sind!).

Genau die, die jedes Jahr ACHSELZUCKEND 6000 Menschenleben ihrer Verkehrsleidenschaft opfern. Die diesen Blutzoll einfach als gott– oder naturgegeben hinnehmen. Statt einer Darwin'schen halt eine Daimler'sche Auslese.

W. fand, dass die direkten Verkehrsopfer ja noch fein raus waren. Die, denen das Glück zuteil wurde, durch den hautnahen Kontakt mit einem Hightech-Erzeugnis oder gar einem TRAUMBOLIDEN ins Jenseits befördert zu werden. Im Gegensatz zu mindestens nochmal so vielen, die laut WHO an den Folgen verkehrsbedingter Luftverschmutzung starben und sich fernab von den kernigen Sounds moderner Motoren zu Tode husteten oder krebsten (vielleicht hatten sie ja ein paar schöne Autoposter an der Wand hängen).

Dieser Schätzung war natürlich mit Vorsicht zu begegnen, da die Weltgesundheitsorganisation selbst keine Kraftfahrzeuge herstellt und von daher gegen die Autoindustrie voreingenommen ist.

Als vor Jahr und Tag die GRÜNEN verlauten ließen, nur ein Benzinpreis von 5 Mark brächte eine Reduzierung Verkehrs, heulte der DEUTSCHE AUTOFAHRER unisono auf und strafte sie bei den kommenden Wahlen mit Stimmentzug. Die lernten daraus und propagierten ihrerseits dann auch REALPOLITIK.

Und WUSSTEN, als sie sie endlich MACHEN durften, WAS SIE TATEN (bzw. unterließen) und dabei hinnahmen (wie alle anderen Politiker auch): rund 80.000 REALE Verkehrstote während ihrer Regierungsbeteiligung.

Für sieben weitere GUTE Jahre waren in Deutschland die Schmal- und Einspurdenker ganz unter sich, zogen Autoindustrie und Verkehrspolitik am selben Strang. Und in die alte Richtung: Die Hersteller bedienten das MACHO-GEHABE und die RENOMMIERSUCHT der Käufer zu Lasten der Allgemeinheit. Alle Bemühungen, Motoren sparsamer zu machen, fraß der Leistungszuwachs auf, den man brauchte, weil die Kisten immer größer und schwerer wurden. Ein Gegensteuern gab es nicht, schon gar kein Umdenken (womit auch, bei einem Kopf voller BRUMM-BRUMM). Die Einsicht, dass jeder nicht verbrannte Liter Benzin der Luft, der Umwelt und dem Geldbeutel besser bekommt als jeder noch so sorgfältig verbrannte, war bei den Autobossen wie -fahrern nie an- und den Grünen längst wieder abhanden gekommen. Gegen den MOLOCH AUTO, so hörte W. sie argumentieren, sei kein Kraut gewachsen. Also machten sie sich klammheimlich in dicken

Limousinen aus dem (Fein)Staub. Fahrradfahren war (unter ihrer POLIHIHITISCHEN VERANTWOHOHORTUNG) zu gefährlich geblieben.

Nach der restriktionsfreien ROTGRÜNEN Ära rieb sich zu W.s Vergnügen die Deutsche Automobilindustrie verwundert die Stieraugen, als sie feststellen musste, dass die Hasen mit ihrer Hybridtechnologie besser liefen und das auch noch mit diesem dummen Filterchen. Wer im Management der Autokonzerne konnte schon damit rechnen, dass Benzin irgendwann knapper und teurer werden würde? Wo man ihnen selbst von höchster journalistischer Warte auch für die abartigste PS-Protzerei stets den Segen TURBI ET SCHWURBI erteilt hatte: der Süddeutschen Zeitung. W. wurde oft schwurbelig über das, was er dort las:

Es gibt Autos, die vergisst man nie (vermutlich die, von denen man angefahren wurde). *Sie loggen sich ungefragt ein auf der Festplatte unserer Erinnerung,...* (wie häufig, bei einem Schock) *...unauslöschlich im Unterbewusstsein an vorderster Front,...* (der Crash muss doch härter gewesen sein) *...zumindest so lange, bis sie der nächste Fixstern überstrahlt* (wer wünscht einem denn zwei Unfälle hintereinander?).

Vorgestellt wurde W. der BMW M5, unter der Überschrift: ***M macht müde Männer munter*** (vermutlich in den Fällen, in denen Alkohol nicht mehr hilft). Und der Unterzeile: *Höchstleistung per Knopfdruck oder 511 Kilometer in einer Limousine, die man nicht vergisst* (siehe eingangs).

Georg Kacher, der Tester, gestand: *Letzte Nacht schlief der Autor ein mit dem aufgeklappten Prospekt in der Hand,...* (wie man das kennt, bei Siebenjährigen vor Heilig Abend)

...und am nächsten Morgen zuckte bereits zwischen Kaffee und Croissant der Gasfuß vor Verlangen (deshalb sollte man einem Kind keinen Bohnenkaffee zu trinken geben!).

Was soll's, dachte sich W., der Mann freut sich halt wie ein Siebenjähriger. Über: *Zehn Zylinder statt acht, 507 PS statt 400, sieben statt sechs Gänge* (wenn das kein Fortschritt war!). Und über einen: *Frontspoiler Marke Bös&bissig* (damit kein Fußgänger sagen kann, er sei nicht gewarnt worden? Nein, weil:) *Der V10 braucht doppelt soviel Luft zum Atmen wie der V8* (hoffentlich macht ihm die hohe Feinstaubbelastung nichts aus!). Also endlich den Motor angelassen: *Der 5,0-Liter-V10 überzieht schon im Leerlauf das Trommelfell mit Gänsehaut* (hoffentlich ist die Arschheizung eingeschaltet). *Aber es kommt noch besser* (besser als Trommelfell? Besser als Gänsehaut?). *Wir* (plötzlich sitzt Kacher nicht mehr allein hinterm Lenkrad) *wählen volle Leistung...* (was sonst, der SZ-Leser erwartet nichts anderes) *...geben Gas* (jeder gibt, was er kann) *und wissen jetzt, wie sich ein geölter Blitz bei der Arbeit fühlt* (diese Wissenslücke wäre endlich geschlossen. Apropos Arbeitsplatz:) *Vor allem frühmorgens, wenn sich die Radarfallen* (und die Schulkinder) *...noch den Schlaf aus den Rotlichtaugen reiben, läuft der M5 zu großer Form auf* (der frühe Vogel fängt den Wurm!): *Beschleunigung im Stil einer hungrigen Turbine* (die sind für ihren Stil weithin bekannt), *...Bremsen verzögern bis zur Selbstaufgabe* (und dann?), *...cremiges Handling im Grenzbereich* (darauf steht der Schülerlotse), *...Zauber-Lenkung mit eingebautem siebten Sinn* (ob der den fehlenden Verstand ersetzt?) Zum Glück für seine Mitmenschen waren dem Georg die *aufgerufenen 86.200 Euro* zu viel, ihm *...bleibt* *als Kompensation nur die dünne Nachtlektüre, die inzwischen Eselsohren angesetzt hat.*

W. fragte sich, welcher ESEL von Herausgeber/Redakteur sich solche Texte andrehen läßt? Und wie wohl die Nächte und Trommelfelle von Männern aussahen, die sich solche FIXSTERNE wirklich kauften? Und wo noch sie eine Gänsehaut bekamen, wenn sie sich außerdem eine AKTIVLENKUNG und DYNAMIC-DRIVE-WANKSTABILI-SIERUNG leisten konnten? Und ob sie sich gelegentlich dafür schämten? Und was sie damit alles kompensieren konnten?

Jedenfalls lösten Autos in Männern kaum zu erwartende Empfindungen und derart verblüffende geistige Höhenflüge aus, dass die SZ mit dem Drucken kaum nachkam.

Eine Ausfahrt mit dem Porsche 911 Carrera S Cabrio leitete Jörg Reichle, ebenfalls Autotester, ein wie folgt: *Sommer der Extreme: Die Haut fröstelt, die Haut kocht. Frauen verhüllen sich, Frauen entblößen sich. Lichtblicke für die verdüsterte Winterseele. Kommen und verschwinden wieder, machen hungrig nach Erfüllung* (darunter hatte Tolstoi schon gelitten, aber jetzt kam's:). *Nur dieses Auto bleibt wie unberührt.* Trotz der kochenden Haut entblößter Frauen? Was hatte Reichle erwartet? Eine Erektion? *Seit zig Generationen ist er der Kristall aller Träume, in denen sich kleine Jungs und gestandene Mannsbilder im Herzen am nächsten sind* (Pech gehabt, Mamma!). *...Der Porsche ruht allein am Grund der Männerseele, ein Monument aus asketischer Technik, aus dem gefahrenumwitterten Mikrokosmos der Rennpisten und dem unstillbaren Wunsch seiner Besitzer, die tosende Maschine zu beherrschen.* Das verheißt nichts Gutes, deshalb verbringt auch Reichle den Vorabend *wie immer fröstelnd vor Erwartung* (Gänse-haut? Wo?).

Dann erfuhr W., wie man dieses Auto fährt: *...wie Zeus seine Lieblingswolke* (war das die Vers-IO-n, die man Kindern vorlas?): *Mit dem Hintern* (kocht da wieder was?). *Auch mit den Augen, dann nämlich, wenn das Tempo urplötzlich anschwillt wie ein reißender Fluss. 4,9 Sekunden auf 100km/h* (ordentliche Anschwellung!), *...aber was heißt das schon, wenn das Sommergras zum aalglatten Teppich verschmiert* (in der Nähe vom Kloster Andechs kann das schon mal passieren). *Im hellsten Tempo verflüssigt sich die Landschaft in bloße Fläche. Die Straße wird Himmel, der Himmel wird Asphalt* (ein Drogentrip oder ein Überschlag?). *Und über Allem liegt dieser herzzerreißend schöne Klang* (bei Zeus war's der der Sirenen, hier lag's wohl an einem vorgeschädigten Trommelfell) *...von Klang-Ingenieuren aufwendig komponiert nach den Zutaten einer ewigen Leidenschaft* (davon können Frauen ewig träumen). W. erfuhr dann noch, dass es Elferbesitzer gibt, die wegen eines Tunnels Umwege in Kauf nehmen, *...nur um das Tier richtig sägen zu hören.* Wozu sie eine *konzertreife Audioanlage* einbauen, ist eine Frage, die Herrn Reichle *rätselhafter denn je erscheint.* Sonst fragte er sich nichts? Wieso denn eine Industrie, die außer Rand und Band geraten war, einbremsen?

Drei Monate später berichtete Kollege Johannes Riegsinger an gleicher Stelle, wie man dem eben noch umschwärmten *Porsche 911 unwiderstehlich zeigen* konnte, wo *Bartel den Most holt.* In einem *Erfahrungsbericht von der Grenze des Vorstellbaren* (diese Jungs schonen nicht Geist und nicht Leben!). Nach der Überschrift *Für die besonderen Dreh-Momente im Leben* (oder im Kopf?) legt er los: *Sie haben es getan! Audi läßt den Turbolader sein* (Ja sowas!) *...und baut nun richtige Sportmotoren: Sauger, hochdrehend* (aha?). *Statt der typischen Turbokraftwalze, dem eher eingeschränkten Drehvermögen und den gelegentlich holzigen Reaktionen auf Gasbefehle* (sie müssen in dieser Redaktion Benzol saufen), *...gibt es im neuen Audi RS4 nun also die uneingeschränkt ekstatischen Freuden des sportlichen Saugmotors* (da wurde W. jetzt doch neugierig): *Linearer Druck* (auf der Blase?), *...rot glühende Drehzahlnadel* (Heuhaufen müssen weiträumig umfahren werden!), *...unnachahmlich bissige Gasannahme* (also ideal geeignet für Bleifüße), *...freier Sound* (wie mag das Trommelfell darauf reagieren?). Um das alles hinzukriegen, weiß Riegsinger, *...müssen an der Konstruktionsseite allerdings abgebrühte Ingenieurs-Frankensteine arbeiten* (W. kapierte: Audi, Ingolstadt, das Monster, der Most, nicht holzig). Das Schicksal, *...vom erstbesten Bauernturbo ausgestochen* zu werden, wird dem 4,2-Liter-V8 *...nicht blühen. Denn diese Maschine ist vorn. Ganz vorn* (wie der Riegsinger beim Fab- und Formulieren). Aufgepasst: *420 PS lassen den eben noch stillstehenden RS4 nach nur 4,8 Sekunden durch die 100-km/h-Mauer wettern* (auweh!) *- und kurz darauf mit wehenden Fahnen* (doch Alkohol?) *...am Begrenzer bei 250 km/h enden* (wo bleibt die FREIE FAHRT für FREIE BÜRGER?). *...für sich betrachtet kommt einem die kastrierte Höchstgeschwindigkeit in einem derartigen Leistungstier aber beinahe albern vor. Ohne das elektronische Verhüterli würde der Audi RS4 garantiert in Richtung 300 km/h vordringen* (und ganz nah an einen Orgasmus?). Riegsingers Fazit seiner Grenzerfahrung: *Ein Gerät* (DAS Synonym für des Mannes Johannes), *...das eindeutig zu mehr taugt als nur zum Herzeigen* (also nicht nur für Exhibitionisten geeignet). *Mit gut 70.000 Euro muss aber gerechnet werden, der Kombi kommt ein Jahr später.*

Und den wollte sich W. entgehen lassen? Vielleicht verzichteten sie beim Kombi auf dieses dumme Begrenzerchen? Wer von den Kamikaze-Testern der SZ dürfte wohl darüber berichten? Schösse es ihm dann endlich oder wieder in die Unterhose? Viele Fragen würden unbeantwortet bleiben. Vieles bliebe unbelacht. Etwa Überschriften wie: ***Teure Mega-Yacht au Grund gelaufen.*** Die Süddeutsche druckt nichts ohne gründliche Recherche. Einer dieser Helden des Asphalts und der Feder (Kacher/Reichle/Riegsinger?) muss irgendwie herausbekommen haben, dass Yachten oder gar Mega-Yachten einiges kosten und und schien sichtlich beeindruckt: TEURE MEGA-YACHT... Einen Pleonasmus und eine Tautologie zusammen in eine Headline zu quetschen, das konnte nur in einer benzolgeschwängerten Redaktionsstube gelingen. Zur Ehrenrettung dieser Zeitung musste W. einräumen, dass die Rubrik sehr korrekt mit DEBILES LEBEN überschrieben war. (Anmerkung des Herausgebers: Die Rubrik heißt natürlich MOBILES LEBEN)

Von derlei ingenieurstechnischen wie journalistischen Auswüchsen und Ausgeburten war man im Frühjahr 1971 noch weit entfernt. Traumautos sahen noch nicht wie aufgebretzelte 0815-Limousinen oder die 158. Überarbeitung derselben Grundform aus und ihre Fahrer nicht wie das Stammpublikum von Karl Moik. Ein diesem Golf GTI vergleichbares Auto brauchte kaum einer und niemand hätte nach dem Erscheinen eines Lupo GTI (mit 125 PS) Überlegungen angestellt wie: *Das 200 PS starke Zugpferd* (der Golf) *wird es* (jetzt) *schwerer haben, ist er doch eher sou-*

veräner Gleiter (im Stau?) *als ambitionierter Sportler* (im Berufsverkehr?). War es wirklich Gehirnmasse, der solche Überlegungen und Ausformulierungen entsprangen? Oder kochte man den Dreck, den Kehrfahrzeuge auf den Straßen einsammeln, auf und ließ die Ausdünstungen von einer Sinnerkennungssoftware in Texte übertragen, um die unendlich vielen Seiten der Süddeutschen Zeitung aufzufüllen? Hielten die, die für den Inhalt verantwortlich waren, es für unwahrscheinlich, dass man ihn auch las? Dass er auf den fruchtbaren, testosterondurchtränkten Boden hirnarmer Köpfe fallen und dort weitere Fälle jener unheilvollen und -baren Abart von AUTOISMUS auslösen könnte? Wie war es möglich, dass eine Zeitung, die – bis vor kurzem noch zu Recht – zu den fünf respektabelsten im Lande zählte, diesen rasenden Schwachsinn druckte. W. glaubte, den Grund zu kennen: eine nahezu unbemerkte WENDE im Umweltministerium. Gegründet nach TSCHERNOBYL, leitete es bis 1994 Klaus Töpfer, der seinen Job ernst genommen hatte und deshalb bei allen WIRTSCHAFTSFUZZIS in Ungnade gefallen war. Um es diesen wieder recht zu machen, zog Kohl anstelle eines Kaninchens sein ebenso unbedarftes MÄDLE aus dem Hut. Ihm wurde eingetrichtert: Jeder 6. Arbeitsplatz hängt von der Autoindustrie ab (man hatte, forschfrech wie man dort war, beispielsweise auch die Schreiner dazugezählt, wg. der vielen Armaturentafeln aus Holz), wohlwollend betrachtet traf das vielleicht auf jeden 35. zu. Aber Merkel war es als OSSI und CHRISTIN gewohnt, an Milchmädlerechnungen BLIND zu GLAUBEN. Als dann nach ihrem Amtsantritt die letzten europäischen Länder ein Tempolimit auf Autobahnen einführten, krähte Angie prompt, mit ihr werde es keines geben, sie wolle nicht schuld an noch

mehr Staus sein. Da dämmerte W., die Frau ist VERLO-
GEN wie sonstwas. Als promovierte (!) Physikerin MUSS-
TE sie die FAKTOREN kennen, die einen Stau auslösen
(simpelstes Grundlagenwissen): 1. FahrzeugANZAHL und
2. GESCHWINDIGKEITsunterschiede der Fahrzeuge. Be-
schleunigten und bremsten alle gleichzeitig wie die Wag-
gons eines Zuges, gäbe es keine Staus. Merkel WUSSTE
definitiv: Je geringer die Geschwindigkeitsdifferenzen der
einzelnen Verkehrsteilnehmer, desto geringer die Stauge-
fahr, BEHAUPTETE jedoch das GEGENTEIL.

So locker daherzulügen, in aller Öffentlichkeit, das schaffte man nach W.s Erkenntnissen nur, wenn man seine
christliche Erziehung niemals kritisch überdacht und die
Märchen, die einem als Kind aufgebunden wurden, später
nie als Erfindung und UNWAHR ABGETAN hatte. Sondern
sie mit FAKTEN gleichsetzte (wie Angie das von Papa gewohnt war). Wer glaubt (oder so tut), dass man von Wasser betrunken und von einem Geist geschwängert werden
kann, der kann auch sagen, dass Staus durch Geschwin-
digkeitsbeschränkungen entstehen (obwohl in den 70er
Jahren mehrere große Untersuchungen ergeben hatten,
dass der optimale Verkehrsfluss auf zweispurigen Straßen bei 85 km/h liegt, also man bei hohem Fahrzeugauf-
kommen mit UNTER 100 am SCHNELLSTEN nach Hause
kommt). Nachdem ihre Lüge unwidersprochen blieb, war
es ein Leichtes für Merkel, das UMWELTMINISTERIUM zur
LOBBYZENTRALE der Automobilindustrie umzufunktionie-
ren, deren Bosse ab sofort DAUERGRÜN beim Ausleben
ihres GRÖSSENWAHNS bekamen (und da gab's keinen,
der nicht mitauftrumpfen wollte).

Ein Argument hatte W. vermisst: dass man mit der Forderung, auf Autobahnen GLEICHE GESCHWINDIGKEIT für

ALLE einzuführen, dem Kommunismus Tür und Tor öffnen würde!

Apropos Tempo, ein Physiker weiß (sonst ist er keiner), wo der Hund bei der kinetischen Energie begraben liegt: Die Wucht (auch der entstehende Schaden) bei einem Aufprall verhält sich proportional zum QUADRAT der Geschwindigkeit, nimmt also mit ihr exponentiell zu (für die, die zum Googlen zu faul sind: GEWALTIG). Frau Merkel weiß andererseits, der HERR gibt es (dank seiner unendlichen Güte) und der HERR nimmt's wieder (dafür sorgen seine Naturgesetze), da konnte sie ihm doch nicht mit einer Geschwindigkeitsbegrenzung ins Handwerk pfuschen. Ob's dieser Frau irgendwann dämmert, dass sie an allen Unfällen, die aufgrund der unablässig geförderten Raserei entstehen, eine Teilschuld trifft? Dass die damit verbundene Ressourcenvernichtung und Umweltbelastung einschließlich einer verweigerten Kehrtwende auf ihre Kappe gehen? Die Physikerin in ihr (so's eine gibt) muss sich ständig totstellen; könnte es sein, dass sie es ist, die ihr aus Frust die Fingernägel abfrisst?
W. zweifelte nicht: Christ und Wissenschaftler geht nicht ohne SCHIZOPHREN zu werden.
W. war seinerseits nicht der Typ, der mit seinem Leben und der Welt wirklich in EINKLANG gekommen wäre, allerdings hatte er ihn selten gesucht. Das hieß aber nicht, dass es für ihn keine Überraschungen gegeben hätte, im Gegenteil. Der Ostersonntag 1971 ließ eine aus heiterem Himmel auf ihn herabfallen. An diesem Tag sollte er A. wiedertreffen, unverhofft und unvorbereitet. Und er erinnerte sich an ihn, 33 Jahre später, als sei gerade mal eine Woche vergangen.

Offiziell studierte W. damals Mathe, im dritten Semester. Nachdem er vergeblich versucht hatte, mit Gesundheitsattesten seiner Einberufung zu entgehen, klappte es in letzter Sekunde – zwei Wochen vor dem Einrücken – mit einem Wechsel des Studienfachs. Offensichtlich glaubte man bei der Bundeswehr, mit einem gelernten Mathematiker mehr anfangen zu können als mit einem Abiturienten. Wahrscheinlich machte es ihnen einfach mehr Spaß, Akademiker herumzuscheuchen. W. hatte sich nach dem ersten Semester in der theaterwissenschaftlichen Fakultät eingeschrieben, mit diversen geisteswissenschaftlichen Nebenfächern, ohne sich irgendwo hingezogen zu fühlen, jobbte und füllte zu Semesterbeginn eine der drei Immatrikulationsbescheinigungen in der Zeile Fachrichtung statt mit NAT mit PHIL aus. Die Sekretariatsdamen hatten zuviel zu tun, um mehr als Namen und Geburtsdatum zu vergleichen. Jedenfalls ließ sich sein Kreiswehrersatzamt vorläufig damit abspeisen.

W. hatte seine Eltern besucht an jenem Ostersonntag und dort beiläufig erfahren, dass der Bildhauer, der früher neben ihnen wohnte und mit dem sie weiter in Kontakt standen, ebenfalls gerade Besuch hatte, von seiner nach wie vor in Bremen lebenden Tochter. W.s Mutter war nicht entgangen, dass die Erwähnung von A.s Namen in ihrem Sohn etwas ausgelöst hatte, obwohl man ihm äußerlich eigentlich nichts anmerken konnte. Aber in seinem Magen war etwas mit einem verschluckten Knall angesprungen, wie eine Gastherme, die, längst aufgedreht, nur darauf gewartet hatte, dass jemand mit einem brennenden Streichholz vorbeikommen würde. *Unternimm doch was mit ihr*, sagte seine Mutter, *die freut sich bestimmt*. Der Brenner in ihm, von dem er bisher nichts geahnt hatte, schien auf Dauerbetrieb gegangen zu sein, sein gleichmässiges Fauchen bildete eine Art unsichtbaren Filter zwischen ihm und seiner Umgebung, brachte ihn auf Distanz ließ ihn – bei aller Beunruhigung – gleichzeitig auch gelassen reagieren. Ihm war nicht entgangen, wie nachdrücklich ihn seine Mutter zu diesem Date ermunterte. Er wusste, dass sie seine Freundin, mit der er seit seinem Abitur zusammen war, nicht mochte. Vor fünf Minuten noch hätte ihn dieser mütterliche Versuch, sich in sein Leben einzumischen, geärgert und er sie das erkennen lassen. Jetzt, eingebettet in das alles dominierende Arbeitsgeräusch der Gastherme, war es ihm gleichgültig. Auf sein kurzes Nicken hin griff seine Mutter zum Telefonhörer, plauderte ein bisschen hinein, reichte ihn dann weiter und wenig später hatte W. zu seiner maßlosen Verblüffung eine Verabredung für den Abend.

Es würde noch ein Schulfreund von A. mitkommen, dem sie einen Kneipenbummel durch Schwabing versprochen hatte. W.s Vorschlag, sich vorher dort in einem Kellertheater Becketts ENDSPIEL anzusehen, wurde von ihr interessiert aufgenommen, was seinen Brenner veranlasste, eine Stufe höher zu schalten und W. noch weiter von der Realität zu entfernen.

Er kannte eins der Ensemblemitglieder, ließ sich Karten reservieren, sagte seiner Freundin für den Abend unter dem Vorwand einer überraschenden, familiären Verpflichtung ab und lauschte die restlichen Stunden des Nachmittags einfach nur diesem beständigen, inneren Fauchen. Seine Versuche, sich A. heute vorzustellen, waren gescheitert. Sie endeten damit, dass er mit einer Elfjährigen um die Häuser zog, die so groß war wie eine erwachsene Frau. Als er schließlich bei A. und ihrem Vater eintraf, stellte er fest, dass er doch nicht so falsch gelegen hatte – ihre teenagerhafte, fast schlaksige Figur, ihre nach wie vor langen, glatten und weißblonden Haare und ihr fein gezeichnetes Gesicht ließen sie mädchenhaft aussehen. Dagegen machte ihm ihr Blick auf der Stelle klar, dass ihm eine ziemlich erwachsene Frau gegenüber stand. Sie strahlte eine Gelassenheit aus, die nicht antrainiert und deshalb auch offen war. Und sie ließ auf eine innere Ruhe schließen, die ihm oft abging. Vor allem in den letzten Stunden. Er fing an sie zu bewundern, erst recht, als ihm auffiel, dass sie im Gegensatz zum Trend der Zeit völlig ungeschminkt war.

Die Blicke des Vaters waren dagegen ungnädig und nicht frei von Eifersucht. (Anm. d. Hrsg.: Offensichtlich handelt es sich um den Bildhauer Herbert P., der zu der Zeit in der Marsopstraße wohnte, unweit von W.s Studentenbude). Der kleine Bengel von nebenan hatte sich in einen Paul McCartney-Verschnitt verwandelt, der einen halben Kopf größer war als er und der ihm mit seiner blauen Nickelbrille und den knallengen Jeans wie die leibhaftige Bedrohung seines Töchterchens erschien. W. stellte fest, dass sich der Bildhauer in diesem Punkt in nichts von anderen Vätern unterschied, viel wichtiger jedoch war ihm, dass er und sein Aufzug bei A. einigermaßen anzukommen schienen. Man hatte noch ein bisschen Konversation gemacht, dann waren sie in seinem 850er Fiat Richtung Innenstadt aufgebrochen.

W.s Brenner lief ständig auf Volllast und beruhigte sich auch nicht, als der Schulfreund zustieg und sich in jeder Beziehung als ungefährlich entpuppte. Diesem passte die Wendung des Abends ins Kulturelle gar nicht, er rümpfte die Nase, als sie nach längerer Parkplatzsuche den zugegebenermaßen muffig riechenden, mehr oder weniger im

Originalzustand belassenen Kellerraum betraten. Auch die Bühne, ein schlichtes Podest, das von u-förmig angeordneten, alten Holzstühlen umstanden war, widersprach seinen Vorstellungen von einem Theater in dem Maße, in dem W. dieses Ambiente perfekt schien, für die Endzeitstimmung des Stücks und die Absurdität seiner Handlung. Und er stellte aufatmend fest, dass A. ähnlich empfand.

Sie waren anschließend in die erstbeste Kneipe gegangen, wo W. für sich und A. Rotwein bestellte, während ihr Schulfreund auf Bier bestand und unvermittelt auf Fußball zu sprechen kam, ein Gebiet, auf dem er sich auszukennen schien, auf das aber keiner einging. Als er sich daraufhin bei W. nach dessen Zufriedenheit mit seinem Auto erkundigte und als Antwort nur ein *Es fährt.* erhielt und das Gespräch auf das Theaterstück kam, das bei den beiden noch nachwirkte und ihnen Themen wie Fußball/Autos im Augenblick abwegig, ja geradezu ABSURD vorkamen, ersparte er sich weitere Demütigungen und verabschiedete sich, nachdem er sein Bier getrunken hatte.

W., von jeglicher Konkurrenz und Ablenkung befreit, konnte sich jetzt voll auf sein Gegenüber konzentrieren, war hingerissen von A.s zurückhaltender Mimik, ihrem klaren, interessierten Blick und ihren klugen Einlassungen. Er achtete wie ein Schießhund auf jede ihrer Reaktionen, auch die kaum angedeuteten und versuchte, darauf einzugehen. Je mehr es ihm gelang, umso beflügelte es ihn und trieb ihn in eine Art Rausch hinein, den er nur mit Mühe zu beherrschen wusste. Er fand sich witzig, originell und war ironisch, auch sich selbst gegenüber. Was ihn am meisten an ihr faszinierte, war der amüsiert-spöttische Zug um ihren Mund, der wohl seinen Bemühungen, ihr zu gefallen, galt und der auch dann nicht verschwand, wenn sie lächelte. Zu seiner Verwunderung störte ihn das kein bisschen, im Gegenteil, er bewitzelte sich und sein offensichtliches Flirten ein ums andere Mal selbst, was bei ihr, wie er fand, gut ankam.

Als W. ihr kurz darauf vorschlug, sich dem Kneipenlärm zu entziehen und zu ihm zu fahren, wo man ungestörter plaudern könne, willigte sie sofort ein, sicher auch, weil seine Bude in der Nähe ihrer Pension lag. W. konnte nicht glauben, wie ihm geschah, er nahm plötzlich wieder die Therme in seinem Magen wahr.

Er residierte auf sechseinhalb Quadratmetern, im 5. Stock eines Mietshauses in der Nimmerfallstraße, im kleinsten von vier Zimmern einer Mansardenwohnung, deren Mitbewohner sich Dusche und WC teilten, ansonsten aber wenig miteinander zu tun hatten. In der Mitte des quadratischen Kämmerchens stand ein Beistelltisch, um den herum sich ein Waschbecken, ein Kühlschrank, ein kleiner Schreibtisch, sein Stahlbett und eine Kleiderstange drängten. Ein Sitzmöbel hätte keinen Platz mehr gefunden, deshalb setzte er sich, wenn Schreibarbeiten zu erledigen waren, auf die Steinplatte des Tisches, nicht ohne sich vorher ein dickes Kissen unter den Hintern zu schieben.

Die Enge seiner Unterkunft, sonst etwas beschwerlich, erwies sich hier als hilfreich, blieb ihm doch nichts anderes übrig, als A. zu bitten, auf dem Bett Platz zu nehmen. Er hatte ihr aus ihrem beigen Sommermantel geholfen und nur seine Schreibtischlampe angeknipst, die Papierkugel, die an der Decke hing, wäre ihm zu hell gewesen. Weil nur Whisky da war, den pur anzubieten ihm plump vorgekommen wäre, fragte er sie, ob sie einen Lumumba trinken wolle, das wäre Kakao mit Schuss. So harmlos, wie das klang, hätte nicht mal seine Oma nein gesagt. Er schenkte zwei große Gläser voll, reichte ihr eins und setzte sich ihr gegenüber auf die Tischplatte. Als sie anstießen, berührten sich kurz ihre Knie.

Schneller als von W. befürchtet, fanden sie in die Angeregtheit ihrer vorangegangenen Unterhaltung zurück, nur schilderten sie sich jetzt die Absurditäten in ihrem eigenen Leben. Er berichtete von seinem staubtrockenen, zutiefst öden Theaterstudium, das mit seinen Erfahrungen in der Theatergruppe des Internats oder dem, was sich jetzt auf den Bühnen der Stadt abspielte, kaum etwas zu tun hatte. A., deren Mutter das unkonventionelle Leben an der Seite eines Bildhauers gegen das in einer alteingesessenen und dabei erstarrten Bremer Kaufmannsfamilie getauscht hatte, schilderte die großbürgerliche Kleingeistigkeit, die sie umgab, und wie ihr Stiefvater sich nicht mehr einkriegen konnte, als sie dem Sozialistischen Schülerbund beigetreten war.

W. konnte sich nicht sattsehen an dieser zauberhaften Revoluzzerin. Er sympathisierte zwar mit vielen linken Ideen, hätte es aber selbst in keiner dieser Vereinigungen länger ausgehalten, allein der auch hier vorgegebenen Denkansätze wegen, die er als autoritär empfand und ihn abstießen. Als er den restlichen Kakao aufteilte und mit Whisky versetzte, sah er sich aufgefordert, sich neben sie zu setzen, da sei es sicher bequemer für ihn als auf der harten Tischplatte. Wie hätte er dieses Angebot ablehnen können? Er nahm es an, ließ jedoch noch etwas Distanz zwischen ihnen, wohlwissend, dass die dank der in der Bettmitte entstehenden Kuhle rasch überwunden sein würde. Und siehe da: A. rutschte ihm unweigerlich entgegen, bis er ihren Oberschenkel an seinem fühlte, und, da er sich etwas nach hinten lehnte, schließlich ihre Hüfte an seiner. Er tat so, als nähme er es nicht wahr, dabei lief der Brenner in ihm auf höchster Stufe. Sie unterhielten sich weiter, leiser als vorher, und er merkte, wie sie ihren Kampf gegen die Schwerkraft langsam aufgab und sich, ohne irgendein Zutun seinerseits, an ihn lehnte.

W., der das Fauchen in seinem Inneren kaum noch aushielt, versuchte verzweifelt, gelassen zu bleiben und sich nichts anmerken zu lassen. Als eine kleine Pause in ihrer Unterhaltung eintrat, flüsterte er ihr zu, wie hinreißend er sie fand und rief damit prompt ihr amüsiert-spöttisches Lächeln, das länger ausgeblieben, wieder herbei. Er beschrieb es ihr, was dieses Lächeln noch verstärkte, sagte, dass es ihm ganz besonders gefiele und küsste sie seitlich auf den Mund, nur kurz, fast berührungslos, so dass eine Ausweichbewegung von ihr übertrieben gewirkt hätte. So war er mit seinem Gesicht ganz nah an ihrem geblieben, durchlitt die Spannung, die sich zwischen ihnen aufbaute und wartete, wie sie reagieren würde. Der spöttische Zug um ihren Mund verschwand, sie drehte den Kopf kaum merklich in seine Richtung und schloss die Augen. Er konnte sein Glück kaum fassen, kam er doch zum ersten Mal einem Mädchen nahe, dem er wirklich nahekommen wollte.

Seine etwas ältere Freundin, mit der er seit drei Jahren zusammen war, hatte es damals vor allem deshalb auf ihn abgesehen, weil er als einziger seiner Altersstufe kein Interesse an ihr zeigte. Sie wollte sich und offensichtlich auch W. beweisen, dass niemand ihr widerstehen konnte. Am Ende ihrer Abiturfahrt schaffte sie es, ihn zu entjungfern. Sie hatte es schon vorher versucht, war aber dieses

Mal hartnäckig geblieben und er wollte die Angelegenheit schließlich auch hinter sich bringen. Irgendwie war er dann aus Dankbarkeit diese Beziehung eingegangen. Und um ehrlich zu sein, auch aus Bequemlichkeit, denn er hasste die HASENJAGD, den WETTBEWERB UMS WEIBCHEN. Wo man als MANN herumzuröhren hatte wie der HIRSCH IN DER BRUNFT, nur ganzjährig, und wo anstelle der GEWEIHENDEN nun STATUSSYMBOLE zählten.

Er, W., musste jetzt keinen Spatz mehr vom Dach locken, denn er hatte eine Taube im Bett. Dass er sich dabei immer weniger wohl fühlte, lag daran, dass ihre Beziehung auf eine Ehe zusteuerte, für die er sich partout nicht geeignet hielt. Also hatte er sich auch auf Seitensprünge eingelassen, zwei an der Zahl, die einfach so, dank günstiger Gelegenheiten zustande gekommen waren. Er konnte diese Erweiterungen seines sexuellen Erfahrungshorizonts durchaus genießen, innerlich berührt wurde er von ihnen nicht.

Ganz anders jetzt. Ihm, der längst nicht mehr an ENGEL glaubte, war einer aus heiterem Himmel direkt in sein Bett gefallen und hatte seine triste Bude in ein paradiesisches Fleckchen und ihn in einen schwebenden Träumer verwandelt. Natürlich kam ihm der Verdacht, es könne sich auch hier um eine Wahrnehmungsstörung handeln. Doch schob er alle Bedenken flugs beiseite, indem er sich fragte: Was sonst als ein Engel könnte solch einen GEFÜHLS-ORKAN in ihm auslösen? Indessen nahm er sich fest vor, so sanft wie eine SOMMERBRISE vorzugehen. Er küsste A. jetzt vorne auf den Mund, langsam und tastend, eigentlich waren es mehr darübergehauchte, trockene Stupser, deren Begehrlichkeit sie spüren sollte, ohne sich bedrängt zu fühlen. Er lehnte seine Stirn an ihre, ließ seine Nasenspitze auf ihrer

Wange kreisen, fand zu ihrem Mund zurück, verstärkte den Druck um eine Winzigkeit und knabberte mit seinen Lippen an ihren, die geschlossen blieben. Er hielt kurz inne, um ihr Luft zu lassen und ihr Gesicht zu betrachten. Dann küsste er sie wieder, jetzt ein bisschen intensiver. Wurde schließlich langsamer, stoppte, berührte kaum noch ihre Lippen, um sie dann kurz und eher beiläufig mit seiner Zungenspitze anzutippen und zu warten. Es war wie ein scheues Anklopfen und von ihm auch so gedacht. Er klopfte erneut an, jetzt zweimal und wartete wieder. Er spürte den Anflug eines Grinsens auf ihrem Mund, dann aber tauchte, zögerlich wie ein kleines Tier, das aus seiner Höhle schaut, ihre Zungenspitze auf. W. jubilierte lautlos, ließ nach einer kleinen, die Spannung steigernden Weile, auch sein Tierchen wieder auftauchen und vorsichtig Kontakt mit seinem Gegenüber suchen. Nach eingehendem wechselseitigen Befühlen fassten die beiden Wirbellosen Vertrauen zueinander und kamen sich über kleine Neckereien und Versteckspielchen immer näher, bis sich A., die sich bisher mit einem Arm abgestützt hatte, nach hinten aufs Bett fallen ließ und sagte: *Du kannst küssen.*

Dazu kam W. augenblicklich eine Szene aus *Barbarella* in den Sinn, in der die Heldin erschöpft, aber rundum zufriedengestellt in einem zerwühlten Bett liegt und zu dem neben ihr sitzenden Gespielen sagt: *Viktor, Sie haben wirklich Stil.* Und er, ein eher dürftig aussehender Blechandroide antwortet: *Madame sind zu gütig. Ich kenne meine Unzulänglichkeiten und weiß, dass meinen Bewegungen etwas Mechanisches anhaftet.*

(Anm. d. Hrsg.: Barbarella ist ein Erwachsenen-Comic von Jean-Claude Forest, dessen Protagonistin auf ihrer Reise durchs Universum jede Menge Sex-Abenteuer erlebt).

W. fand diese Eingebung leicht daneben, wie so manche seiner Assoziationen, vergaß sie aber schnell, weil er plötzlich dankbar feststellte, dass der Brenner in seinem Magen etwas heruntergefahren war, zwar weiter rumorte, aber ihm nun mehr Luft ließ. Beflügelt von ihrer Bemerkung und so auf seinem Ellenbogen lagernd, dass er keinen Druck auf sie ausübte, beugte er sich langsam über sie, umkreiste erst ihre Nasenspitze mit seiner, um dann mit den Lippen ein neues Spiel auf und um ihren Mund herum zu beginnen. Dabei suchte und fand er mit seiner freien linken Hand ihre rechte, die wie ein gefangenes Vögelchen verharrte. Er umfasste sie behutsam, gewann streichelnd ihr Vertrauen, fühlte, wie sie sich lockerte und ihm zögerlich entgegenkam. Dann öffnete er sie sanft, legte seine Innenhand auf ihre und drückte sie langsam auf das Bett, so dass ihre Hände wie ein kleines nacktes Paar dalagen. Dann begann er mit seinen Fingerspitzen ihre offene Handfläche zu erkunden, fünf flinke Kuppen wanderten mit wechselndem Druck ihre Finger rauf und runter, drangen in die Zwischenräume, fuhren zärtlich ihre Sehnen auf und ab, tummelten sich auf ihrem Handteller, massierten ihn, strichen leicht mit den Nägeln darüber, so dass es sie kitzelte und er, als sich ihre Hand schließen wollte, sie beruhigte, indem er seinen Handteller wieder auf ihrem bettete.

Während er sich jetzt auf seine Schulter legte, ihr feines Profil und den sanftgoldenen Glanz ihrer sich ausbreitenden Haare bewunderte, näherte er sich ihrem Ohr, das klein und perfekt geformt, nun freilag und ihn lockte. Es drängte ihn, ihr zu sagen, wie überirdisch er sie fand, beschloss dann aber, es wortlos auszudrücken und bestrich mit seinen Wimpern ihre Ohrmuschel, wobei er tief den lichten Duft ihres Haars und ihrer Schulter einsog, der ihn irgendwie an eine Zitronentarte erinnerte. Jedenfalls nahm sie keins dieser vorlauten Parfums, die derzeit in Mode kamen. Seine Hand war mittlerweile auf ihrem Bauch gelandet, der eine leichte Kuhle bildete. Zwei seiner Fingernägel zogen jetzt dort ihre Kreise, mal kurze schnellere, mal großzügige weite, schwerelosen Schlittschuhläufern gleich, liefen um ihre Hemdknöpfe herum Slalom, übermütig, mit wechselndem Tempo. Wie nebenbei gelang es ihnen, bei kurzen Stopps einen Knopf nach dem anderen aus seiner Umklammerung zu befreien, dabei lösten sie die oberen beiden wie den untersten (ein Glück, dass A. ihr Hemd über der Jeans trug) praktisch im Fluge schwebend, ohne der Dame zu nahe zu treten, vollendete Gentlemen eben.

W. hatte seinen Bornemann gelernt, der empfahl, nie mit der Tür ins Haus zu fallen und sich das Beste für später aufzuheben. (Anm. d. Hrsg.: Ernest Bornemann, * 1915, † 1995, u.a. Anthropologe und Sexualforscher. Der Autor bezieht sich offensichtlich auf das *Lexikon der Liebe und Sexualität*, List Verlag, 1968). Seine Hand ruhte nun auf einem weißen Spaghetti-Top, unter dem, wie er mit kurzem Blick nach unten feststellte, kein BH mehr lauerte, und das so liebenswürdig war, schon aus der Hose gerutscht zu sein. Wie hätte seine Hand dort lange ruhen können? Natürlich machte sie sich auf, den schmalen Streifen Haut zwischen Gürtel und Hemdchensaum zu erkunden, ihn peu à peu nach oben zu erweitern und einen Nabel freizulegen, um den herum sein Mittelfinger immer engere konzentrische Kreise malte, bis er auf einen winzigen Knubbel traf, der in seiner Mitte thronte. W. hätte sonstwas darum gegeben, seinen Platz einzunehmen. Also machte sich seine

Hand wieder auf und schlenderte scheinbar unschlüssig nach unten, während sich seine Lippen ebenfalls vom Ohr weg in Richtung Hals auf den Weg machten. Seine Finger, von ihren Jeans wie von einem Zaun gebremst, glitten jetzt an ihm entlang von links nach rechts und wieder zurück, dann noch einmal, zögerten kurz in der Mitte, entdeckten das Gatter, das die Form einer Gürtelschließe hatte und machten sich in Zeitlupe daran, es/sie zu öffnen. W. spürte, wie A. tief einatmete, wobei sich ihre Bauchdecke deutlich hob und gönnte, nachdem der Gürtel gelöst war, seiner Hand ein Päuschen. Mittlerweile hatten seine Lippen ihr Schlüsselbein erreicht, er fuhr prüfend mit seiner Zungenspitze daran entlang und deutete ein zartes Knabbern an, was ihr ein entspanntes Lächeln entlockte, das ihn bewog, sich Richtung Schulter auf den Weg zu machen, wobei er mit dem Kinn ihren Hemdkragen beiseite schob. So abgelenkt, schien sie kaum mitzubekommen, dass sich seine Hand zwei, drei Zentimeter unter ihre Hose geschoben hatte, es dort zu eng fand und sich dem obersten Knopf widmete, der deutlich Widerstand leistete, aber dann doch so freundlich war, aufzugeben. Beflügelt wollten seine Finger fortfahren, wurden jedoch zu einem Päuschen verdonnert, schließlich sollten sie nicht gierig erscheinen. Seine Lippen waren ihrerseits auf ein kleines Hemmnis in Form des Hemdchenträgers gestoßen. Sie prüften seine Beschaffenheit, hoben ihn spielerisch an, ließen ihn wieder zurückschnellen und hangelten sich an ihm das Stückchen bis zum Hemdansatz hinunter. Inzwischen hatten seine Finger still und leise Knopf Nummer zwei befreit und waren auf dem Weg zum nächsten, als W. sich von weither um einen Schluck Wasser gebeten hörte. *Klar*, sagte er, erhob sich, hatte Probleme, KLAR zu kommen, suchte und fand aber dann ein sauberes Glas, auch das Waschbecken, erinnerte sich, wie der Hahn aufgedreht wurde, ließ das Wasser eine Zeitlang laufen und erledigte den Rest einigermaßen routiniert. Als er sich zu A. umdrehte, um ihr das Gewünschte zu reichen, saß sie mit angewinkelten Beinen ans Kopfteil des Bettes gelehnt und lächelte ihn an. Wie, das wollte er jetzt nicht näher analysieren, er sah nur, dass sie ihre Slipper abgestreift und die Hose nicht wieder zugeknöpft hatte. Sie trank langsam, mit geschlossenen Augen, Schluck für oder eher nach Schluck. *Du tust gut daran, es zu genießen*, sagte er, *es ist das beste Leitungswasser der Welt. Beim Bier sind sie sich in München nicht sicher, da setzen sie auf Quantität.* Sie lächelte wieder, leerte das Glas und reichte es ihm. Er stellte es ab, schlüpfte aus seinen Schuhen, setzte sich neben sie, in der gleichen Haltung, wusste nicht, wie weiter und schloss ebenfalls die Augen.

Sie hatte ihm erzählt, dass sie in einer Pension untergebracht war, also konnte sie, falls ihr nach Gehen zumute wäre, nicht sagen, sie würde zuhause erwartet. Im Gegensatz zu seinem eigenen Gefühlszustand – aufgekratzt auf einer Wolke schwebend – blieb ihm der ihre ein Rätsel. Die sexuelle Revolution, die angeblich durchs Land tobte, machte es nur den Hemmungslosen leichter, Tabus niederzutrampeln, die anderen taten sich weiterhin schwer damit. Und gleich beim ersten Mal miteinander ins Bett zu gehen, war gegen die Regel, bedurfte kopfloser Leidenschaft und war von einem ENGEL gewiss nicht zu erwarten. In diese Gedanken vertieft hatte er ihre Hand genommen und mit andächtigen Küssen bedeckt, die beruhigend wirken und sie wissen lassen sollten, dass er sein TEUFELCHEN soweit im Griff hatte, obwohl es ihm nach wie vor schwer einheizte. Sie schien zu verstehen, jedenfalls lehnte sie ihren Kopf an seine Schulter und überließ ihm anstandslos ihren Arm, sodass er mit seinen Beschwichtigungen fortfahren konnte. Eher unbewusst öffnete er den Manschettenknopf und schob den Ärmel weiter nach oben, um das zu beschmusende Terrain zu erweitern, da kam sie kurz wieder hoch und zog, während er noch befürchtete, zu weit gegangen zu sein, ihr Hemd aus, um es neben das Bett zu werfen und sich nun ausgestreckt hinzulegen.

W. war erneut so verblüfft, dass es etwas dauerte, bis er sich, ihr zugewandt, neben sie gebettet hatte. Er konnte sich an ihr einfach nicht sattsehen. Jetzt lag eine entzückende, für einen Engel fast zu filigrane Schulter direkt vor seiner Nase. Er bewunderte den hellen Bronzeton ihres Oberarms und seine feste, glatte Haut, die ihn erneut zwang, sich ihr zu nähern und ihr ihre Unwiderstehlichkeit mündlich zu bestätigen, mit einem LIPPENBEKENNTNIS, weil ihm die Worte fehlten. Erst recht, als sich direkt dahinter, er sah es zunächst mit einem Auge, sein nächstes Ziel abzeichnete: der erste von zwei handlichen Hügeln, harmonisch gerundet, leider immer noch schneeweiß bedeckt und von einer winzigen, aber nicht zu übersehenden Spitze gekrönt. Da überkam es ihn, er entschied sich, gegen seine Gewohnheiten und jeden Plan, beim Aufstieg für die Direttissima, um unmittelbar vor dem Gipfel doch noch innezuhalten und eine Ehrenrunde zu drehen. Erst dann ließen sich seine Lippen auf dem stoffbedeckten Nippel nieder, behauchten ihn, was ihn nicht nur erwärmte, sondern auch ein wenig anschwellen ließ, um sich ihm endlich mit der gebotenen Taktilität und liebevollen Zuwendung zu widmen. Noch während sich W. Variationen dazu ausdachte, freute er sich schon auf die Zwillings-schwester, der schließlich das Recht auf Gleichbehandlung zustand. Als sein Kopf den dazu nötigen Hüpfer tat, bedeckte er den frei gewordenen Hügel, um ihm das Gefühl des Verlassenwerdens zu ersparen, fürsorglich mit seiner linken Hand.

Was immer mit ihm gemeint war, dem LAND, IN DEM MILCH UND HONIG FLIESSEN, W. wusste, er hatte es erreicht. Er schwelgte soeben darin. Und erfuhr am eigenen Leibe, was das überhaupt bedeutete: Schwelgen. Am liebsten hätte er im Überschwang aufgegrunzt, vor lauter Freude. Aber das hätte A. wahrscheinlich irritiert und ihre Empfindungen unterbrochen, darum mäßigte er sich und gab nur einen wohligen Seufzer von sich, als er sich vom Schwesterhügel löste. Um auch ihn mit einer Hand zu bedecken, musste er sich auf seinen zweiten Ellenbogen stützen. Jetzt konnte er sein Gesicht an der Stelle vergraben, nein, federleicht betten, die Busen hieß und so gern verwechselt wurde. Auch ihn wärmte er ein wenig an, indem er durch den Stoff hauchte, um sich dann auf kleinen Serpentinen auf die Suche nach dem Honig zu machen, nicht ohne zwischendurch ein paar übermütige Kringel und Abstecher einzuflechten. Ein neues Hochgefühl überkam ihn, als er an seinem Kinn den Saum ihres Hängerchens spürte. Er schob ihn flugs mit der Nase nach oben und badete seinen Mund auf ihrem Oberbauch, der, korrekt beschrieben ein Tal war, genoss mit jeder Pore und jeder Nervenzelle die wohltuende Glätte ihrer Haut, die weicher und wärmer war als auf ihrem Oberarm. Luftmangel zwang W., sich aus seiner Genießerstarre zu lösen, Entdeckerfreude trieb ihn an, mit seinem Mund das angrenzende Terrain zu erkunden und nun mit ihm den Rand ihres Nabels zu erreichen.

Er schickte als Kundschafter seine Zungenspitze los, die die Vertiefung mehrfach umkurvte, dann hineinspürte, auf einen Widerpart stieß und ihn vorsichtig zu stimulieren begann. Schnell geriet die ganze Umgebung in Bewegung, W. fühlte A.s Hände auf seinem Kopf, die ihn auf ihren Bauch drückten. Er zog seinen Kundschafter zurück, der offensichtlich etwas voreilig zu Werke gegangen war und wartete ab, bis wieder Ruhe eintrat. Ließ jetzt seine Hände von ihren traumhaften Lagerstätten herunter- und ihren Körper entlanggleiten, ihn dabei rhythmisch massierend, kam dabei zum Bund ihrer Jeans, erfasste ihn und zog kurz daran. Er glaubte, zu spüren wie A. kurz überlegte. Dann hob sie ihren Po, woraufhin er ihr die Hose bis zu den Knien herunterzog, eine Handlung, die ihm zutiefst profan erschien, aber leider unumgänglich war. Dass sie anschließend nicht auch noch die Beine angehoben hatte, um ihm die völlige Entfernung des Textils zu ermöglichen, ließ auf mangelnde Routine ihrerseits schließen, die er ihr gern verzieh. Als mildernden Umstand für sein Vorgehen empfand er, dass er nicht gleichzeitig ihren Schlüpfer mitgenommen hatte, der nun schwarz, schlicht und wollen vor ihm lag, irgendwie aus der Zeit gefallen. Die dem Trend verpflichtete Damenwelt trug mittlerweile bunt, winzig, glänzend, mit Spitzen und Schleifchen versehen, und was noch alles man für feminin hielt. Umso zauberhafter fand W. dieses dezente Teil, was zugegebenermaßen auch bei einem Putzlappen der Fall gewesen wäre, hätte der sich dort befunden. Er – immer noch kniend und damit die adäquate Haltung vor einem Engel einnehmend – musste alles an Selbstbeherrschung zusammenkratzen, was er noch auftreiben konnte, um sich nicht sofort auf ihn/sie zu stürzen. Also legte er seine leicht gespreizten

Hände auf ihre Oberschenkel, wo sie aus der Hose schauten und begann, sie mit mildem Druck zu massieren und dabei langsam nach oben zu wandern. Je höher er kam, desto deutlicher orientierte er sich von der Mitte weg nach außen, um sie wissen zu lassen, dass er sich nicht in dieser Weise ihrem intimsten Zentrum nähern würde, er umschiffte es vielmehr, knetete behutsam ihre kleinen Hüften, ging an ihrer Taille in ein zartes Kraulen über, kam so stetig höher, nahm en passant ihr Hemdchen mit nach oben, um kurz vor ihren Achselhöhlen anzuhalten, weil es sie dort vielleicht zu sehr gekitzelt hätte und das geheime Ziel der Übung erreicht war: zwei süße Nippelchen reckten sich ihm erwartungsvoll entgegen. Nur mussten sie sich noch etwas gedulden, weil die Höflichkeit es gebot, sich mit einem angemessenen und ausführlichen Kuss auf den Mund von A. dafür zu bedanken, dass sie all das zugelassen hatte. Auch jetzt mit wohldosiertem Zungeneinsatz, denn diesen fand er deutlich erotisierender, als das verbreitete, wilde Penetrieren von Mundhöhlen, das bis zum vollständigen Austausch der Zahnbeläge geht, gern mit Leidenschaftlichkeit verwechselt wird und doch nur zeigt, dass die Beteiligten in der Brunst sind.

Ob ein Kuss gut ist, so W.s Überzeugung, hängt auch von seiner Dauer ab. Ein zu kurzer kann Enttäuschung auslösen, ein zu langer anstrengen und ermüden. Es gilt also, den Reaktionen der Geküssten nachzuspüren. Im Falle von A. waren sie sehr nuanciert. Als W. fand, dass dieser Kuss seine ideale Länge erreicht hatte, löste er ihn langsam auf, ließ seinen Mund kurz über ihrem schweben, drückte ihm als Abschluss, aber auch als Hinweis darauf, dass er ja wiederkäme, einen kurzen, besänftigenden Kussstupser auf, einen zweiten aufs Kinn, um rasch ihr zusammengeschobenes Hängerchen zu überwinden und mit dem ersten ihrer beiden freiliegenden Gipfelhäubchen Lippenkontakt aufzunehmen. Wo ihm eine Vielzahl überwältigender, haptischer Erlebnisse auf kleinstem Raum geboten wurde: die kühle Glätte des Nippels, der warmweiche, leicht porige Vorhof und die ihn umgebende straff gespannte Brustwölbung – er hätte nicht angeben können, was davon ihn mehr begeisterte. Und dann noch das ALLES, welche Großzügigkeit der Evolution!, in doppelter Ausführung. Dort überkam ihn, als er sich auf seinen Geruchssinn besann, den er in der Aufregung völlig vergessen hatte, das Gefühl, in einer frisch erblühten Bergwiese zu liegen, durch die sich der Duft nach frischer Milch wand.

Was für ein Trip! Dagegen war das, was er bei seinen Drogenverkostungen, die er zugegeben eher halbherzig und in überschaubarer Anzahl absolviert hatte, kalter Kaffee, synthetischer Kopfschwurbel. Und dabei stand, so sein Glück ihn nicht verließ, ja noch die eine oder andere Entdeckung aus. Trunken löste er sich, schmuste sich das Hügelchen hinunter, um auf den Weg zu gelangen, der zugleich Ziel war und ihn einlud, auf ihm LUSTZUWANDELN. Und er tat es, äußerlich leichtlippig, aber innerlich umso gespannter, küsste sich bis zu ihrem Nabel durch, pausierte dort, um dieses landschaftliche Highlight ein weiteres Mal zu genießen, riss sich los, tänzelte weiter und kam an dieses letzte, schwarze Hindernis, für dessen Beseitigung er alle Geduld der Welt aufbringen würde, sollte sie erforderlich sein. Er zeichnete mit seiner Nasenspitze Kringel auf das Textil, hauchte Küsse hindurch, knabberte am Bund herum und beschränkte sich zunächst brav auf die Gegend oberhalb ihres Schambeins, um dann seinen Aktionsradius unmerklich/merklich zu erweitern. Jetzt schien es ihm an der Zeit, seine Hände, die an ihrer Taille gewartet hatten, an ihre Hüften zu legen, mit seinen Zeigefingern unter den Hosenbund zu SCHLÜPFEN, erst an seiner Innenseite entlangzufahren, um ihn etwas zu lockern und ihn dann Millimeter für Millimeter nach unten zu bitten, von Ziehen konnte wirklich keine Rede sein. Hatte A. ein Einsehen oder hielt auch sie die Spannung nicht mehr aus? Egal – sie gab seinem heißen Begehren nach und lüpfte ihr Becken. Und dann lag frei vor ihm: das GOLDENE VLIES! Zwar nur ein winziges Stück davon, aber ebenso wirkmächtig und berauschend. Feinstes Gespinst, durchwoben von einem antiken Mythos, das Aroma eines göttlichen Hains verströmend. W., benommen und überwältigt, tauchte ein in dieses feinstoffliche Gebilde, ertastete mit dem Mund die flaumweichen Härchen, erfühlte das feine Polster, auf dem sie wuchsen, erfuhr dabei Eindrücke und erlebte Empfindungen, die sich ihm auf ewig einprägen würden. Er hätte den Rest seines Lebens auf dieser Insel der Lustseligen verbringen können, aber das Vlies, nicht ohne Grund geformt wie eine Pfeilspitze, wies ihn weiter, ein Stückchen noch, zum Ursprung des Lebens und der Liebe. Wie in Trance folgte seine Zungenspitze dieser unausgesprochenen Aufforderung, kam an den Rand einer sanften Klippe, überwand sie zögernd, rutschte in einen feinen Spalt, der ihr, bevor er in der Tiefe zwischen A.s geschlossenen Schenkeln verschwand, dank einer winzigen, gefältelten Erhebung ein wenig Halt und Orientierung bot.

W. wusste, dass sich hinter diesem kaum ertastbaren Faltenwurf jene mysteriöse, vielbeschworene Lustspenderin versteckte, er wusste aber auch, dass sie nicht sofort entdeckt werden wollte. Also fing er an zu zählen, natürlich nur in Gedanken, wollte bis 100 kommen, dabei aber keineswegs untätig bleiben und ließ deshalb seine Zunge die Ahnungslose spielen und die nähere Umgebung erkunden. Sie suchte an den Innenseiten der Schenkel, strich wieder hinauf, die Ränder des heiligen Hains entlang, irrte ein wenig durch die Leistengegend, geriet auf dem Oberschenkel Richtung Knie, wurde erneut vom Bund des Schlüpfers eingebremst, rutschte in die Tiefe zwischen die Schenkel, kam nun etwas verlangsamt, weil eingeengt voran, um dann wieder auf den Spalt zu stoßen und innezuhalten. Drang dann mit ihrer Spitze um ein Winziges hinein, stieß auf eine Gleitspur, folgte ihr nach oben und ...98, 99, 100! Die Gesuchte gab sich zu erkennen, W.s Zungenspitze verbeugte sich tief, kam wieder hoch, stellte sich vor, erging sich in Schmeicheleien, bewunderte sie von allen Seiten, neckte sie hier, kitzelte sie dort und bat, sie betanzen zu dürfen, was ihr huldvoll gewährt wurde. Seine Zunge begann mit einem gravitätischen Schreittanz, ging über in das Wirbeln eines Walzers, um sich dann auf einen treibenden Harlem Rhythm Swing einzupendeln, für W. als Fats Waller-Fan ein Leichtes und somit ein vervielfachtes Vergnügen, zumal seine Hände die höher gelegenen, zauberhaften Hügelchen zu ihrem Spielplatz erkoren hatten.

Während W. jeden von seiner Zungenspitze zurückgelegten Millimeter genoss und nicht ihr Tempo, nur ihren Druck leicht variierte, vergass er nicht, sich auf A.s Reaktionen zu konzentrieren, die zunächst ausblieben, abgesehen davon, dass ihre Hände nun auf seinen Oberarmen ruhten. Er wünschte, sie würde sich Zeit lassen, aber A. begann jetzt etwas schneller und flacher zu atmen. W.

überlegte, ob er kurz innehalten sollte, aber da er nicht wusste, wie sie das aufnehmen würde, unterließ er es. Er spürte, wie sie sich immer mehr versteifte, der Druck ihrer Hände zunahm, bis plötzlich diese unwirkliche, lähmende Stille eintrat, die einen Tsunami ankündigt, noch bevor man irgendetwas von ihm zu sehen bekommt. Ja, er gab's ja zu, was da heranrollte war die Miniaturausgabe eines Tsunamis, A. war eben nicht der Typ, bei dem man Monsterwellen auslösen konnte. Und er hatte auch nicht deren zerstörerische Wucht, sondern rauschte heran, bäumte sich auf, verharrte kurz, sackte zusammen und verlief sich flüsternd. ABER: es WAR einer. Und W. hatte sich ihn auf der Zunge zergehen lassen.

Er ließ A. und sich etwas Zeit, rollte sich dann neben sie und beschloss, während er ihr den Bauch kraulte, sein Glück nicht weiter zu strapazieren und die Nacht hiermit langsam auslaufen zu lassen. Er hätte es als Sakrileg empfunden, seinen Engel jetzt zu fragen, ob er die Pille nähme, und er wollte es auch gar nicht wissen. Dann ihm und sich die Hosen herunterzuzerren und sich zwischen seine Schenkel zu drängen, das wäre penetrant gewesen, hätte ihn ernüchtert und wieder auf den Boden zurückgeholt, nein, er wollte lieber noch weiterschweben, schließlich war das in Gegenwart eines Engels der adäquate Zustand. Er schob sich langsam höher, kam neben A. zu liegen, beschmuste ihren Oberarm und hauchte ihr ein *Danke* zu. Es war ihm einfach so rausgerutscht, zum Glück so leise, dass sie es offensichtlich überhört hatte. Etwas lauter sagte er, nach einem Blick auf seinen Wecker: *Es ist halb Drei, ich bring Dich jetzt nach Hause.*

Kurz darauf, nachdem sie ihn noch geküsst hatte, war sie aus dem Auto gestiegen, durch den Vorgarten eines Einfamilienhauses – ihre Pension – gegangen, drei Treppen stufen hinaufgehüpft, erstaunlich leichtfüssig für die Tageszeit, hatte die Haustür aufgesperrt, W. zugewunken und war dahinter verschwunden. Alles in einem viel zu schnellen, unerbittlichen Tempo. Eine Grabesstille fiel über ihn her, außer einer durch Belaubung stark gedämpften Straßenbeleuchtung brannte nirgendwo Licht. Er dachte über ihren Gang nach, der ihm so beflügelt erschien. Es lag wohl daran, dass sie auf ihren Ballen ging. Am liebsten wäre er an Ort und Stelle geblieben, so lange, bis sich die Tür wieder geöffnet und A. herausgegeben hätte, um ihm entgegen zu schweben.

Stattdessen weckte ihn metallisches Knirschen, dem ein forderndes Klopfen folgte. Er kam aus seinem Bett hoch, sah, dass er den Schlüssel hatte stecken lassen, beugte sich vor und öffnete die Tür. Als er das wütende Gesicht seiner Freundin sah, dämmerte ihm, dass immer noch Ostern war und er mit ihr ins Allgäu fahren sollte, um ihre Mutter zu besuchen. *Tut mir leid, mir ist gestern eine alte Flamme über den Weg gelaufen, ich kann heute nirgendwohin...* da war ihre Hand schon in seinem Gesicht explodiert. Verblüffenderweise machte es ihm fast nichts aus, er ließ sich wieder ins Bett fallen und drehte sich der Wand zu. Sekunden später knallte seine Tür ins Schloss und gleich darauf noch die zur Wohnung.

Es war früher Nachmittag, als er aufwachte und fürchtete, nur intensiv geträumt zu haben. Aber die beiden Gläser mit den Kakaoresten und die leere Whiskyflasche beruhigten ihn. Nachdem er geduscht und einen Kaffee getrunken hatte, machte er sich zur Telefonzelle auf, um A. anzurufen. Ihre Stiefmutter rief sie ans Telefon, es dauerte ein bisschen, bis sie dran war. Auf seine erste Frage, wie es ihr ginge, sagte sie *Gut*. Seine zweite, ob er sie heute wieder sehen könne, verneinte sie. Es sei ihr letzter Abend in München, den müsse sie mit ihrem Vater verbringen, der wäre sonst tief beleidigt und morgen ginge ihr Zug nach Bremen schon gegen 8 Uhr, da müsse sie sehr früh aufstehen. Es blieb ihm nur, ihr einen schönen Tag zu wünschen und ein *Mach's gut*. dranzuhängen, dem ihr *Du auch*. folgte. Das technische Geräusch, das das Auflegen ihres Hörers anzeigte, drang wie ein Eispickel in sein Ohr, um sich als dröhnende Leere in seinem Kopf auszubreiten. Er war in den letzten 24 Stunden so neben, über und unter sich gestanden, dass er vergessen hatte, sich ihre Adresse oder ihre Bremer Telefonnummer geben zu lassen.

Zwei Monate später, sein Studentenleben hatte wieder den alten Trott aufgenommen, war er zufällig seiner Freundin begegnet. Sie gingen erst einen Kaffee trinken, später miteinander ins Bett und nahmen, ohne dass sich an beider Einstellung dazu etwas geändert hätte, ihre Beziehung wieder auf. Den Anfang von derem Ende läutete W. ein dreiviertel Jahr später ein, indem er nach Berlin ging. Vordergründig, weil dort ein neues, VIEL VERSPRECHENDES Hochschulfach, INSTITUTIONELLE KOMMUNIKATION genannt, angeboten wurde (sich dann aber als eher dürftig und worthülsenreich erwies), hintergründig, weil er damit der Bundeswehr entging, die ihm früher oder später auf die Schliche gekommen wäre. Die SCHULE DER NATION wollte er sich ersparen, wie hätte man ihm dort wohl den rechten Untertanengeist beibringen wollen, wenn es ein katholischer Prügelpfaffe vom Format eines Tra nicht geschafft hatte? W. war für die Bundeswehr verloren, wie im Grunde auch für diese Gesellschaft.

Es waren über 30 weitere Jahre verstrichen, Jahre, in denen ihm A. nicht wieder begegnet war, unselige bis unsägliche Jahre, jetzt wollte er ein für alle Mal die Konsequenzen daraus zu ziehen. Zumal Kohl, Helmut, es so gut wie geschafft hatte: als erster Mensch wiederaufzuerstehen – und das noch zu Lebzeiten! Wenn auch im Körper einer Frau, aber als Tarnung war das vermutlich perfekt. Politik konnte in Deutschland weiter mit dem Gesäß gemacht, das AUSSITZEN des STATUS QUO fortGESETZT werden. Merkel hatte schon als Umweltministerin auf die Umwelt geschissen, da würde sie auch künftig nur die Interessen von Wirtschaft und Kapital verteten. Aber das Volk könnte demnächst jubeln: WIR sind BUNDESKANZLERIN!

Wie gerufen kam da W. die Nachricht von einer erhöhten Aktivität des Ätna. Die Fernsehbilder, die den breiten Lavastrom zeigten, der aus der Südseite des Vulkans ausgetreten war, übten eine geradezu hypnotische Wirkung auf ihn aus.

Seit über einer halben Stunde – die Zeit zog sich wie Harz, das einen Baumstamm herunterkriecht – blickte W. immer wieder auf die Anzeigentafel im Infocenter des Münchner Hauptbahnhofs, in der Erwartung, dass dort endlich seine Nummer auftauchte und ihm ein Schalter zugewiesen würde. Eine Erwartung, die er mit über vierzig anderen teilte und die sich wie eine unsichtbare, gallertartige Masse auf alle legte. Bewegungen wirkten gebremst, Geräusche klangen gedämpft, Stimmen gesenkt. Nur wenn eine neue Nummer aufblinkte, ging irgendwo ein Ruck durch eine Person, die daraufhin zügig einem Schalter zustrebte. Eine Ewigkeit schien vergangen, bis W. seinerseits an die Reihe kam und er einer gelangweilten Beamtin seinen Zielort, Catania, und alle weiteren Angaben gemacht hatte. Während sie ihre Tastatur bearbeitete, war er wieder in den Wartemodus gegangen, dösen im Stehen. Dennoch fiel ihm in der Peripherie seines Gesichtsfeldes eine Bewegung auf, die ihn veranlasste, seinen Kopf zu drehen. Was er daraufhin fokussierte, war eine Frau seines Alters, die zielstrebig einen Ausgang ansteuerte und dabei zu schweben schien, offensichtlich eine Ballengängerin: schlank, kurzes weißblondes Haar, Trenchcoat. Er sah sie nur von hinten, nur wenige Augenblicke, aber noch bevor sie hinter der Glastür verschwand, fand in ihm eine Erinnerungseruption statt, die ihn in helle Aufregung versetzte und zugleich schwindeln machte.

In seinem Kopf ratterte es, in seinem Magen begann es zu rumoren, während der Ticketdrucker rödelte

und rödelte

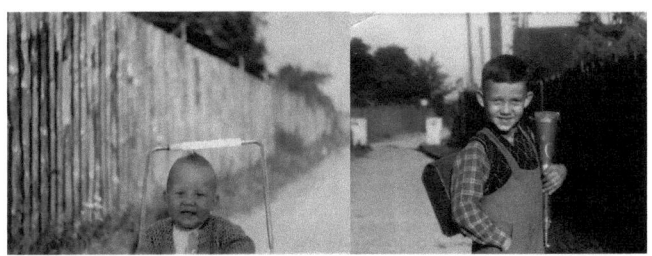

Der Autor, (W.) an seinem 1. Geburtstag und seinem 1. Schultag.

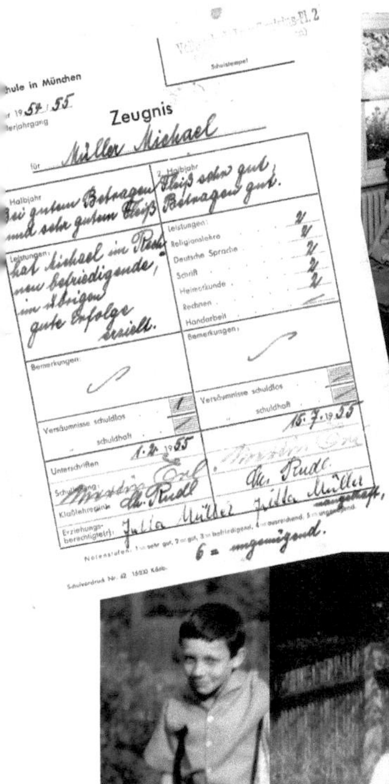

...hule in München

...r 19 54/55

...lerjahrgang

Zeugnis

für Müller Michael

1. Halbjahr	2. Halbjahr
bei gutem Betragen und sehr gutem Fleiß	Fleiß sehr gut, Betragen gut.
Leistungen: hat Michael im Rechnen befriedigende, im übrigen gute Erfolge erzielt.	Leistungen: Religionslehre 2, Deutsche Sprache 2, Schrift 2, Heimatkunde 2, Rechnen 2, Handarbeit
Bemerkungen:	Bemerkungen:
Versäumnisse schuldlos / schuldhaft	Versäumnisse schuldlos / schuldhaft
1.2.1955	15.7.1955
Unterschriften: Schulleitung; Klaßlehrer(in): Rudl; Erziehungsberechtigte(r): Julia Müller	Rudl; Julia Müller

Notenstufen: 1 = sehr gut, 2 = gut, 3 = befriedigend, 4 = ausreichend, 5 = mangelhaft, 6 = ungenügend.

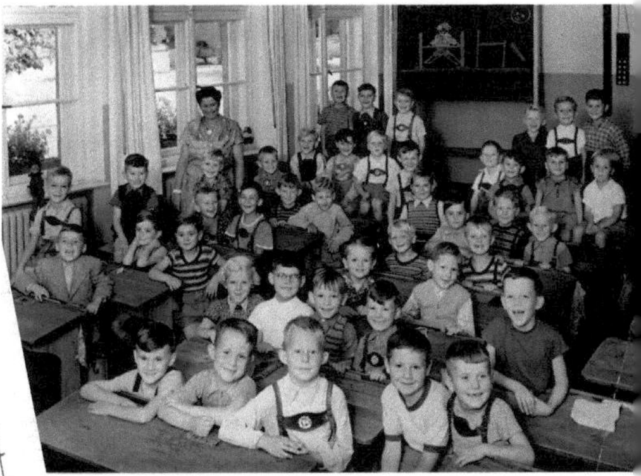

In der 1. Klasse der Canisiusschule, an der die Comicverbrennung und sein Ausschluss vom Religionsunterricht stattfanden (1954).

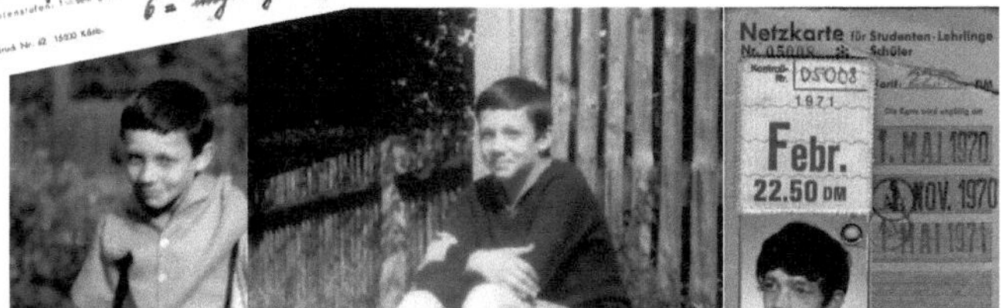

Links in dem Alter, als er A. zum ersten Mal traf, rechts als Student, zur Zeit der zweiten Begegnung. In der Mitte als Internatszögling, im Jahr seiner „Aufklärung“. Interessant vielleicht für Philo-, Psycho- und sonstige -logen: Auf allen Fotos, mit Ausnahme des Pass- und des Klassenfotos, sind im Hintergrund Holzzäune zu sehen. Kann das Zufall sein?

Sehr geehrter Herr ...

Sie hatten uns schon vor einiger Zeit Ihr Manuskript „Gegendarstellungen" hat es leider Veröffentlichung angeboten. Aufgrund der Vielzahl der Einsendungen sind, auch Ihren einige Zeit in Anspruch genommen, eh wir dazugekommen sind, auch Ihren Vorschlag zu prüfen. Leider müssen wir Ihnen für unser Verlagsprogramm eine Absage erteilen. Trotzdem vielen Dank, dass Sie an uns gedacht haben. Ihre Manuskriptunterlagen schicke ich Ihnen daher wieder zurück und bitte Sie sehr, die Verspätung unserer Antwort zu entschuldigen.

Mit freundlichen Grüßen
VERLAG KIEPENHEUER & WITSCH

Feyerabend

(Vera Feyerabend)

... vom 25 Januar und das Angebot, Ihr
... serem Verlag zu publizieren.
... zeigte schon eine erste Prüfung, dass diese Arbeit weder vom Stil,
... der Thematik, noch von der sprachlichen Gestaltung her für eine
Veröffentlichung in unserem Haus geeignet ist.

Mit der Bitte um Verständnis schicken wir Ihnen deshalb Ihre uns zur Verfügung gestellten Unterlagen anbei wieder zurück und danken für das unserem Haus entgegengebrachte Vertrauen.

Mit freundlichen Grüßen

Droemersche Verlagsanstalt
Th. Knaur Nachf. GmbH & Co. KG
i.A.

Sophia Wege
-Lektorat Droemer/Knaur/Schneekluth-

Anlage

2 der 18 Verlagsabsagen, die der Autor erhalten hat.